U0041128

宋明話本・聽古人說書

胡萬川・編撰

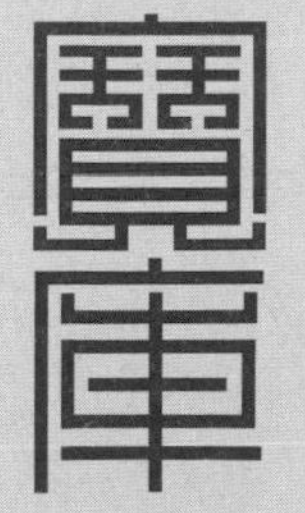
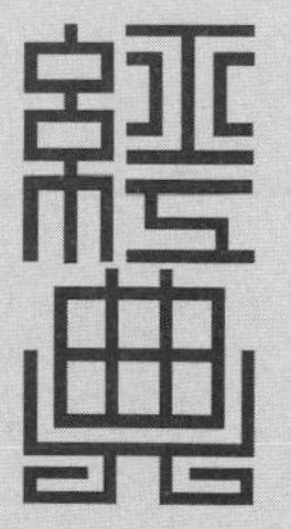

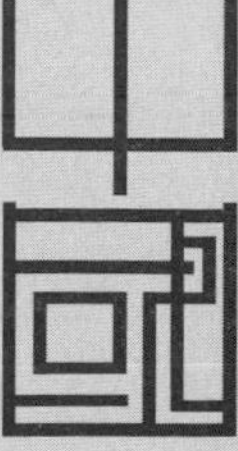

中國歷代經典寶庫

16

出版的話

時報文化出版的《中國歷代經典寶庫》已經陪大家走過三十多個年頭。無論是早期的紅底燙金精裝「典藏版」，還是50開大的「袖珍版」口袋書，或是25開的平裝「普及版」，都深得各層級讀者的喜愛，多年來不斷再版、複印、流傳。寶庫裡的典籍，也在時代的巨變洪流之中，擎著明燈，屹立不搖，引領莘莘學子走進經典殿堂。

這套經典寶庫能夠誕生，必須感謝許多幕後英雄。尤其是推手之一的高信疆先生，他秉持為中華文化傳承，為古代經典賦予新時代精神的使命，邀請五、六十位專家學者共同完成這套鉅作。二〇〇九年，高先生不幸辭世，今日重讀他的論述，仍讓人深深感受到他對中華文化的熱愛，以及他殷殷切切，不殫編務繁瑣而規劃的宏偉藍圖。他特別強調：

中國文化的基調，是傾向於人間的；是關心人生，參與人生，反映人生的。我們

的聖賢才智，歷代著述，大多圍繞著一個主題：治亂興廢與世道人心。無論是春秋戰國的諸子哲學，漢魏各家的傳經事業，韓柳歐蘇的道德文章，程朱陸王的心性義理；無論是貴族屈原的憂患獨歎，樵夫惠能的頓悟眾生；無論是先民傳唱的詩歌、戲曲，村里講談的平話、小說……等等種種，隨時都洋溢著那樣強烈的平民性格、鄉土芬芳，以及它那無所不備的人倫大愛；一種對平凡事物的尊敬，對社會家國的情懷，對蒼生萬有的期待，激盪交融，相互輝耀，繽紛燦爛的造成了中國。平易近人、博大久遠的中國。

可是，生為這一個文化傳承者的現代中國人，對於這樣一個親民愛人、胸懷天下的文明，這樣一個塑造了我們、呵護了我們幾千年的文化母體，可有多少認識？多少理解？又有多少接觸的機會，把握的可能呢？

參與這套書的編撰者多達五、六十位專家學者，大家當年都是滿懷理想與抱負的有志之士，他們努力將經典活潑化、趣味化、生活化、平民化，為的就是讓更多的青年能夠了解繽紛燦爛的中國文化。過去三十多年的歲月裡，大多數的參與者都還在文化界或學術領域發光發熱，許多學者更是當今獨當一面的俊彥。

三十年後，《中國歷代經典寶庫》也進入數位化的時代。我們重新掃描原著，針對時

代需求與讀者喜好進行大幅度修訂與編排。在張水金先生的協助之下，我們就原來的六十多冊書種，精挑出最具代表性的四十種，並增編《大學中庸》和《易經》，使寶庫的體系更加完整。這四十二種經典涵蓋經史子集，並以文學與經史兩大類別和朝代為經緯編綴而成，進一步貫穿我國歷史文化發展的脈絡。在出版順序上，首先推出文學類的典籍，依序有詩詞、奇幻、小說、傳奇、戲曲等。這類文學作品相對簡單，有趣易讀，適合做為一般讀者（特別是青少年）的入門書；接著推出四書五經、諸子百家、史書、佛學等等，引導讀者進入經典殿堂。

在體例上也力求統整，尤其針對詩詞類做全新的整編。古詩詞裡有許多古代用語，需用現代語言翻譯，我們特別將原詩詞和語譯排列成上下欄，便於迅速掌握全詩的意旨；並在生難字詞旁邊加上國語注音，讓讀者在朗讀中體會古詩詞之美。目前全世界風行華語學習，為了讓經典寶庫躍上國際舞台，我們更在國語注音下面加入漢語拼音，希望有華語處，就有經典寶庫的蹤影。

《中國歷代經典寶庫》從一個構想開始，已然開花、結果。在傳承的同時，我們也順應時代潮流做了修訂與創新，讓現代與傳統永遠相互輝映。

時報出版編輯部

【導讀】

從「說話」到「說書」

胡萬川

「說書」在我國的歷史上，尤其在宋朝，曾經是最普遍、最受歡迎的一種大眾娛樂。用現代的話來說，說書就是說故事，特別是指那種為賺取自己生活費，職業性的「說故事」而言。在宋、元以前，他們稱這種行業為「說話」。

「說話」藝術真正的蓬勃發展，成為民間最大眾化的娛樂活動，卻是北宋以後的事。整個北宋、南宋時期，說話藝術的發展達到了一個最高峰，到了元代，由於戲劇的勃興，說話藝術才開始漸漸地式微。

宋朝的說話，大部分集中在都市，北宋時期的汴京（開封），南宋時期的臨安（杭州），更是兩處說話人的勝地。說話的場所多半就在瓦子（市集）等人口集中的地方。

宋代的「說話」已經有了很專業的分科，其中尤以講史和講小說的人數最多，也最受歡迎。「講史」講的就是歷代興廢變革的歷史故事。「講小說」，則是講歷來的傳說，以及當時發生的種種感人的故事。包括英雄豪俠、戀愛、神怪、公案等等。

當時的「說話人」在講故事的時候，有他們自己的故事「底本」。這種「說話」人所用的故事底本，便叫做「話本」。「話本」通常是他們的故事提綱，用來備忘的。他們如果要講得好，就得靠著口才，臨場發揮。

「說話」藝術的初期，「話本」大概都是「說話人」自己編的。後來，由於「說話」的市場需要愈來愈大，故事的需求量也就越來越多，便出現了專門為這些「說話人」編故事的「書會先生」。「書會」是當時那些「編故事的人」的同業組織。

不論是說話人自己或書會先生們編的「話本」，本來都是不外傳的。後來，故事的流傳一廣，不知道是這些說話人自己，或者書會先生，或者是有心的聽眾，便將這些原來專供說話人用的「話本」刊印了出來。從此，「話本」就在市面流通，變成了一種供人閱讀娛樂的故事了。

在宋代，「話本」一詞的意義，曾經包羅很廣，不只是指講史、講小說所用的底本，同時也指演出傀儡戲、皮影戲等的故事底本。後來才用來專指「說話」的底本。

但是，到了元代，又有一些改變。元代的人似乎比較偏愛講史的故事。他們特別稱講史為「平話」，講史的「話本」當然也就順理成章的稱為「平話」。「平」就是「評」，因

為講史通常有講又有評，所以才叫做「評話」，簡稱「平話」。在當時，這個分別是頗為清楚的，就是把講史的故事底本稱為「平話」，講短篇故事的底本稱為「話本」。雖然後代的人有時又將「平話」和「話本」混淆在一起的，我們認為仍然是分開用的好。

「平話」後來就演變成長篇的歷史演義小說；「話本」則一直用來指稱所有短篇的「話本體」小說。我們在本書裡所指的「話本」，就是這個用法。

說話人當初為了演出的臨場效果，更常常有樂器伴奏的演唱場面。也就是說講故事的人講了一段故事以後，在精采處，或描繪特殊的場景時，常常來一段詩詞，這一段詩詞便是用唱的。這種一說一唱的說故事，在當場敷演時，當然有著特殊的效果。

話本小說除了有這些特色以外，它在形式上還有一些和後代短篇小說不一樣的地方：

第一，它的篇首通常以一首詩（或詞），或一詩一詞為開頭。結尾大體上也如此，就是以詩詞作結。結尾的詩詞，一般就是全篇故事的大綱或評論。篇首的詩詞則不一定。

第二，在篇首的詩詞之後，正文的故事之前，通常有「入話」和「頭回」。入話就是接在篇首的詩詞之後，加以解釋，或作一番議論的段落。頭回則是在正文故事未開始之前，先說一篇小故事，這篇小故事的主題或者和正文故事相似，或者相反。這篇頭回的故事，和正文故事因此就有著襯托或對比的意義。

由上面簡單的介紹，我們知道，話本的結構形式，按先後排列應當是①開場詩、②入話、③頭回、④正文、⑤散場詩。但是現在留傳下來的話本小說，卻並不是每篇都保留著這麼完整的形式。有的缺入話，有的缺頭回，或者甚至有入話和頭回都缺的。

我們現在所能看到的話本集，最早的是明朝嘉靖年間洪楩所刊印的《六十家小說》（又稱為《清平山堂話本》）。所謂的「六十家小說」，就是「六十篇話本小說」。這六十篇話本小說現在也已大部分失傳，連殘缺不全的計算在內，一共只剩下二十九篇而已，根據歷來學者的考證，包括宋代、元代和明代的作品。

接著便是萬曆年間熊龍峰所刊印的話本小說了。熊龍峰所刊的話本小說，傳到現在的只有四篇。據近代人的考證，其中兩篇大約是宋人的作品，兩篇是明人的作品。

再接著，就是天啟年間馮夢龍所刊印的《古今小說》（又稱《喻世明言》）、《警世通言》、《醒世恆言》這三部大書了。這三部書合稱「三言」，共收了話本小說一百二十篇、每一部四十篇。這一百二十篇裡，同樣的是收了宋、元、明各代的話本小說，同時包括了馮夢龍自己寫的在內。

「三言」以後，話本小說的創作風氣已經形成，《拍案驚奇》、《二刻拍案驚奇》、《石點頭》、《西湖二集》等等以下，便都是作家個人創作的話本小說集，而不是收集各代作品的話本集了。

六十家小說、熊龍峰所刊小說和「三言」裡所收的話本，雖然經過歷代學者的考證，

大體上能夠指出其中那些原來是宋代的作品，那些是元代、明代的作品，但是因為它們刊刻的時代離宋已遠，那些所謂的宋代話本，到底保存了多少當時話本的本來面目已不可知。而且，像馮夢龍編輯三言的時候，更明顯的曾經對原作加以修改潤色，所以我們不能說這篇是完整的「宋代」話本了。

為了使讀者能較為廣泛的接觸到話本小說的各種內容，本書所收的各篇，又分別代表了神怪、俠義、戀情、公案等不同的主題。

本書對於原來作品的改寫態度，以保持話本小說的本來特色為主。除了原來作品情節有前後不能銜接的地方，或者過於艱深生僻的字眼以外，編者力求保持原作的精神，不加更動。至於本書所收各篇的出處，以及其他有關的細節，讀者們等看完了故事，再看篇後所附的介紹，就能了然。

宋明話本◆聽古人說書　目次

說書先生的秘笈

西山一窟鬼

杏花過雨，漸殘紅零落臙脂顏色。
流水飄香，人漸遠，難托春心脈脈。
恨別王孫，牆陰目斷，誰把青梅摘？
金鞍何處？綠楊依舊南陌。
消散雲雨須臾，多情因甚有輕離輕拆！
燕語千般，爭解說些子伊家消息。
厚約深盟，除非重見，見了方端的。
而今無奈，寸腸千恨堆積。

這首幽怨纏綿而又美麗的詞兒名叫〈念奴嬌〉，是個赴京趕考的舉子作的。這個舉子名叫沈文述，他並不是一個有名的詞家，只是一個普通的讀書人，但是這首詞卻實在作得非常地好。

沈文述既然不是有名的詞家，又為什麼能作出這麼一首好詞呢？原來這首詞中的每一句都是先輩詞家們詞章中句子，虧得他用心靈巧，能尋章摘句，將前人詞中的章句，拿來拼成這麼一首絕妙好詞。

我們今天要講的故事，和這首詞兒並沒有直接的關係，和沈文述也沒有什麼瓜葛。各位看官一定會奇怪，既然故事和這首詞沒有直接的關係，又為什麼開講之前要先來這一首詞呢？且聽在下一一道來。

這首詞兒並沒有什麼難解的字句，看官們一覽就大概能體會出詞中的意思，說的無非是情人遠別，愁緒難挨之類的話。多少幽怨、多少留戀，總是為著曾經有過那麼一段難分難捨的感情。不論過去如何，未來又將如何，能撩起這離情別緒的那份深情，終歸是美麗的，即使有一點兒酸，也應當是酸中有甜的。在芸芸眾生裡，能夠擁有這麼一幅美麗畫頁的人，該算是一個有福的人了。人生百態，遭逢萬端，情感的事兒更是令人難以捉摸。當時甜美，事後纏綿，回味起來無窮餘甘的感情，畢竟不是每一個人都能遇著的。多的卻是

那不堪回首的往事。

在下今天要講的這個故事，大概就是屬於難以回味的那種。所以在未開講之前，就先來這麼一首美麗有味的詞兒，給看官們開開脾胃。因為這個故事雖然講的是一樁和感情有關的事兒，可是卻實在有些兒蹊蹺古怪。

故事的主人翁和開篇這首詞兒的作者沈文述一樣，也是個讀書人，姓吳名洪，福州威武軍人，家鄉人都叫他吳秀才。紹興十年，他從家鄉來到都城臨安，準備參加三年一度的進士考試。他對這次的考試原抱著十分的把握，可是，時也、命也，時運未至，竟落榜了。

吳秀才不是個有錢人家的子弟，而且自己原以為這次一定可以高中無疑，所以帶的旅費並不多。哪知竟然名落孫山，心裡的痛苦與失望真是難以形容，不但沒面子返回鄉里，即使真的想厚著臉皮回去，也沒有了路費。為了免於流落他鄉，沒辦法，只好在這臨安城裡州橋下隨便開了一個小小的學堂，等待三年後下一次考期的到來。

從此，吳秀才每天就過著和小朋友們打交道、廝混的日子，附近的人家也不叫他吳秀才，都叫他吳教授。

時間過得真快，自從開了學堂，一晃眼就是一年過去。這一年多來，多虧了那些街坊人家，肯把小孩子送來跟他上學，吳教授總算有了一些兒積蓄。

有一天正在上課，忽然聽得門簾上鈴聲響，走進了一個人來。吳教授抬頭一看，不是別人，正是半年前搬走的鄰居王婆。王婆一向專靠做媒為生，撮合好事。吳教授見是王婆，不免得上前問安：「好久不見，婆婆現在住哪兒？」王婆說：「還以為教授早將老身忘了呢！老身現就住在錢塘門裡城下。」

兩個老鄰居就這麼聊了起來，教授問道：「婆婆今年高壽多少？看你老人家身體還這麼健朗。」王婆說：「老身七十五囉，教授呢？」教授說：「二十二。」

王婆說：「容老身說句不中聽話，教授才二十二歲，可是看起來卻像三十多歲的人了。大概是教書太過費神吧！老身且和你說句知心話兒，我看教授實在是需要一個小娘子相伴。」

教授說：「不瞞妳說，我自己也有這個意思，央過幾次人，就是沒遇到過合適的對象。」

王婆說：「這叫做『不是冤家不聚頭』。老身這兒正有一頭好親事，嫁妝大約總有一千多貫，外帶一個陪嫁的丫頭。人才又好，各種樂器都會，又能算、又會寫，又是有名的大官府第出身，就只想嫁個讀書人。不知教授要也不要？」

教授聽王婆這麼一說，不禁喜從天降，笑著說：「如果真有這麼一個對象，那可真不錯！這位小娘子是哪家的？」

王婆說：「說起這位小娘子，來頭可還真不小哩！是秦太師府裡三老爺放出來的人，已經兩個月了。兩個月來，來說親的也不知有多少，有朝中辦事的，有內廷當差的，也有開店做生意的，只是高不成低不就，小娘子就是堅持要嫁個讀書人。因為小娘子種種樂器都會，所以府裡的人叫她李樂娘。已經沒了爹娘，現在就和那個陪嫁丫頭錦兒住在白雁池一個老鄰居家裡……」

話還沒說完，只見門簾外人影一晃，一個人走了過去，王婆一見那人影，忙說：「教授，你看到走過去的那人麼？便是和你有緣的那個……」一句話沒講完，出門趕了上去。教授一陣緊張，以為就是……誰知帶進來看，不是別人，卻是李樂娘在她家借住的那個鄰居，姓陳，大家都叫她陳乾娘。

王婆拉著陳乾娘走了進來，和吳教授作了揖，王婆說：「乾娘，住在妳家的那小娘子說親說成了沒？」

乾娘說：「這事不知該打從哪兒說起，來說的又不是沒有好親，誰知她就那麼執拗，口口聲聲只是要嫁個讀書人，卻叫我哪裡去給她找這麼一個讀書人！」

王婆說：「巧事兒！我倒有個好親事在這兒，但不知乾娘和小娘子肯也不肯？」

乾娘說：「妳是說誰？」

王婆指著吳教授說：「就是這位官人，妳說好不好！」

乾娘說：「別取笑了，如果能嫁給這麼一位官人，那可是她前世修來的福。」

三個人這麼一說一搭，吳教授看看當天也教不得書了，便提早放學，叫孩子們回家去。將學堂的門鎖了，和兩個婆子走上街來，找了一家酒店，叫了一些酒菜。

三杯下肚，王婆站起身來說：「教授既然有意要這頭親事，就該向乾娘要一份合婚帖子。」

乾娘說：「老身剛巧帶的身上有。」伸手從抹胸裡掏出一張帖子，交給吳教授。

王婆說：「乾娘，俗話說，真人面前說不得假話，旱地上打不得水，好便好，不好便不好，乾脆些，妳現在就約定個日子，到時帶了小娘子和錦兒到梅家橋下酒店，我和教授就過去相親。」乾娘說一不二，當即答應，三個人就這樣約定了日子。吃過了酒菜，陳乾娘和王婆起身謝了吳教授招待，匆匆地走了。

到那天，吳教授提早放學，換了一身新衣裳，便到梅家橋下的酒店來，遠遠就看見王婆站在門外相等。到了樓上，陳乾娘接著，教授劈面就問：「小娘子在哪裡？」乾娘說：「和錦兒坐在東閣兒裡。」教授小心翼翼地用舌尖將窗紙舔破一個小洞，瞇著眼朝裡面瞧。這一瞧卻似乎瞧得出了神，忽然不知高低地叫了出來：「兩個都不是人！」這下可嚇壞了兩個婆子。「怎麼會不是人？」教授這才自覺失態。原來他看到了兩個天仙般的美人兒，小娘子簡直就像南海觀音，錦兒就像玉皇殿下的侍香玉女，一時失神忘懷，竟說兩個都不是人。兩個婆子聽他解釋過了，才又笑盈盈地坐下。

教授大為滿意，當日就定了這頭親事。接著免不了就是下財完聘等等，不必細說。過了不久，選了個黃道吉日，教授將那小娘子娶過門來，從此夫妻倆一雙兩好，意密情濃，好不羨煞人，真個是：

雲淡淡天邊鸞鳳，水沉沉交頸鴛鴦。
寫成今世不休書，結下來生雙綰帶。

教授夫妻燕爾之好的事，且不必細表。兩人婚後不久，很快的又是月半十五了。十五是拜孔夫子的日子，學生們比平常都來得早。每逢這一天，教授便也得早起。這天一大早教授就起床了，走過灶前，丫鬟錦兒已經起來上灶。教授走上前去看那錦兒時，不看便罷，一看萬事皆休。只見錦兒背後披著一頭散髮，雙眼突出，脖子血汙。教授當場大叫一聲，匹然倒地。

他的妻子慌忙趕來，用冷水救醒，錦兒也來幫著扶起。妻子說：「丈夫，你看到了什麼？」教授是一家之主，大男人家，總不能說看到錦兒那種模樣，自己睜開雙眼，仔細再看看錦兒，還是好好的，當下也覺得或許是眼花了，只好扯個謊，說：「大概是起來時少

穿了衣服，被冷風一吹身子受不住，忽然就暈倒了。」錦兒趕忙去弄了些安魂定魄湯給他吃，很快也就沒事了。不過教授的心裡總免不了有些疑惑。

有話便長，無話便短，不久又是清明佳節，學生們都不來上學，教授吩咐妻子，說自己想要趁這假日出去閒走一遭。妻子也無他說，教授換了衣服，便出門走萬松嶺這一路來。來到淨慈寺，在寺裡看了一會，剛要出來，忽然有一個人過來向他打了招呼。教授一看不是別人，正是淨慈寺對面酒店的酒保，酒保說：「店裡的一位客人，叫在下來請官人。」

教授跟著酒保走進店裡一看，原來就是臨安府的府判兒王七三官人。王七說：「剛才看見教授，不敢隨便招呼，特地要酒保相請。」教授說：「七三官人要上哪兒玩去？」

王七看他那老實頭的樣子，心下想道：「他剛結婚不久，我就捉弄他一下。」便說：「我想約教授到我家祖墳走一趟，不知好也不好？幾天前看墳的人來說，現在桃花正開，去年釀的酒剛熟，我們到那兒吃幾杯去。」教授說：「也好。」兩個走出酒店，到蘇公堤上南新路口叫了一艘船，一直坐到毛家埠才上岸，然後再慢慢走到玉泉龍井，往西山一路而去。

王七家的祖墳就在西山駝（ㄊㄨㄛˇ tuǒ）獻嶺下。好高的一座駝獻嶺！兩人翻過了嶺，再走了一里多路，才到墳頭。王七叫看墳的張安準備點心酒菜，兩人到墳旁一個小小的花園裡坐了吃酒。這酒是新釀的，香醇適口，吃得兩人大醉。

這時太陽已將西下，教授看看時候不早，便要起身回家。王七說：「再吃一杯，要走一齊走。我們過駝獻嶺，再到九里松路上妓寮睡一夜。」教授嘴上不便說，心裡想著：「我新娶了老婆，如果搞得整夜不回，讓老婆在家裡等著，怎麼也說不過去。可是就算現在趕路，走到錢塘門時，恐怕門也關了。」心下老大不自在，可又無法，只好和王七上駝獻嶺來。

事有湊巧，物有故然，剛剛就在他們到得嶺上來時，忽然雲生東北、霧鎖西南，霎時間下起大雨來了。這雨下得一似銀河倒瀉、滄海盆傾。嶺上並沒有可以躲雨的地方，兩人只好冒雨又走，走了幾百步，忽然看到前面有一個小小的竹門樓，王七說：「就在這裡躲一躲。」這一躲不打緊，可卻是：

豬羊走入屠宰家，一腳腳來尋死路。

兩個跑進去一看，原來是一個破爛的野墓園，除了門前這個門樓兒還好的以外，裡面什麼房子也沒有。兩個只好在門樓下石坡上坐著。這時雨下得更大了，整個山頭除了大雨以外，一隻鳥獸也沒。忽然間，不知從那兒冒出來的一個好像獄卒打扮的人，從隔壁竹籬笆裡跳進了墓園，走到墓堆上叫道：「朱小四，你這傢伙，有人叫你，今天該要你這傢伙出頭。」只聽得墓堆裡面有人應聲：「阿公，小四就來。」不一會兒，墓堆上的土忽然掀開，跳出一個人來，獄卒頭也不回地趕著那人走了。教授和王七兩人見了這情景，嚇得半邊身子都涼了，一雙大腿再也不聽使喚，直抖個不停。

過不久雨停了，兩個人恨不得背生雙翼，翻身就走。這時地下又滑，肚裡又餓，心上又怕，一顆心好似小鹿兒跳，一雙腳好似鬥敗公雞，後面又好似千軍萬馬趕來，再也不敢回頭。

走到山頂上，側著耳朵聽時，空谷傳聲，聽得林子裡面傳來陣陣棍子打人的聲響，一會兒，那個獄卒打扮的人趕著墓堆裡跳出來的那個人，從那邊又冒了出來。兩個人見了，嚇得直跑。正跑得上氣接不了下氣，剛好嶺側有一座破落的山神廟，兩人不由分說，奔進廟裡，急急地把兩扇廟門關了，將身子抵著廟門。真的是氣也不敢喘，屁也不敢放。

兩個人貼在門上，屏著氣息靜聽外面的動靜，忽然一個聲音喊叫了過去：「打死我了！」又另一個聲音說：「該死的混帳東西！你這傢伙答應送人情又不送，怎麼不打！」王七低聲的對教授說：「外面剛才過去的，便是那個獄卒和墓堆裡跳出來的人！」兩個人直嚇做一團，抖個不住。

教授這時候沒好氣的埋怨王七說：「你無緣無故把我拉到這裡來，擔驚受怕，我太太

在家裡又不知道怎地盼望……」話還沒說完，忽然聽到外面有人敲門：「開門，開門。」兩個吃了一驚，不約而同的顫聲問道：「是誰？」再仔細一聽，是個婦人的聲音：「好個王七三官人！原來是你把我丈夫帶到這裡，害我找得好苦！錦兒，和我一齊把門推開，叫你爹爹出來。」

教授聽了外面的聲音，不是別人，正是他的妻子和錦兒。「她們怎麼知道我和王七在這兒？莫非她們也是鬼？」想到這層，不禁牙關打顫，呆呆的望著王七，兩個一聲也不敢吭。

這時外面的聲音又說：「你們不開門，我就從門縫裡鑽進去！」把他們兩個嚇得將白天喝的酒都化作了全身冷汗。接著另一個聲音說：「我說媽媽，不是錦兒多嘴，不如我們先回去，明天爹爹自己就會回來的。」只聽得教授妻子的聲音又說：「錦兒，妳說的也是，我們就先回去，再做道理。」然後對著門內叫道：「王七三官人，我先回去，麻煩你明天將我的丈夫送回家。」他們兩個哪裡敢吭一聲。

等那婦人和錦兒離開了，王七對教授說：「教授，你老婆和那丫頭錦兒都是鬼。這裡也不是人待的地方，我們快走。」拉開廟門一看，已經是五更時候，不過路上還不見有行人。

他們兩個往嶺下急走，到了離平地大約一里多路的地方，有一所林子，忽然從裡頭走出兩個人來。教授和王七又嚇了一跳，定睛一看，走在前面的是陳乾娘，後面的是王婆。兩個婆子一見了教授就說：「吳教授，我們已經等你很久了，你和王七三官人到底上哪兒去了？」教授和王七一聽，真是嚇壞了：「這兩個婆子也是鬼，我們快走！」兩個發足狂奔，真個是獐奔鹿竄，猿跳鶴飛，一路不停地奔下嶺來。回頭再看那兩個婆子時，正一步一步從後面趕來。

「折騰了整個晚上，沒吃過一點兒東西，肚子實在餓得慌；一個晚上遇見這麼多不祥，最好有個生人來衝一衝！」王七正對教授這麼說著，巧得很，抬頭就看見了嶺下一戶人家，門前掛著松枝兒，是家酒店，王七說：「這裡大概是賣茅柴酒的，我們進去買些酒吃，一來壯壯膽、助助威，二來好躲過那兩個婆子。」

剛要奔進酒店去，卻見一個酒保走了出來：

頭上裹一頂牛膽青的頭巾，身上裹一條豬肝赤的肚帶，破舊的褲子，腳下草鞋。

顯得有點陰陽怪氣，王七向前問道：「你這酒怎麼賣？」那人說：「還沒溫哩！」教授說：「就先拿一碗冷的來！」可是那人也不作聲，也不吭氣。王七心頭一懍，低聲對教授說：「這個開酒店的人，不尷不尬，同樣也是鬼了！我們快走……」話說未完，忽然從

店裡起了一陣風，這風來得好生奇怪：

非干虎嘯，不是龍吟，明不能謝柳開花，暗藏著山妖水怪。吹開地獄門前土，惹引酆都山下塵。

風過處，定神一看，不見了酒保，也不見了酒店，原來兩個正站在墓堆子上。兩個嚇得魂不附體，連跑帶跳的一直奔到九里松麯院前雇了一艘船，這才稍微地喘過一口氣來。

這時天已大亮，上了岸，王七自己尋路回家，教授一個人提心吊膽地走到錢塘門下王婆家，一看，只見一把鎖鎖著門。問那些鄰居們，都說：「王婆已經死了五個多月了。」嚇得吳教授目瞪口呆，不知所措。急忙離了錢塘門，循現在景靈宮貢院前這一路，過梅家橋，趕到白雁池邊來，問到陳乾娘家，但見門上二根竹竿叉成十字形，封死了，門前掛著一盞官府查封家產的官燈，上面寫著八個字：「人心似鐵，官法如爐。」問鄰居時，也說：「陳乾娘死過一年多了。」

吳教授心中恍恍惚惚，離了白雁池，順路回到州橋下，看見自己的房子，一把鎖鎖著門，走到隔鄰一問：「我的妻子和丫鬟那裡去了？」鄰居們說道：「教授昨天出門後，小娘子就告訴我們說她和錦兒要到乾娘家裡去，一直到現在都還沒回來。」

吳教授當時怔在那裡，呆住了。就在這時，忽然有一個癩道人走來，看著吳教授說：「我看先生身上妖氣太重，必得早早斷除，否則難免後患。」這一說，正觸著了教授心頭的恐懼，馬上請那道人進去，安排香燭符水。

那道人當場作起法來，念念有詞，喝聲「疾！」只見一員神將從空而現，向前拱手：「真君有何差遣？」那道人說：「將那些在吳洪家裡興妖，和在駞獻嶺上作怪的，都給我捉來！」神將領旨。忽然就在吳教授家裡颳起一陣風：

無形無影透人懷，二月桃花被綽開。
就地撮將黃葉去，入山推出白雲來。

這陣風一過，神將已將那幾個興妖作怪的捉來，癩道人當下一一審問明白，事情原來是這樣的：

吳教授的妻子李樂娘，原為秦太師府三通判的小妾，是懷了身孕，難產而死的鬼；陪嫁的丫頭錦兒，則因為通判夫人嫉妒她的美色，將她痛打一頓，因而憤恨，自己割頸而死的鬼；王婆是害水蠱病死的鬼；陳乾娘是在白雁池邊洗衣服，落在池裡淹死的鬼；駞獻嶺上被獄卒從墓堆裡叫出來的朱小四，是替人看墓，後來害癆病死的鬼；在嶺下開酒店的，

是害傷寒死的鬼。

道人審問明白之後，從腰邊拿出一個葫蘆來。這個葫蘆在生人眼裡是個葫蘆，在鬼的眼裡，卻是酆都煉獄。當下作起法來，那些鬼個個抱頭鼠竄，一一被捉進葫蘆裡去了。道人將葫蘆遞給吳教授，教他拿去埋在駞獻嶺下。

料理過這些鬼祟，癩道人將楞杖往天空一拋，變做一隻仙鶴，隨即乘鶴升天而去。吳教授一見，忙朝空下拜：「吳洪肉眼不識神仙，情願脫離塵世，相隨出家，望真仙慈悲，超度弟子。」拜禱完畢，聽空中隱隱有聲：「我是上界甘真人，你以前原是隨我採藥的弟子，因凡心不淨，中途有退悔之意，所以才墮落下界，罰作貧儒。現在你備受群鬼作弄，心中色情雜念諒已滌除。既然能夠看破紅塵，只要虔心向善，日後自能超凡證道。十二年後，我再來度你。」說完，化陣清風不見了。

吳教授從此捨棄紅塵，出家而去，雲遊天下。十二年後，在終南山遇見甘真人，即相隨而去，以後再也沒有人見過吳教授了。這篇不堪回首，難以回味的故事，就此告一段落。後人有詩記此故事，詩曰：

一心辨道絕凡塵，眾魅如何敢觸人？
邪正盡從心剖判，西山鬼窟早翻身。

【結語】

本篇選自《警世通言》第十四卷。這一篇在《警世通言》裡題作〈一窟鬼癩道人除怪〉，但是題目下有編者自注：「宋人小說舊名〈西山一窟鬼〉」。所以我們知道這篇話本大概就是宋人的作品。而我們之所以要選用〈西山一窟鬼〉當作題目，而不選用馮夢龍所取的〈一窟鬼癩道人除怪〉的緣故，並不只是要恢復它的舊名，而是因為這篇話本的故事重點，並不在於癩道人如何除怪，而在於這「一窟鬼」如何對人嘲弄，和由此造成的恐怖氣氛以及諧謔的情趣。讀者讀了之後自然明瞭。

這一篇是屬於靈怪類的故事。在宋人所編的文言小說集《鬼董》一書裡，卷四有一條故事，男主角為「都民質庫樊生」，故事情節和本篇有些類似的地方，讀者如果有興趣，不妨找來對照看一下。對照的結果，一定會發現，話本小說的活潑生動，遠不是那種文言的故事所能及於萬一。

碾玉觀音

山色晴嵐景物佳，煖烘回雁起平沙。東郊漸覺花供眼，南陌依稀草吐芽。
堤上柳，未藏鴉，尋芳趁步到山家。隴頭幾樹紅梅落，紅杏枝頭未著花。

這首〈鷓鴣天〉詞說的是孟春景致，短短數句，即將初春一派勝景，鋪敘如繪，實在是首好詞。但是若要說到活潑生動，卻還有點兒不如底下這首描寫仲春景致的詞兒：

每日青樓醉夢中，不知城外又春濃。杏花初落疏疏雨，楊柳輕搖淡淡風。
浮畫舫，躍青驄，小橋門外綠陰籠。行人不入神仙地，人在珠簾第幾重？

這首詞兒的好，就在於它不只說出了春天的景，更說出了景中的人。人景交融，靜中有動，所以更為活潑生動。但是如果說到情境動人，卻又不如另一首描述季春風光的詞兒來得好：

先自春光似酒濃，時聽燕語透簾櫳。小橋楊柳飄香絮，山寺緋桃散落紅。
鶯漸老，蝶西東，春歸難覓恨無窮。侵堦草色迷朝雨，滿地梨花逐曉風。

這首季春詞所以好，在於它不只鋪敘了景，更在景中融入了情。

看官們或許奇怪，為什麼說書的正題兒故事不說，卻只在這裡講述春天景致的詞兒？俗話說「春為四季首」，又說「一年之計在於春」，春天是萬物滋長、風光和煦的日子，更是郊遊踏青的好季節。在下今天要講的故事，其中的恩怨曲折，全是因為一個官府人家遊春無意中起的頭，所以正題兒未開始，免不了先唱幾首敘說春景的詞兒來做個開場。

話說紹興年間，三鎮節度使咸安郡王賦閒在京。一個春景融融，風光宜人的日子，郡王帶領許多家眷隨從出外遊春，一日下來，個個歡喜無限。

當日傍晚回家，一行人來到錢塘門裡的車橋，家眷們的轎子已經走過去了，郡王的轎子剛剛來到，忽然聽得橋下有人叫道：「孩兒啊！快出來看郡王。」郡王往外一瞧，原來是橋下裱褙鋪裡的一個人叫他的孩子出來。郡王瞧得仔細，便叫貼身的隨從虞侯來吩咐道：「我從前一直要找這樣的一個人，想不到今天卻在這裡找到。事情包在你身上，明天要帶這個人進府中來。」虞侯應聲：「是。」便來找這個看郡王的人。

郡王要找的到底是什麼人？原來就是剛才被叫出來看郡王的那個人。虞侯來到車橋下，只見一間簡單的鋪面，門前掛著一面招牌，寫著「璩家裝裱古今書畫」。門口站著一個老人家，身旁一位小姐。這位小姐生得煞是好看：

雲鬢輕籠蟬翼，蛾眉淡掃春山；朱脣綴一顆櫻桃，皓齒排兩行碎玉。

蓮步半折小弓弓，鶯囀一聲嬌滴滴。

虞侯認得真確，知道這就是郡王要找的人，一時不便造次過來，便走到他家對門的一個茶坊裡坐下，茶坊裡的婆婆把茶點來，虞侯對她說：「拜託婆婆一件事，請妳到對面裱褙鋪裡請璩老先生過來一下，我有些話要和他說。」

婆婆去把璩老先生請了來。璩老先生一見是官家的公人，免不了就開口先問道：「府

幹大人相喚，不知有何指教？」虞侯說：「也沒什麼大不了的事，不過向老先生請教一件事。不知剛才老先生叫出來看郡王轎子的人是令嬡嗎？」

璩老答道：「正是小女，我們一家就只三口人。」

虞侯又問：「令嬡今年貴庚？」

璩老應道：「一十八歲。」

虞侯再問：「恕在下唐突，敢問老先生是要將令嬡來嫁人呢？還是要將她來伺候官府人家？」

璩老說：「老拙家中貧寒，哪裡有錢來將她嫁人！將來恐怕也還只是獻給官府人家罷了。」

虞侯一聽這話，心想若是如此，事情便好辦了，當下又問：「不知令嬡可有什麼本事？」

璩老說：「倒沒什麼特別的本事，只是學得一手好刺繡。」

虞侯見說到了正題，便說：「那太好了，剛才郡王在轎子裡看見令嬡身上繫著一條繡花腰巾，便猜知令嬡定會刺繡，所以要在下來向老先生說，現在府中正需要一個會刺繡的人，老先生何不就將令嬡獻給郡王？」

璩老當下就答允了，約定明天便獻到府中來。回到家中向老伴璩婆說了，璩婆也無異議。隔天，璩老寫了一張獻狀，便將女兒獻來咸安郡王府。郡王命人算了身價給璩老，璩家的女兒從此便留在郡王府聽候使喚，取名叫秀秀。

秀秀自從進入府中，由於乖巧伶俐，又兼刺繡的手藝精巧，很得郡王喜歡。有一天，朝廷賜下一件繡著團花的戰袍給郡王，秀秀看了，便依樣繡了一件出來，和朝廷賜下的那件簡直一模一樣，郡王看了大為高興。

看著這兩件繡得一模一樣的戰袍，郡王不禁想起：「皇上賜給我這件團花戰袍，我總該有個回報，卻不知有什麼合用的東西？」想了想，自己到府庫去尋了一回，卻沒發現一樣中意的東西。忽然在一個角落裡看到一塊橢圓形的透明羊脂美玉，自己把玩了一番，甚為喜歡，想著：「若能用這塊玉雕成一個什麼精巧的東西，倒甚合用。」當下叫人將城裡有名的碾玉師傅都召了來。郡王將玉給他們看了，問道：「各位看看，這塊玉該雕做什麼好？」

其中一個說：「可以做一副勸酒用的酒杯。」

郡王說：「這麼一塊美玉，拿來做酒杯，可不是有點可惜嗎？」

又有一個說：「這塊玉的形狀上尖下圓，拿來雕做摩侯羅兒般的玩偶倒是不錯。」

郡王說：「摩侯羅兒那種玩偶，只是七月七日乞巧節才派得上用場，平常又沒什麼用處，我看也不太合適。」

後來一位年輕的師傅走向前來，對郡王說：「啟稟恩王，這塊玉上尖下圓，要做成什麼其他合用的東西其實很難，只好碾一個南海觀音。」郡王聽了，覺得這個主意不錯，當下不禁對這位年輕師傅多瞧了兩眼，說：「好！這正合我意。」就叫他馬上動工。

這位年輕的師傅姓崔，名寧，是昇州建康府人，從小學得一手碾玉的好工夫，侍奉郡王已有多年，今年剛二十五歲。他拿了這塊玉，不過兩個月，就碾成了一個栩栩如生的玉觀音。郡王看了甚為滿意，馬上就寫表將玉觀音進獻給皇上。皇上看這觀音碾得神態逼真，活靈活現，更是大為高興。崔寧因此便受到了郡王格外的喜愛，薪俸增加了不少。

過了不久，又是一年的春天。有一天，崔寧正遊春回來，和三四個好友在錢塘門裡附近一家酒樓上吃酒，忽然聽到街上鬧吵吵的，不知發生了什麼事？連忙推開樓窗一看，見亂哄哄的一群人叫著：「井亭橋那邊失火了。」崔寧一聽是井亭橋，再顧不得吃酒了，慌忙走下樓來，只見那邊已是烈焰沖天，火勢著實凶猛。崔寧對那幾個好友說：「就在我本府不遠。」忙忙地奔回府中。一進門時，卻見整個府裡已經搬得乾乾淨淨，靜悄悄的沒半個人。

崔寧既看不到人，又見火勢暫時還不會延撲過來，便循著左邊廊下進去。這時火光照耀得如同白日，忽然一個婦人模樣的人，自言自語，搖搖擺擺地從府堂裡出來，走到左廊下，和崔寧撞個正著。崔寧一看，認得是秀秀，連忙倒退兩步，低聲作了個揖，紅著臉站在一旁。

崔寧為什麼這時候見了秀秀好像有些害羞呢？原來當初郡王喜歡崔寧，曾當著眾人的面許諾過崔寧：「等到秀秀可以嫁人的時候，就將她來嫁給你。」當時眾人聽了都為他高興，以後見了崔寧的面就對他說：「你和秀秀真是好一對夫妻。」崔寧是個單身漢，看著秀秀長得漂亮，倒真就存了一片癡心。秀秀看崔寧是一個俊俏的青年，也早已心肯首肯。兩人心下都有了這番心事，今天無意中撞個滿懷，崔寧便有些不自在。

這時候的秀秀，手中提著一帕子的金銀珠寶，撞見崔寧便說：「崔先生，我出來得遲了，府裡的老媽子和丫頭們早已各自四散，誰也顧不了誰。現在無論如何得拜託你替我找個安身的地方。」

崔寧只好帶著秀秀走出府門，走到了石灰橋附近，秀秀說：「崔先生，我腳疼，走不動了。」

崔寧指著前面說：「再走幾步便是我住的地方，就先到我家休息一下也好。」

兩人來到崔寧的住處，一坐下，秀秀便說：「崔先生，拜託替我買些點心來吃好吧！我肚子好餓，又受了驚，如果能有杯酒壓壓驚，或許會好些。」

崔寧到外面買了酒來，三杯兩盞，秀秀一下子便喝了許多，正是：

三杯竹葉穿心過，兩朵桃花上臉來。

又道是

春為花博士，酒是色媒人。

秀秀喝得臉上泛紅，對崔寧說：「你記得以前大夥兒在月臺賞月，郡王將我許給你，你一直拜謝個不停，你記得還是不記得？」崔寧不知怎麼回答才好，只好拱著手說：「是。」秀秀又說：「那天大家都替你喝采，說『好一對夫妻』，你怎麼就忘了！」崔寧又說：「是。」

秀秀說：「假如要這樣一直等下去，不如今晚我們就先做了夫妻，不知道你意下如何？」崔寧說：「在下不敢。」

秀秀說：「你還說不敢！有什麼不敢的？我如果大聲叫嚷起來，馬上就叫你吃不消。你為什麼把我帶到你家裡來？我明天到府裡去說，你這罪名就是跳到黃河再也洗不清了。」

崔寧說：「小娘子，請不要生氣，妳要和我做夫妻，哪裡有不好的！不過有一件事情妳卻要明白，我們這樣做了夫妻以後，從此再也不能住在這杭州城了。要的話，只好趁著

今晚失火哄亂的時候，就離開這裡。」

秀秀說：「既然要做夫妻，一切便聽你的。」當天晚上，他們就做了夫妻。

隔天一大早，趁著天還沒亮，兩人將隨身金銀衣物包裹妥當，就匆匆出門走了。一路上免不得飢餐渴飲，夜住曉行。輾轉來到了衢州，崔寧說：「這裡是五路總頭，離京師不遠，我看也是住不得的，但不知該走那條路才是！不如就到信州去，我一向靠碾玉生活，信州有幾個相識，或者那裡可以安身。」當下便又往信州去。

到信州住了幾天，崔寧覺得還是不妥，對秀秀說：「信州常有客人到京師去，如果說我們住在這裡，郡王一定會派人來捉我們，還是不大穩當。不如離了信州，再到別處去。」兩人又起身上路，向著潭州出發。

過了好幾天，兩人才到潭州。這地方離京城已經很遠，崔寧覺得可以就此安心住下了，便在潭州市裡租了房屋，掛上招牌，寫著：「京都崔待詔碾玉生活」。店鋪開張那天，崔寧對秀秀說：「這裡離京城有二千餘里，想來不會有事了。從此大概可以安心做長久夫妻了。」

潭州地方雖然偏遠，卻也還有不少外地來的寄居官員。知道崔寧是京城來的碾玉匠，平常多多少少照顧他一些生意。小兩口的生活倒還過得愜意。

安定下來以後，崔寧便暗地託人到京城去打聽府中消息。那人回來說，郡王府那天

也受了火災波及，可是並不十分嚴重，不過卻走失了一個丫頭，出賞錢找了幾天，毫無下落。那個人並不知道走失的丫頭就是崔寧的妻子秀秀。

一年平安無事過去了。有一天，崔寧到鄰縣湘潭一個官府人家做了活回來，走在路上，迎面忽然來了一個挑著擔子的漢子，衝著崔寧瞪了幾眼。崔寧因為趕路，對這個人並沒有特別的注意。這個人頭戴斗笠，腳穿麻鞋，又裹著綁腿，一看就知道是個走遠路的人。

這個人等崔寧走過以後，一轉身，就跟定了崔寧。從湘潭一直跟到了崔寧的家。這時候秀秀正好坐在櫃臺後面，那個人一看到秀秀，便叫了出來：「崔師傅，好久不見了，大家找得你好苦，原來你卻在這裡！秀秀怎麼也在這裡？看來你們真是天造地設的一對，恭喜了！郡王叫我送信到潭州來，想不到竟會在這兒碰上你們，真是巧啊！」

崔寧和秀秀眼看事情已被撞破，嚇得臉上一陣青一陣白，一句話也吭不出來。

這個人到底是誰？怎麼會到潭州來？原來這人姓郭名立，從小服侍郡王，現在府中當一名排軍，大家就叫他郭排軍。郡王為要送一份禮物給一位落魄在湘潭的舊友，見他為人樸直，便差他送這份禮物到潭州來，想不到卻在這裡撞見了崔寧。

崔寧和秀秀驚魂稍定，急忙將郭排軍拉住，安排酒飯款待，再三懇求：「你回到府中千萬不要將我們的事告知郡王。」

郭排軍看他們嚇成那個樣子，便說：「郡王怎麼會知道你們在這裡？我無緣無故的去

提這事幹什麼！」兩人聽他這麼一說，心事才算放下了一半。這裡的事且放下不說。

再說郭排軍回到府中，回覆了公事以後，本來已經無事，誰知道這位粗魯的漢子卻多嘴，忽然對郡王說：「小的這次奉命到湘潭，打從潭州經過，看到了兩個相識的人。」

郡王問：「是誰？」

郭立說：「就是崔師傅和秀秀。他們還特地招待小的吃了一頓酒飯，要小的回來不要提起。」

郡王聽了，勃然大怒：「這兩個狗男女居然做出這種事！卻怎麼就走到了那裡？」

郭立說：「詳情小的也不清楚，只知道他們依舊在那裡掛招牌做生意。」

郡王即刻叫府中幹辦到杭州府去，叫他們派遣緝捕衙役，到湖南潭州府去抓人。這一來好一似：

皂鵰追紫燕，猛虎啖羊羔。

不到兩個月，兩人就被解到郡王府中。郡王即時陞廳。眾人一聲吆喝，將兩人押到廳前跪下。

郡王一見崔寧和秀秀，不由分說，從壁上取下以前殺番人用的快刀，睜起殺番人的雙

眼，牙齒咬得剝剝地響，大踏步，就來砍人。這可就嚇壞了夫人。原來夫人知道崔寧和秀秀被抓回來，一早就藏身在屏風背後看郡王如何處置。這時見郡王不分青紅皂白，就要將兩人砍死，急忙從屏風後面叫道：「郡王，這裡是帝都所在，不比邊庭，如果他們犯了死罪，也只好押到杭州府去治罪，怎麼可以隨便殺了！」

郡王聽了，遲疑一下，將刀收起，說道：「這兩個不是東西的畜生，私自逃走，好不容易今天才捉回來，怎麼不殺！既然夫人說情，那就把崔寧押到杭州府去，秀秀且捉到後花園。」

當下命人將崔寧押到杭州府去。一問之下，崔寧一一從頭供起：「去年失火的那個晚上，小的趕回府中，所有的東西都搬光了，忽然秀秀從廊下走出來，一把揪住小的，要小的和她一起逃走，小的不得已，只好順著她。實情如此，小的不敢隱瞞。」

杭州府將問得的口供結成文案呈上郡王，郡王是個剛直的人，看了供詞後說道：「事情既然如此，崔寧可以從輕發落。但他逃走也是不對，罪該杖責，遣送建康府，不得留在杭州。」

杭州府就派人將崔寧押送到建康府去。剛走出北關門，到了鵝項頭的時候，忽然一頂兩人抬的小轎子從後面趕了來，轎子裡面有人叫道：「崔師傅，等一等！」崔寧一聽是秀秀的聲音，心裡好生奇怪，不知她趕上來幹什麼？這時的他已是驚弓之鳥，再也不敢惹

事，低著頭只顧走，一句話也不敢吭。

可是後面的轎子又趕了上來，就擋在崔寧的前面。秀秀從裡面走出來，對崔寧說：「崔師傅，你到建康府去，放下我一個人怎麼辦？」

崔寧說：「可又有什麼辦法呢？」

秀秀說：「他們把你押到杭州府治罪以後，就把我捉到後花園去，打了三十竹篦，趕我出來。我一個人無處去，打聽得你被遣送建康府，不得已，只好趕上來和你一齊去。」

崔寧猶豫了一下，看著秀秀，說道：「那就一同走吧！」就這樣，秀秀陪崔寧直到了建康府。

好在押送的差役不是個多嘴好事的，否則一定又會扯出一場是非。這個差役知道郡王性烈如火，一惹著他，輕易脫不得身。何況他自己不是郡王府的人，又何必去多管人家王府中閒事？而且一路上崔寧買酒買吃，對他百般奉承，回去之後，秀秀的事便絕口不提。

崔寧和秀秀從此便在建康居住。因為案子已經了結，也就不怕人撞見，仍然開了碾玉鋪子。有一天，秀秀忽然提起：「我們兩口兒在這裡的日子倒算安穩，只怕我的爹媽卻沒好日子過。自從我們上次逃去潭州，兩個老的就吃了不少苦。那天我被捉進府裡，兩個又去尋死覓活，我想不如請人到京城接我爹媽過來。」

崔寧說：「這樣最好。」便寫明了地址，請人到京城去接他的丈人丈母。

那個人去到京城，按址尋到了兩老的住處，只見兩扇門關著，一把鎖從外面鎖著，一條竹竿封著，不知何故？問他的鄰居，鄰居們說：「這事兒不說也罷！他們原有個漂亮的女兒，獻給了大官府人家，誰知道這個女兒有福卻不會享，偷偷的跟一個碾玉匠跑了。不久前雙雙從湖南潭州被捉了回來，男的送到杭州府治罪，女的被郡王捉進後花園去，從此就不知消息。他們老夫妻兩個見女兒被捉了回來，就尋死覓活的，到現在不知下落，門就一直這樣關著。」那個人聽了鄰居這樣說，只好仍舊回建康府來。

就在去接兩老的那個人回來前一天，崔寧正在家中閒坐，忽然聽見外面有人說：「你要找崔師傅，就在這裡。」崔寧覺得奇怪，叫秀秀出來，一看，不是別人，就是璩公璩婆。

隔天，去接兩老的那個人回來了，正向崔寧說起尋找不見的情形，兩老從裡面出來，對那人說：「真對不起，讓你白跑了一趟。我們不知道他們在建康住，找來找去，找了好久才找到這裡。」兩老從此就住在崔寧、秀秀家裡，不必細說。

再說朝中的皇帝，有一天到偏殿觀賞寶器，隨手拿起了那個玉觀音，一不小心，竟將觀音身上的玉鈴兒弄脫了，覺得十分可惜，便問近侍官員：「不知有沒辦法修理？」

這位官員接過玉觀音，反覆看著，看不出什麼名堂，再翻過底下一看，見上面碾著三個字：「崔寧造。」急忙指給皇帝看：「既然是這個人造的，只要宣這個人來，便可以修整。」

皇帝馬上傳旨郡王府，宣召碾玉匠崔寧。郡王回奏：「崔寧有罪，發遣在建康府居住。」皇帝便派人到建康將崔寧帶到京裡，叫他修理這個玉觀音。

崔寧領旨謝恩，找一塊顏色質地相同的玉，碾一個鈴兒接住了，送到御前交納。

皇帝看鈴兒接得天衣無縫，十分歡喜，令崔寧從此就在京城居住，支領皇家薪水。對一般老百姓來說，這是一份特別的恩典。

崔寧心裡想著：「今天能在御前有這份特殊的遭遇，總算爭了一口氣。我就是要回到清湖河下再開碾玉鋪，看你們能把我怎樣！」

事情倒真是湊巧，碾玉鋪才重新開張不到三天，那郭排軍就從鋪前經過，看到了崔寧，興沖沖地上前招呼：「崔師傅恭喜了！你就住在這兒啊？」抬頭一看，看到秀秀正站在櫃臺後面，忽然拔開腳步就走，一臉鐵青。

秀秀對崔寧道：「你替我叫那排軍過來，我有些話要問他。」崔寧急忙趕上拉住。郭排軍一顆頭轉過來轉過去，神色倉皇，口裡喃喃地念：「作怪，作怪！」很不情願又沒可奈何地給拉了回來。

秀秀對他說：「郭排軍，上次我們好意留你吃酒，要你回來不要提起我們的事，你為什麼要告訴郡王，破壞我們兩個的好事？今天情況已經不同，卻不怕你再去說。」郭排軍給她問得無話可說，只好再三道歉，匆匆離開鋪子，一口氣跑回到府裡。

一見到郡王，沒頭沒腦地便說：「有鬼，有鬼！」郡王說：「你這傢伙怎麼搞的！」

郭排軍說：「稟告恩王，有鬼！」

郡王問道：「什麼有鬼？」

郭排軍說：「小的剛才從清湖河下經過，看到崔寧在那兒開了碾玉鋪，櫃臺裡邊有個婦女，就是秀秀。」

郡王聽了，不由得有氣：「胡說什麼！秀秀被我殺死，埋在後花園，你是親眼看見的，怎麼又會在那兒！不是來胡鬧嗎？」

郭排軍說：「稟告恩王，小的怎敢胡鬧！她……她剛才還將小的叫住，問了些話。恩王如果不信，小的甘願立下軍令狀，如果所言有假，憑重處罰。」

郡王說：「好！你就立下軍令狀來。」

也是郭排軍這傢伙該當受苦，真的就立了軍令狀。

郡王將軍令狀收了，叫兩個輪值的轎夫，抬一頂轎子去帶秀秀。「如果真的還在，帶來一刀殺了；如果不在，郭立！你就替她吃了這一刀。」

郭立是關西人，樸直得很，哪裡知道軍令狀不是可以隨便寫的。帶著兩個轎夫匆匆忙忙趕到了崔寧家裡。

秀秀仍然坐在櫃臺後面，看郭排軍來得慌張，正不知為著何事。

郭排軍也不理會崔寧，兩眼直看著秀秀說：「小娘子，郡王鈞旨，叫我來帶妳回去。」秀秀說：「既然如此，就請稍等一下，我進去梳洗好了跟你們去。」進去不久，換了衣服出來，兩個轎夫抬著，如飛一般直奔到府前。

郡王正在廳上等著。

郭排軍上前稟道：「已將秀秀帶到。」

郡王說：「叫她進來！」

郭排軍出來，走到轎旁叫道：「小娘子，郡王叫你進來。」等了好一會，卻沒動靜。大著膽子掀起簾子一看，登時便如一桶水傾在身上，張了嘴巴，再合不來。轎子裡空空如也，不見了秀秀。

當下受這一驚，幾乎昏倒，問那兩個轎夫，轎夫說：「我們也不知道，看她上了轎，抬到這裡，又不曾有什麼動靜。」

這傢伙一慌，跌跌撞撞地叫了進去：「告恩王，這……這真的是有鬼！」

郡王說：「你這不是胡鬧麼！」叫手下：「把這傢伙捉起來，等我拿過軍令狀，將他砍了。」說著便取下先前殺番人的刀來。

郭立這傢伙服侍郡王，少說也十幾年了，就因為是個粗人，到頭來還只是做個排軍。這時嚇得手腳發軟，說：「小的並未說謊，有兩個轎夫可以作證，請……請叫他們來問。」

郡王叫兩個轎夫進來，轎夫說：「我們看著她上轎，剛抬到這裡，卻就不見了。」說的和郭排軍分毫無差。郡王覺得事有蹊蹺，或許真的有鬼。要明白真相，只有問崔寧，便派人去將崔寧叫來。

崔寧來到府中，將秀秀跟他到建康去，一直到現在的情形，從頭到尾說了一遍。郡王說：「這樣說來，事情與崔寧無干，且放他回去。」遇上了這種蹊蹺作怪的事，郡王心裡氣悶不過，著著實實打了郭排軍五十大棒。

崔寧聽得說自己的太太是鬼，心裡疑惑不定，回到家問丈人丈母。兩個老的面面相覷，一聲不吭走出門，望著清湖河，撲通地便跳下水去了。

崔寧立刻叫救人，下去打撈，卻不見了屍首。

原來當初兩個老的聽說秀秀被殺，便跳到河裡死了，他們兩個早就是鬼。

崔寧走回家中，沒情沒緒，進到房裡，卻見秀秀坐在床上。崔寧兩腳發麻，身上抖個不住，說：「求求你，秀秀，饒我一命。」

秀秀淡淡地說：「我為了你，給郡王打死了，埋在後花園裡。恨只恨郭排軍多嘴，壞了我們的事，現在總算報了冤仇，郡王將他打了五十大棒。如今既然大家都知道我是鬼，容身不得，只好去了。」說罷，站起身來，雙手揪住崔寧，大叫一聲，匹然倒地。鄰居們聽得聲音，跑過來看時，但見：

兩部脈盡總皆沉，一命已歸黃壤下。

崔寧也被扯去，一塊兒做鬼去了。

【結語】

本篇選自《警世通言》第八卷。第一篇在《通言》裡題作〈崔待詔生死冤家〉，題目下有編者自注：「宋人小說題作〈碾玉觀音〉」。因此，這一篇原來也應當是宋人的作品。在本書裡，我們將題目還原，因為本篇的題旨主要的並不在於男女主角如何「生死悲戀」，而是藉碾玉觀音這件事來牽引出一件和情感有關的傳奇故事。這一篇如果照宋人的分類來說，應當是屬於「煙粉」一類。宋人話本的所謂煙粉一類，並不只是戀愛故事，而通常和「女鬼」的故事也有些關係。

這篇故事，在民國五十九年五月的時候，戲劇學家姚一葦先生曾經將它改編為三幕四場的一齣悲劇，後來也曾經改拍為電影。但是改編後的戲劇和電影，已經和原來故事的情節有許多不同。

錯斬崔寧

聰明伶俐自天生，懵懂癡呆未必真。
嫉妬每因眉睫淺，戈矛時起笑談深。
九曲黄河心較險，十重鐵甲面堪憎。
時因酒色亡家國，幾見詩書誤好人！

這首詩說的是世路狹窄，人心險惡。人生在世，反覆萬端，要持身保家，著實不易。這篇小說要講的是一個人因酒後一句戲言，遂而殺身破家的故事。古人說過：「顰有為顰，笑有為笑，顰笑之間，最宜謹慎。」為保身家安泰，輕易的玩笑有時卻也是開不得

的。

進入正文之前，且聽在下先說一個故事，做個開場。

話說宋朝時候，有一個姓魏名鵬舉的讀書人，年紀才十八歲，娶了一個貌美如花的妻子。結婚不到一個月，魏生便離別了妻子，上京赴考。

魏生本是高才，果然一舉成名，除授一甲第二名榜眼及第。在京裡甚為風光，少不得寫了一封家書，差人接取家眷到京。

信上免不了說些家常及中舉得官的事，最後卻添了一行，說是：「我在京中早晚無人照顧，已討了一個小老婆，專候夫人到京，同享榮華。」

夫人在家接信，看了如此這般，便對送信回來的家人說：「官人怎麼這樣無情無義，剛得了官，便討了小老婆！」

家人說：「小人在京，一向陪侍官人身旁，並沒什麼討二夫人的事，這一定是官人開玩笑。只要夫人到京，一切自然明白，不必操心。」

夫人說：「既然你這樣說，也就算了。」

當下叫人收拾行裝，準備上京，卻因一時雇不到船，只好寫了一封平安家書，託人先送到京中去。

魏生收到家書，拆開一看，並沒一句閒言閒語，只說：「你在京中娶了一個小老婆，

我在家中也養了一個小老公，不久便一同到京師來看你。」

魏生知道這是夫人開玩笑的話，也不在意。信還沒收好，忽然友人來訪。那人是魏生的同年，與魏生交情不錯，曉得魏生並無家眷在內，便直入內室。兩人閒聊了一會，魏生起身去解手，那同年翻了翻桌上的書帖，看見了這封家書寫得好笑，故意朗誦起來。

魏生措手不及，只好笑笑說：「沒這回事！上次小弟偶然給她開了一個玩笑，她便寫了這封信來取笑，如此而已。」

那同年呵呵大笑說：「怎麼拿這種事來開玩笑！」

這件事很快就傳遍了京師，大家引為笑談。那些忌妒魏生年少及第的，便藉這芝麻小事奏上一本，說魏生年少輕佻，言行不檢，不宜居清要之官。魏生因此被降調外任，懊悔不及。

這便是為了一句戲言，毀了自己前程的故事。可知玩笑不是隨便開得的。

今天要說的正題故事，那主角也只為一句戲言，弄得自己家破人亡，更連累了幾個無辜，說來好不悽慘。世路崎嶇，謹言持身的事，委實輕忽不得。有詩為證：

世路崎嶇實可哀，旁人笑口等閒開。
白雲本是無心物，又被狂風引出來。

這故事的主人翁姓劉名貴，杭州人，家住箭橋附近。父祖幾代，雖稱不上富厚，卻也是書香不斷。到了劉貴手中，大概是時運不濟，先前讀書不成，改行去做生意，更加不行，連本錢都損失了。漸漸的大房改換小房，最後連小房也留不住，只好租了人家的房子來住。

劉貴娶妻王氏，兩人相敬如賓。後來因為沒生孩子，又娶了一個小娘子，姓陳，是陳賣糕的女兒，家中都叫她「二姐」。這是家道還沒十分落敗時候的事。二姐過來了幾年，也沒生下一男半女。家中只有至親三口，感情倒很融洽。

劉貴平時待人和氣，鄉里都稱他為劉官人，大家並不因為他的失敗而瞧不起他，反而寬慰他：「你只不過因為運氣不好，所以事情不順，以後時來運轉，總會有發達的時候。」

話是這麼說，可卻從來就沒有時來運轉的日子。

有一天，一家三口在家中閒坐，丈人家的老家人老王走來說：「今天是家裡老員外生日，特地叫老漢來迎接官人娘子回去一趟。」

劉貴說：「懶散慣了，居然連岳父的生日都給忘了，真是不該。」話雖這麼說，心裡卻是一陣難過。這幾個月來的日子，窮愁潦倒是真，可不是懶散過來的。

說著，便和大娘子收拾了行裝，叫老王背了，吩咐二姐說：「天色已經不早，我們現在去，晚上大概不回來了。你一個人在家，就早點休息，明天晚上以前我們一定回來。」

丈人家離城二十幾里，傍晚時分就趕到了。丈人似乎有什麼話要對劉貴說，但是當天晚上客人多，不好說話。客人走了，丈人叫劉貴夫妻住下，說有些事要和他們商量。

第二天一早，丈人等劉貴吃過早點，便走來對他說：「姐夫㊟，我看你這樣下去也不是辦法，俗話說『坐吃山空，立吃地陷』、『咽喉深似海，日月快如梭』，你自己總該得有個計較。我女兒嫁了你，雖不一定說要多少富貴，但總指望個豐衣足食。難道說就這樣不死不活地下去？」

劉貴嘆了一口氣說：「岳父說得是，小婿也不是沒想過這問題，只是如今這種勢利的社會裡，有的是錦上添花，誰肯雪中送炭？現在小婿連一些本錢也沒，要開口向人告借，真的是比上山擒虎還難。即使想做點什麼小生意，也是無路可通。」

丈人說：「現實如此，這也難怪。但這樣下去終歸不是辦法。我現在先拿一些給你當本錢，你就隨便去開個小雜貨鋪，也算有了事做，有了起頭，你認為怎樣？」

劉貴說：「岳父如此關愛，那是最好不過了。」

吃過午飯，丈人便拿了十五貫錢給劉貴說：「姐夫，這些錢你先拿去，整理出一個店面，開張的時候，我再給你十貫。你妻子就暫時留在這兒，等一切都準備得差不多了，老

漢親自送她回家，也順便向你作賀，不知你認為如何？」

丈人為他設想這麼周到，劉貴還有什麼話好說？只得謝了又謝，馱了錢自己先回。到了城裡，天色已經晚了，剛走到一個朋友家門前，這個朋友最近也想做點小生意，劉貴想著：「找他商量一下也好。」便去敲那人的門。

那人開門見是劉貴，便邀他進去，劉貴將自己打算做生意的事一一說了，那人說：「小弟現在閒著也是閒著，老兄用得著時，吩咐一聲，即便過去相幫。」

當下兩人又說了些生意上的事，那人拿出現成酒菜，請劉貴吃了幾杯。劉貴是沒酒量的人，話別之後，便覺有點醺醺然。一步一步捱到家中，已是家家點燈的時候。

卻說小娘子二姐獨自一個人在家，沒事好做，等到天黑，便關了門，在燈下打瞌睡。劉貴敲門敲了好久，她才醒來開門。

劉貴進到房中，二姐接過了錢，放在桌上，便問：「官人，你從哪裡拿來這些錢？作什麼用的？」

劉貴一來有了幾分酒意，二來怪她開門開得太慢，便跟她開起了玩笑說：「唉！這事情不對妳說也不行；說了，又恐怕妳見怪。妳知道，為了生活，我們現在已經是走投無路，沒法可想。萬般無奈的情況下，今天早上，只好把妳典押給了一個客人。又因為我實在捨不得妳，所以只典了十五貫錢，以後如果有了錢，便可以盡快把妳贖回來。可是，如果還是像目前一樣的萬事不順，那也只有算了。」

小娘子聽了這些話，真如青天霹靂。要說不信，明明白白的十五貫錢擺在面前。可是要說真有其事，事前卻又沒半分徵兆，家裡三口相處一向也很好，怎麼忽然就做得這麼絕，這麼心狠手辣？心中又是酸楚又是狐疑，只得問道：「雖然如此，總得先通知我爹娘一聲。」

劉貴說：「如果事先通知你爹娘，事情就絕對辦不成。等妳明天過了那人的家門，我再慢慢託人向你爹娘說。此事是出於萬不得已，妳也不必太怪我無情。」

小娘子又問：「官人今天在什麼地方和人吃酒的？」

劉貴說：「就是在買妳的那人家裡。寫好了合約書，大家喝了幾杯。」

小娘子又問：「大娘怎麼沒一同回來？」

劉貴說：「她因為不忍和妳分離，所以要等到明天妳出了門才回來。總之，這一切都是無可奈何的事。」玩笑越說越真，劉貴自己暗地裡忍不住笑，不脫衣裳，躺在床上，不知不覺就睡著了。

小娘子哪裡知道這是開玩笑的話，想到幾年來的夫婦之情，頓時間化成泡影，不禁一片惘然。接著又想起：「不知他把我賣給什麼樣的人家？無論如何，我總得先回去告訴爹娘一下。明天他們來要人，就到爹娘家去要吧！」

沉吟了一會，便把十五貫錢放到劉貴腳後邊，趁他酒醉熟睡，輕輕地收拾了隨身衣服，開了門出去。一出門，才發覺原來夜已深了，走不得路。猶疑了一下，便到隔壁朱三老兒的家來。朱三老夫婦倆是多年的老鄰居了，小娘子便照實對他們說：「我的丈夫今天不知為什麼，無緣無故的就把我賣了，我想回去告訴我爹娘。麻煩你們明天對他說一聲，要人的話，就到我爹娘家中來，大家說個明白。」

朱三媽說：「妳這樣做是對的，但是現在已經這麼晚了，要去也得明早兒去。如果妳不願意在家裡睡，將就點在我們這兒睡了，我們明天就去和妳家官人說。」

當晚小娘子就在朱三老家睡了一夜，隔天天未亮便趕早出門去了。

小娘子的事暫且擱下一邊。卻說劉貴在家一睡，直到三更方醒，見桌上燈猶未滅，小娘子卻不在身邊，以為她還在灶下收拾東西，便叫她要茶吃。叫了一回，沒人答應，想要掙扎起來，卻因酒尚未醒，不覺又睡了下去。

這時候，正好有一個偷兒摸了進來。原來小娘子出去時，只將門兒拽上，沒有關好，劉貴又睡得熟了，裡面當然也沒有上鎖，因此那偷兒略推一推，門便開了。這偷兒躡手躡腳地進了房中，四處摸了一遍，並沒找到可偷的東西。到了床前，燈還亮著，看到一個人面向裡睡著，腳後卻有一堆錢，便摸到床後去取那些錢。想不到剛拿了一些，就將劉貴驚醒了。劉貴一驚覺到有賊，便叫嚷起來：「這些錢是我借來養家活口的，你偷了去，我卻

怎麼辦！」

那偷兒一聲不響，照面就是一拳，劉貴側身躲過，翻身躍起，來抓偷兒。偷兒拔腿就跑，想不到慌張之下，卻跑到廚房裡去了。劉貴正想大聲呼叫鄰舍起來捉賊，偷兒一急，看見明晃晃一把劈柴斧頭正在腳邊，所謂人急殺人，狗急跳牆，拿起斧頭，朝劉貴便砍，正中面門，又復一斧，劉貴已是倒地不起，嗚呼哀哉了。

偷兒見殺死了劉貴，一不做、二不休，索性翻身入房，將十五貫錢全部拿了，包裹停當，將門拽上，一溜煙走了。

第二天鄰居們起來，看到劉家門也不開，又沒一點聲息，很是奇怪，便叫道：「劉官人，天亮了。」裡面沒人答應，將門一推，也沒上鎖，走進裡面一看，見劉貴被人砍死在地，一攤血跡，嚇得失聲大喊。

眾鄰舍七嘴八舌地說：「他兩天前帶著大娘子回娘家，怎麼今天卻死在家裡？小娘子呢？怎麼不見？」

朱三老兒說：「小娘子昨天晚上到我家睡了一夜，她說劉官人無緣無故將她賣了，她要回去告訴爹娘。叫我對劉官人說，如果要人就到她爹娘家去。她今天一大早，天還沒亮就走了，我們現在一面派人去追她回來，一面派人去告訴他家大娘子，事情才會有個下落。」

眾人同意朱三老的話，當下即刻派人往兩邊去。老員外和女兒聽到了凶信，都大哭起來，老員外說：「昨天好端端的出門，老漢還贈他十五貫錢，叫他做點小生意，怎麼就這樣的給人殺了？」

去報的那人說：「事情到底是怎麼發生的，我們左鄰右舍都不知道。只是早上劉官人家門兒半開，眾人推門進去，只見劉官人被人殺死在地，並沒看到什麼十五貫錢，也沒看到小娘子。聽左鄰的朱三老說，小娘子昨天晚上到他家，說劉官人無緣無故將她賣了，她要回去告訴爹娘。朱三老夫婦便留她在家住了一夜，今天一大早出門去了。不管事情到底如何，老員外、大娘子還是趕緊去一趟，我們那邊也已派人追小娘子去了。」

老員外、大娘子當下不再多問，急急忙忙收拾了，隨著那人三步做一步地趕進城中來。大娘子一路上啼啼哭哭，不必細說。

話分兩頭，就在這一天的一大早，往城外褚家堂的路上，一個背著背包的年輕人，也三步做兩步地趕著路。這一條路對他來說是再熟悉也沒有了，一年總得趕個十來趟，平常這時候路上除了他一人之外，再難遇見第二個人影。可是今早卻有了異樣，他剛走到離城大約二里的地方，忽然看見前不遠處的那棵大樹下，隱隱約約似乎有一個人影，一動也不動，他頓時有些緊張起來，也有些奇怪，一大清早，會是什麼樣的人？一步步走著，一步步提防，眼睛睜得大大的。等到看清楚了身影，不自覺的一笑，心中如放下一顆大石，原來是個年輕的女人坐在那兒。他本想不願多管閒事，但是好奇的念頭卻使他停下了腳步。走向前去，深深的作了一揖，說道：「小娘子，這麼一大早的一個人，上哪兒去啊！」

小娘子看這人不是個不良之輩，便站了起來，還了一個萬福，說：「上褚家堂去，走累了，所以坐下歇歇。」

那人說：「小的也上褚家堂，敢情是同路了，不知小娘子往褚家堂找誰去？」

小娘子說：「回爹娘家去，就在褚家堂東側。」

那人說：「這麼說來，小娘子與小的原是同鄉，小的正是褚家堂村裡人。昨天進城收了些絲帳，也是要趕路回家。小娘子一個人這麼一大早走路恐怕有所不便，既是同路，不妨一起走好些。」

要跟一個陌生的男子同行，小娘子原本有些猶豫，但看那人一片好意，又想到自己一氣之下摸黑走了出來，其實也有些害怕，便也隨著那人一齊上路。

兩人這麼一前一後的走著，路上再沒有交談一句，走了大約四五里路，天也大亮了，忽然後面有兩個人腳不點地，飛快地趕了上來，上氣接不著下氣的叫著：「小娘子，請等一等，小娘子……」小娘子和那人覺得奇怪，都停了下來。那兩個人趕到跟前，看了看小娘子和那人一眼，不由分說，一人扯了一個便走，說道：「你們幹的好事，跟我們走！」

小娘子吃了一驚，原來是兩個鄰居，一個就是朱三老，小娘子便對朱三老說：「到底

是什麼事？昨天我已經對公公說過，丈夫將我賣了，我要回去告訴我爹娘，你們來扯我幹什麼？」

朱三老說：「我怎麼知道是什麼事！昨天晚上妳家出了命案，妳必得回去對證。」

小娘子說：「什麼命案？我昨天在你家過夜，我丈夫好端端地在家睡覺，怎麼會……」

朱三老說：「我也不知你們三七二十一，反正昨天晚上妳的丈夫給人砍死了，妳卻走了，事情恐怕只有你知道。」

那個原本趕路的年輕人看他們話不對頭，便對小娘子說：「既然如此。小娘子就跟他們回去吧！小的先走了。」

朱三老和另外的那個鄰舍一齊將他拉住說：「你也不能走！」

那年輕人說：「我為什麼不能走？我一早從這兒經過，偶然遇見了這位小娘子，同走了一段路，又有了什麼事了？」

朱三老說：「她家發生了命案，你和她在一起，你走了，叫我們去打沒頭官司麼？」

這時旁邊圍觀的人漸漸多了起來，有的就對那年輕人說：「日間不做虧心事，半夜敲門不吃驚，如果你沒做什麼不對，便跟他去何妨！」

另外的那個鄰舍說：「你如果不去，便是心虛，這裡的人都是見證，你要跑也跑不

了。」強拉硬拖的，將他和小娘子拉了回來。

到了劉家門口，看熱鬧的人亂哄哄的，看他們四個人來了，指指點點，讓出了一條路。小娘子進屋一看，丈夫血肉模糊，屍橫在地，嚇得臉色一絲血色也沒，開了口合不得，伸了舌縮不上去。

那年輕人也慌了，雖然明知自己沒做什麼虧心事，但平白無故的扯上了這命案，要走走不開，心上不住地七上八下。

眾人正在那兒你一言我一語的擾擾攘攘，王老員外和大娘子已一步一顛的搶了進來，到劉貴屍身前大哭了一場，看見小娘子就站在旁邊，一把扯住，嚷了起來：「妳這狠毒的婦人，妳丈夫平常怎麼待妳！捲款潛逃也罷了，怎的就狠心將他殺了！天理昭彰，妳又有什麼話好說！」

小娘子一夜來受了無數委屈，又突如其來的看到丈夫死於非命，更已驚嚇得不知所措，被老員外這麼一喝叫，頓時心頭一震，幾乎支持不住，竟似呆了一般。

只聽大娘子哭叫著：「說呀！妳為什麼要殺死他，為什麼！說呀！」

小娘子恍若失了魂的人，兩眼望著地上的屍身，說道：「你說將我賣了，賣了十五貫，為什麼，到底為什麼……」

那大娘子一聽，突然止住了哭聲，大聲的叫了起來：「妳胡說些什麼！那十五貫是

我父親給他做本，要他做生意，養家活口的，怎麼是將妳賣了！一定是妳這賤人見家中窮困，在外面勾搭了人，看了十五貫錢，見財起意，殺死丈夫，與漢子私逃，現在雙雙被抓，還要抵賴！」

眾人齊聲道：「大娘子說的對。」轉身來便拉住那年輕人，對他吼著：「你一個年輕人，卻幹下這麼沒天良的事，真是皇天有眼！你是哪裡人？」

那年輕人說：「小的是褚家堂村裡人，姓崔名寧，和那小娘子從未相識。昨天晚上進城，賣了幾貫絲錢，一大早趕路回家，看見小娘子一個人獨自趕路，小娘子說和小的同路，因此便走在一起，你們這裡的事情我什麼也不知道，怎麼說也牽扯不上關係！」

眾人哪裡聽得進一句，將他的背包扯下一搜，一文也不多，一文也不少，剛好是十五貫錢。眾人登時喊了起來：「好一對謀財害命的奸夫淫婦！真是天網恢恢，疏而不漏。如今人贓俱獲，證據確鑿，再也抵賴不過！」

當下不由分說，大娘子扭了小娘子，老員外拉了崔寧，要眾鄰舍當作見證，一哄地擁進了杭州府。

那時府尹尚未退堂，聽說出了命案，立刻叫將一干人犯帶進大堂。

王老員外是原告，首先上前稟道：「相公在上，小人姓王名富，本府城外村中居住，只生一女，嫁與本府城中劉貴為妻，後因無子，劉貴又娶陳氏為妾，一家三口，尚稱融

洽。只為劉貴經商不利，所以近日生活稍微困頓。前天是小的生日，差人接女兒女婿到家住了一夜，單留陳氏在家。昨天下午，小的將十五貫錢給女婿，要他先回，籌畫開個小店鋪，留下女兒在小的家中。不料昨天夜裡，女婿卻在家中遭人砍死，十五貫錢不翼而飛，陳氏也不見人影。天幸四鄰發現得早，將陳氏追捉回來。原來陳氏早與奸夫崔寧勾搭，兩人共同謀財害命，一齊逃走。現崔寧與陳氏皆已拘到府中，人贓俱在，伏乞相公明斷。」

府尹聽說人贓俱獲，當時便寬心不少，隨即傳小娘子上來，喝問道：「陳氏，妳通奸害夫，劫奪銀錢，人贓已獲，你認罪嗎？」

小娘子口稱「冤枉」，跪下稟道：「大人，冤枉啊！民婦嫁給劉貴，雖是個小老婆，夫妻一向恩愛，大娘子也疼惜，民婦怎會做出傷天害理的事！昨晚丈夫回家，吃得半醉，馱了十五貫錢進門，民婦問他錢的來歷，丈夫說是因為家道窮困，將民婦典賣了十五貫，隔天那邊就來要人。民婦因為事出突然，丈夫又沒通知民婦爹娘，因此慌亂，連夜出門。蒙隔鄰朱三老夫婦可憐，留在他家住了一夜，今天一大早便出城趕往爹娘家去。出門時也曾轉託朱三老，要他告訴丈夫，如果要人，可到我爹娘家來。誰知纔走到半路，四鄰便趕來將民婦捉回。丈夫因何被人殺死在家，民婦確實不知，所供是實，望大人明察。」

那府尹喝道：「胡說，那十五貫錢分明是他丈人給他的，怎麼說是典妳的身價！再說妳一個婦道人家，黑夜與男人同行，還會有什麼好事！眼見通奸害夫是實，還要強辯！」

小娘子正待分說，那些鄰舍一齊跪下稟道：「大人在上，大人所言，確如青天。他家小娘子昨夜借宿在朱三老家是實，但今天她一大早就走了。小的們天亮之後發現她丈夫被人殺死在家，便叫人去趕她回來。趕到半路，看到她和那個男人走在一起，死也不肯回來。大家強拉強拖的才將他們拉了回來。一搜那男的身上，剛好就是十五貫錢，分文不少。這是奸夫淫婦共同謀財害命，罪證分明，再也賴不掉的。」

府尹聽了，便叫崔寧上來，大聲喝問：「京師所在，怎容得你這種人胡作非為！你是哪裡人？什麼名字？」

崔寧說：「小人姓崔名寧，家在本府東郊褚家堂……」

府尹不待他說完，又問道：「你怎麼勾引了人家的小老婆，又見財起意，將本夫殺死？今天帶著姘婦又要逃往何處，一一從實招來！」

崔寧說：「大人，冤枉！劉家的事，小人其實一概不知，以前也從來不認得他家小娘子。小人一向販絲營生，昨天進城賣絲，賣了這十五貫錢，這是城中的絲貨鋪可以作證的。今天一早趕路，偶然遇見了這位小娘子，並不知她姓甚名誰，那裡曉得她家的人命案子？」

府尹大怒道：「胡說！世間哪會有這麼巧的事！他家失去了十五貫錢，你賣絲的錢也剛好是十五貫錢，誰相信你的鬼話！你說絲貨鋪可以作證，莫非絲貨鋪也和你串通了？分明是一派胡言！況且『他妻莫愛，他馬莫騎』。你和那婦人既然不認識，怎麼又和她同行同宿？如此頑皮賴骨，不打如何肯招！」下令用刑，將崔寧和小娘子打得死去活來。

王老員外、大娘子以及鄰舍們，口口聲聲，咬定他們二人串通謀殺，府尹更是巴不得早早了結這段公案，二人的哀號，聲聲的「冤枉」，再也喚不起絲毫的同情。

嚴刑之下，何求不得？可憐的崔寧和小娘子被拷訊了一回，受刑不過，只好屈招了。說是一時見財起意，殺死親夫，同奸夫逃走是實。左鄰右舍也都畫了押，當作見證。

當下將兩人用大枷枷了，送進死囚牢裡。從崔寧身上搜出的十五貫錢判還原主。王老員外和大娘子將這些錢拿來衙門中上下使用，送人情，還不夠用。

這樁人命案子就這樣結束了，府尹將審判的結果奏上朝廷，經刑部覆核，不久便頒下聖旨，說：

「崔寧不合，奸騙人妻，謀財害命，依律處斬。陳氏不合，通同奸夫，殘死親夫，大逆不道，凌遲示眾。」

聖旨一到，府尹即刻命人從大牢內帶出二人，當廳判了一個「斬」字，一個「剮」字，押赴刑場，行刑示眾。這時即使兩人渾身是口，也難分辯，正是：

啞子謾嘗黃蓮味，難將苦口對人言。

兩個無辜的人，就此魂飛杳冥，含冤九泉。

一件重大的人命官司，為了府尹的糊塗，率意斷獄，任情用刑，總算草草結束了。死者不可復生，且不再說起。卻說劉家大娘子，如今剩下孤零零的一個，回家之後，免不了設靈守孝。父親王老員外看她年輕守寡，也怪可憐的，便勸她改嫁。大娘子說：「這種事是急不得的，太急了，惹人笑話。即使不能守個三年，至少也得等到一年期滿。」

光陰迅速，大娘子在家淒淒涼涼，好不容易守了一年孝，父親知道女兒是再守不下去的，硬是拖著也不是辦法，便叫家人老王去接她，叫她「做過了週年忌，便收拾回家，早早改嫁」。

大娘子不再勉強，便收拾了包裹，叫老王背了，與四鄰一一作別，轉回娘家。此時正是初秋天氣，兩人出城走了大約一半路程，忽然來了一陣烏風猛雨。眼看四下又沒房屋，只有前面一座林子，便往林子裡去躲，不想這一走卻走錯了地方，正是：

豬羊走屠宰之家，一腳腳來尋死路。

一走進林子，只聽得裡面大喝一聲，跳出一個人來，手執鋼刀，橫在兩人面前，叫道：

「識相的，留下買路錢，放你們一條生路。」

老王年紀雖然一大把，脾氣卻硬，對著那人便罵：「你這攔路的小畜生，我可認得你，放著這條老命與你拚了！」說著便一頭撞去，那人閃過，老王用力猛了，撲地便倒。那人回身過來，順勢就是一刀，罵道：「你這混帳，自己找死！」又連搠（ㄕㄨㄛˋ shuò）一兩刀，血流滿地，眼見得老王已是養不大了。

大娘子看了，嚇得半死，料想難以脫身，忽然心生一計，叫做脫空計，看著那人將老王殺死，她卻拍手叫道：「殺得好！」那人覺得奇怪，便住了手，圓睜怪眼，喝道：「這是你什麼人？」

大娘子虛心假氣地說道：「奴家不幸丈夫早逝，被媒人哄騙，嫁了這個老頭，只會吃飯，一事不做，又時常虐待奴家。今天大王將他殺了，正是替奴家除了一害。」

那人見大娘子說話細聲細氣，又生得有幾分姿色，便問道：「妳肯跟我做個壓寨夫人嗎？」

大娘子知道此時除了答應，別無他法可想，便說：「情願服侍大王。」

那人回嗔作喜，收拾了刀杖，將老王屍首丟到附近的澗裡，帶了大娘子，彎彎曲曲地走到一所莊院前來。那人拾些土塊抛向屋上去，裡面便有人出來開門。到了草堂之上，吩咐殺羊備酒，與大娘子成親。原來那人是個攔路打劫的賊頭，正是：

明知不是伴，事急且相隨。

從此大娘子便做了這賊頭的壓寨夫人。

那賊頭自從得了大娘子之後，半年之間，又連續劫了幾主大財，家道漸漸豐厚。大娘子本是好人家出身的女兒，有些見識，便早晚用好言相勸：「自古道：『瓦罐不離井上破，將軍難免陣中亡。』家裡現在的財富，儘夠你我兩人下半世吃用了，老是做這種沒天理的勾當，恐怕不會有什麼好結果。不如改過從善，做點正經的生意，才是養身活命的正路。」

那人經他屢次規勸，居然回心轉意，將小小山寨散了，帶著大娘子到城裡買下一間房屋，開了一個雜貨店。從此發心向善，過著閒暇的日子，也時常到寺院中，吃齋念佛。

有一天在家閒坐，聊起了過去的事，對大娘子說：「以前我雖然幹的是那攔路打劫，沒天理的事，卻也知道冤各有頭，債各有主，一向不願多傷人命。可是，即使如此，畢竟還是枉殺了兩個人，又冤陷了兩個人。現在想來，內心時常不安。這些事情我從來沒對妳說過，或許應該做些功德，超度他們。」

大娘子問道：「枉殺了哪兩個人？」

那人說：「一個人就是妳的丈夫。上次在林子裡，我本來不想殺他，他來撞我，我一氣便將他殺了。無論怎麼說，他也是個老人家，往日與我無冤無仇；我殺了他，又奪走了他的老婆，他死也是不肯甘心的。」

大娘子說：「這過去的事也不必說了，如果不這樣，我又哪裡能夠和你廝守？另外一個，又是什麼人？」

那人說：「說起這個人來，我良心上更加過不去。而且就是因為殺了這個人，才冤枉了另外兩個人，害得他們無辜送命。大約是一年半前，我賭輸了，晚上出去想偷點東西。到了一家，看他門也不閂，便摸了進去。摸到裡邊，只見一個人醉倒在床，腳後堆著一堆銅錢，此外再無他人，便去摸他幾貫，誰知卻將那人驚醒了。那人說，這是我丈人家給我做本錢的，讓你偷了，我一家人豈不餓死。說著便起身搶出房門，趕來抓我。他正想聲張起來，我一急之下，腳下剛好有一把斧頭，便拿起斧頭將他劈死。然後回到房中，將所有的錢都拿了，總共是十五貫錢。後來聽說為了這事，連累了他家小老婆，和一個叫做崔寧的人，說他兩人謀財害命，雙雙受了國家刑法。這件事情，無論在天理或良心上都是說不過去的，我每一想起，就覺不安，所以想做些功德，超度他們。」

大娘子聽了，暗暗叫苦：「原來我的丈夫就是他殺的，又連累我家二姐和那個姓崔的無辜受戮。想當初，要不是我一口咬定他們兩人共謀殺人，他們也不會償命。這罪過可真

不小。料想他們在陰司中，也不會放過我的。」心裡一下子千迴百轉，表面上卻仍裝作若無其事，支吾了過去。

第二天，趁著沒人注意，大娘子便跑到杭州府前，叫起屈來。那時候府尹剛換不久，新府尹到任纔只半月，正值陞廳辦案，衙役便帶進了那叫屈的婦人。

大娘子到了堂上，放聲大哭，哭罷，便將丈夫劉貴如何被殺，前任官府如何含糊了事，小娘子與崔寧如何被冤償命，自己如何被賊人強逼奸騙，賊人自己如何親口說出真情等等說了一遍，說罷又哭。

府尹見她說的真切，即刻差人將那賊人抓到，用刑拷問，真相與大娘子所說一些不差，當下判成死罪，奏上朝廷。

六十天之後，聖旨頒下：

勘得賊人某，謀財害命，連累無辜，准律：殘一家非死罪三人者，斬加等，決不待時。原問官斷獄失情，削職為民。崔寧與陳氏枉死可憐，有司訪其家，妥為優恤。王氏既係賊人威逼成親，又能伸雪夫冤，著將賊人家產，一半沒入官，一半給王氏養贍終身。

大娘子當日親往法場，看處決了賊人，將頭拿去亡夫及小娘子、崔寧靈前祭獻，大哭一場。將官府判給的這一半家產，投入尼姑庵中，自己朝夕看經念佛，追薦亡魂。這錯斬崔寧，冤冤枉枉的故事，到此才算正式結束。有詩為證：

善惡無分總喪軀，只因戲語釀殃危。
勸君出語須誠實，口舌從來是禍基。

㊟ 姐夫：宋人慣語，丈人家稱女婿為姐夫。

【結語】

本篇選自《醒世恆言》第三十三卷。《恆言》原題〈十五貫戲言成巧禍〉，題下編者自注：「宋本作〈錯斬崔寧〉」。本書所選，將題目改回〈錯斬崔寧〉。按照《恆言》的題意，重點在於「戲言成禍」，旨在勸人立身需要嚴謹，不能隨便開玩笑。〈錯斬崔寧〉的題意，則重點在於「錯斬」兩字，對於糊塗判官錯斬人命，顯然有著指責之意，同時對於人生的無常，也有著無可奈何的感慨。按照宋人說話的分類標準，這一篇應當屬於「公案」一類。

〈錯斬崔寧〉這個故事，後來成為民間文學一個很流行的主題。清朝的朱素臣根據這個故事編成了《十五貫》傳奇，鴛湖逸史編成了《十五貫》彈詞。

現代小說家朱西寧先生所寫的《破曉時分》，就是根據〈錯斬崔寧〉改寫而成的小說。讀者如果有興趣，可以拿來對照，就可以更明白現代小說和話本小說的不同。之後，《破曉時分》也曾經改拍成電影。

宋四公與趙正、侯興

錢如流水去還來，恤寡周貧莫吝財。
試覽石家金谷地，於今荊棘昔樓台。

這首詩是借用晉朝大富翁石崇生活過於驕奢無度，而致家破人亡的故事，反過來勸人不要過於貪吝錢財。

有錢而驕奢，是不善用錢財；有錢而貪吝，是人不用錢，反為錢用，都不能見著錢財的好處。

錢財雖好，畢竟是身外之物。有錢時，若能周濟貧苦，救助孤寡，自己快活，眾人同樂，便是善用錢財，便能見著錢財的好處。

若是過於貪吝，變成了錢財的奴隸，自己一分不享，他人也不受著一些好處，便是守財奴，惹人笑話。

今天要講的便是一樁和一個守財奴有關的趣事。說是守財奴，當然是有財可守的人，也就是富翁，吝嗇的富翁。這個富翁一向安分守己，並不惹是生非，卻只因為貪吝了些，便弄出個非常的大事，變做一段有笑聲的小說。

這富翁姓張名富，家住東京開封府，幾代以來都是開的當鋪。因為他著實有些錢財，大家便叫他張員外。

這員外平常沒什麼嗜好，只是有件毛病，喜歡去那：

虱子背上抽筋，鷺鷥腿上割股。

古佛臉上剝金，黑豆皮上刮漆。

對於周遭之物，倒能件件愛惜，你覺得無用的，他偏認為有用：

痰唾留著點燈，捋松將來炒菜。

雖說他平生沒什麼大志向，暗地裡倒曾發下四條大願：

一願衣裳不破，二願吃食不消，

三願拾得物事，四願夜夢鬼交。

人人道他是個有錢的富家翁，其實是個一文不用的真苦人。他如果在地上拾得一文錢，便想用來：

磨做鏡兒，捹做磬兒，

掐（ㄊㄠ tāo）做鋸兒，叫聲我兒，

做個嘴兒，放入篋兒。

大家看他一文不使，貪吝非常，便給他起個別號，叫做「禁魂」張員外。

有一天中午，員外正在裡面白開水泡冷飯的吃點心，兩個主管在門前數現錢。忽然有一個打著赤膊，身上繡滿花紋的傢伙，手裡提著小籮筐，走到張員外家裡乞討來了。主管看著員外不在門前，把兩文錢丟在他籮筐裡，想不到卻給在布簾後的張員外看見了，飛快地走出來叫道：「好啊，主管！你幹什麼把兩文錢丟給他！一天兩文，千日便是兩貫。」大步向前，趕上那個傢伙，奪過他的籮筐，將裡頭的錢都倒在錢堆裡，並且叫伙計們將那傢伙打了一頓。路上的人看了，都憤憤不平。

那個提著籮筐的傢伙被打了，看他們人多勢眾，不敢和他們爭，只站在門前遠遠的叫罵。這時旁邊忽然有一個人叫他：「兄弟，你過來一下，我和你說句話。」提籮筐的回過頭來，看到叫他的是一個獄卒打扮的老頭兒，便走了過來，那老頭兒說：「兄弟，這個禁魂張員外，一向不近情理，不要和他爭了。我給你二兩銀子，你就是去賣蘿蔔，也算是個生意人。」提籮筐的傢伙拿了銀子，謝了老頭兒，頭也不回地走了。

那老頭兒不是別人，就是出了名的老光棍，老偷兒宋四公。他不是東京本地人，是鄭州奉寧軍人。因為他善於化裝，又神出鬼沒，所以尋常的人都認不得他。禁魂張員外一向貪吝無比，宋四公早想找他家下手，今天又見了這番光景，氣憤不過，便決定晚上就動手。

大約三更左右，宋四公在金梁橋上買了兩個煎菜包，揣在懷裡，走到禁魂張員外門前。這時剛好是個月黑風高的夜晚，路上一個行人也沒有。宋四公拿出一個奇怪的東西，一掛掛在屋簷上，接著身子一盤，便盤到了屋上，然後往裡頭庭院一跳，跳了下去。

四下一望，兩邊是廊屋，角落裡有一間還點著燈，聽得一個婦女的聲音說道：「這麼晚了，三哥怎麼還不來！」宋四公心想：「這個婦人一定是和人在這裡私約偷情。」便用衣袖掩住了臉，走了進去。那婦人說：「三哥，幹什麼遮了臉來嚇人？」宋四公冷不防向前一拉，拔出刀來說：「不許出聲，一出聲便殺了妳！」

那婦人嚇得抖做一團，哀求道：「大老爺，饒奴一命。」

宋四公說：「小娘子，我來這裡撈點東西，我且問妳，這裡到庫房有些什麼關卡？」

那婦人說：「出了這個房間十幾步，有個陷阱，兩隻惡狗守著。再過去可以看到五個守庫房的在那兒喝酒，他們一個人守一個更次，那兒便是庫房。走進庫房，有一個紙人，手裡托著一個銀色的球，底下安了機關。如果你不小心踏到了機關，銀球便落到水槽裡，直滾到員外床前，將員外驚醒，員外一喊叫，你就跑不掉。」

宋四公說：「原來如此。小娘子，後面來的是誰？」那婦人不知是計，回過頭去，被宋四公一刀，從肩頭砍了下去，死了。

宋四公走出房來，走了十幾步，沿著西邊走過陷阱，只聽得兩隻狗直吠。宋四公從懷中取出菜包，抹些不按藥理，蹊蹺作怪的藥在上頭，丟到狗子身邊。狗子聞得又香又軟，一隻一個，一個一口地吃了，便一動也不動了。

再走進去，果然聽得有人呼么喝六，大約有五六個人在那兒擲骰子。宋四公從懷中

拿出一個小罐子，放了些稀奇古怪的藥在裡頭，用火點著，頓時馨香撲鼻。那五六個人聞了，個個說：「好香！這麼晚了，員外還在燒香。」大家只管聞來聞去，忽然頭重腳輕，一個倒了，又一個倒。

宋四公走到那些人面前，看到還有吃剩的半瓶酒和一些果菜，便老實不客氣地吃個精光。那幾個人眼睜睜地看著，只是一動也不能動，一聲也不能吭。

吃完了那些剩酒剩菜，走到庫房門前。見那庫房的門用個胳膊大的大鎖鎖著，便從懷裡拿出他那個叫做「百事和合」的寶貝鑰匙，一撬，將鎖撬開，走了進去。剛進門，果然有一個紙人，手裡托著銀球。宋四公先將銀球拿了下來，踏過許多機關，到庫房裡將那些上等的金銀珠寶，包了一大包。然後又從懷中拿出一枝筆，用口水潤濕，在壁上題了四句：

宋國逍遙漢，四海盡留名。
曾上太平鼎，到處有名聲。

題完了字，門也不關，便溜出了張家大門。宋四公撈了這一大票，心裡想著：「這麼一鬧，須避避風頭才好。」便連更徹夜地趕回他老家鄭州去了。

張員外家那幾個看守庫房的，直到隔天天亮才醒過來。一看庫房的門開著，兩隻狗給藥死了，一個婦人被殺了，急忙跑去告訴員外。員外查點庫房，見少了許多金銀珠寶，傷心得死去活來。

當下趕到緝捕房去告了狀。滕大尹即派緝捕班頭王遵帶了捕快到員外家來追查賊蹤。捕快們看見壁上題了四句話，裡頭一個老成的叫周五郎周宣的說：「班頭，這不是別人，是宋四幹的。」

王班頭道：「何以見得？」

周宣說：「這四句話上面的四個字合起來不正是『宋四曾到』嗎？」

王班頭說：「好久以前就聽說幹這一路的，有個宋四公，是鄭州人，手段最高，這次一定是他無疑。」便叫周宣帶同幾名捕快到鄭州去拿宋四公。

眾捕快一路上飢餐渴飲，夜住曉行，一到鄭州，便問到了宋四公家裡。他家的門前開著一間小茶坊，眾人便走進去吃茶。一個老人家在那兒上灶沏茶，捕快們對那老的說：「順便請四公來吃點茶。」那老的說：「四公生了病還沒好，等我進去告訴他一聲。」便走了進去。

這時聽得宋四公在裡面叫了起來：「我頭痛得要命，叫你去買碗粥你也不去。我花錢請你，你卻一點兒也不替心替力，要你幹什麼！」刮刮地把那沏茶的老人打了幾下。

不一會兒，只見沏茶的老人手拿著粥碗出來說：「各位請稍等一下，宋四公叫我買粥，馬上就來。」

眾人在那兒乾等了好久，買粥的不見回來，宋四公竟也不出來。大夥兒不耐煩，便走進他的房裡，只見綁著一個老人在那兒，眾人以為是宋四公，便來抓他，那老的卻說：「我是替宋四公沏茶的，剛才拿碗出去買粥的，才是宋四公。」

眾人仔細一看，不錯，正是那個沏茶的，吃了一驚，嘆口氣道：「真個是好手，我們看不仔細，被他瞞過了。」只得出門去趕，卻哪裡趕得著？

原來那些捕快們進來吃茶時，宋四公在裡面聽得是東京人口音，悄悄地一看，又像是公差衙役的模樣，心裡就已警覺，等那沏茶的老人進去，便故意叫罵埋怨，卻把沏茶老人的衣服換了過來，低著頭，裝做去買粥，走了出來，就此瞞過了眾捕快。

宋四公走出門來，一路上尋思道：「現在該上哪兒去好？趙正那小子上次曾傳過口信，說他現在在謨縣，不如先到他那兒避避。」趙正就是宋四公的徒弟，平江府人，和他師父同樣是做那沒本錢的暗盤生意。

宋四公又將衣服換過，照樣扮成一個獄卒的模樣，拿著一把扇子，慢騰騰地往謨縣來。來到謨縣一家小酒店門前，肚子也餓了，便進入酒店買些酒菜吃。才吃得三兩杯酒，只見一個精精緻緻的後生走了進來，望著宋四公叫道：「公公拜揖！」

宋四公抬頭一看，不是別人，正是他的徒弟趙正。當著別人面前，宋四公不好和他師父徒弟相稱，說道：「官人請坐。」師徒二人久別重逢，未免敘些閒話家常。兩人吃了幾杯，趙正低聲問道：「師父一向可好？」

宋四公說：「二哥，最近有什麼生意沒有？」

趙正說：「生意是有的，不過都風花雪月地用光了。聽說師父到東京去，著實撈了一票。」

宋四公說：「也沒什麼，不過四五萬錢。」又問趙正：「你如今要上哪兒去？」

趙正說：「師父，我想上東京走一遭，順便玩玩，然後回我老家去。」

宋四公說：「二哥，你去不得。」

趙正說：「為什麼我去不得？」

宋四公說：「我說你去不得，有三重原因。第一，你是平江人，對東京不熟，我們這一行的誰認得你？你去要投奔誰？第二，東京全城百八十里，叫做『臥牛城』，我們是草寇，俗話說：『草入牛口，其命不久。』第三，東京有五千個眼明手快的緝捕人員，偵防嚴密。」

趙正說：「這三件都不妨事，師父你只管放心，我也不見得隨便就失手。」

宋四公說：「你如果一定要去，我也阻你不住。我要來時，摸了禁魂張員外的一包細軟，晚上我住客店，把這包東西當作枕頭，如果你能將這包東西摸走，你就去東京吧！」

趙正說：「師父，那我就先試試看。」

兩人說罷，宋四公算還了酒錢，帶著趙正來到一家客店，趙正隨著宋四公到房裡走了一遭，便自先回。

到了晚上，宋四公心裡想著：「趙正這小子手段不錯，我做他師父的，如果真的被他把這包細軟摸走了，豈不惹人笑話，晚上還得小心些才是。」

把一包細軟小心的安放在枕邊，才臥上床去，便聽得屋梁上知知茲茲地叫，宋四公自言自語的道：「作怪，還沒起更，老鼠就出來吵鬧人。」仰面看去，屋頂上剛好落下些灰塵，宋四公禁不住打了兩個噴嚏。一會兒，老鼠不吵了，卻聽得兩隻貓兒喵喵地叫著、咬著，幾滴貓尿滴了下來，不偏不倚，正好滴在宋四公嘴裡，臊臭無比。宋四公啐了一聲，漸漸覺得困倦，就睡著了。

隔天一早醒來，枕邊不見了那一包細軟，正在那兒無可奈何，只見店小二來說道：「公公，昨晚和公公來的那人來看你。」宋四公出來看時，正是趙正。宋四公忙把他叫進房裡，關上房門。

趙正從懷裡取出包裹，交還師父。宋四公說：「二哥，我且問你一下，昨晚這兒的牆壁門窗都沒動，你是從哪裡進來拿了這包兒？」

趙正說：「不瞞師父你說，這房裡床前的窗子都是紙糊的。首先我爬上屋頂，學老鼠叫，那掉下來的灰塵，其實是我用的藥粉，撒在你的鼻裡眼裡，你便打噴嚏。後來的貓尿，就是我的尿……」

宋四公一聽，不禁有氣：「你這個畜生，好沒道理！」

趙正繼續說：「師父著了我的藥粉，不久就睡過去了。我摸到窗前，將窗紙剝下，用小鋸子將兩條窗櫺鋸下，然後挨身而入，到你床邊偷了包兒，溜出窗外，把窗櫺再接好，窗紙再糊好，看起來便沒一點兒痕邊。」

宋四公輸了這一著，心裡懊惱，賭著氣說：「好，好！你有辦法！如果今天晚上你能再把這包東西摸走，算你厲害。」

趙正說：「我便再試試看。師父，我先回去了，明天見。」說著，頭也不回地走了。

宋四公口裡不說，肚裡估量著：「趙正的手段顯然比我厲害，這次如果又讓他把這包兒摸走，那就真的不好看了，不如趁早開溜。」便叫店小二來說道：「店二哥，我等會兒就走，這兒二百錢，麻煩替我買一百錢烤肉，多放點椒鹽。再買五十錢蒸餅，剩下五十錢給你買碗酒吃。」

店小二拿了錢，便去市場裡買了烤肉和蒸餅。剛要走回客店時，忽然聽得茶坊裡有人叫著：「店二哥，你上那兒去？」

店小二抬頭一看，原來就是那個和宋四公相識的客人，便對他說：「你那朋友要走了，叫在下替他出來買烤肉和蒸餅。」

趙正說：「他買多少錢的肉？」

店小二說：「一百錢。」

趙正說：「麻煩你一下，這兒是二百錢，你再跑一趟，幫我也買一百錢肉，五十錢蒸餅。剩下的五十錢給你當酒錢。這些烤肉和蒸餅就暫且放這兒。」

店小二道了謝，回轉身去，不一會兒，便買了同樣一包的肉和蒸餅回來。趙正說：「太麻煩你了。你回去見我那朋友時，說我傳的話，要他今天晚上小心些。」

店小二回到店裡，將肉和餅交給了宋四公，說：「早上來的那位官人要我傳個話，叫你晚上小心些。」

宋四公還了房錢，提了包裹，帶了那兩樣剛買的點心，便走出客店。走了一里多路，來到八角鎮的渡頭找渡船。船就在對岸，卻不過來。等了好久，肚子餓了，將包裹擺在面前，拿起蒸餅，夾些烤肉，大口地咬了幾口，只見天在下、地在上，一眨眼就栽倒在地。這時只見一個衙役打扮的人走過來，將他的包裹提了就走。宋四公眼睜睜地看著東西被他拿走，要叫卻叫不出來，要趕又走不動，弄得真的是欲哭無淚。

那個衙役打扮的人拿了包裹，坐著渡船，一下子不見了。

過了好久，宋四公才甦醒過來，想道：「這傢伙到底是誰？一定是店小二給我買的肉有問題！」做賊的被偷，陰溝裡翻船，可又奈何！只好忍氣吞聲，坐了渡船到對岸。

走了一會兒，肚裡又悶又飢，剛好走到一家酒店，便走了進去，買酒解悶療飢。剛喝得三杯兩盞悶酒，外面忽然扭扭怩怩地走進一個婦人來。那婦人進到酒店，向宋四公道個萬福，拍手便唱起了曲兒。

宋四公仔細一看，這婦人好像有些面熟，卻又想不起在那兒見過。他想大概是酒店中賣唱的，便叫她過來同坐。那婦人一坐下，宋四公手腳便有些不乾淨，毛手毛腳的。想不到一動手，發覺不對，這個「婦人」原來不是婦人，宋四公向那人一推：「混帳，你到底是什麼人？」

那個裝做婦人的說：「公公，我不是賣唱的妓女，我是蘇州平江府趙正。」

宋四公說：「你這小滑頭，我是你師父，你為什麼這樣來捉弄我！原來剛才那個裝做衙役的也是你。」

趙正說：「便是你的徒兒趙正。」

宋四公說：「那你把我的包裹放在哪兒？」

趙正對酒保說：「把我剛才寄在這兒的包裹拿來。」酒保將包裹拿了過來，遞給宋四公，宋四公說：「二哥，你是怎麼拿走我這包裹的？」

趙正說：「今天上午，我在客店附近的一家茶坊閒坐，看店小二拿了一包烤肉，我就叫他也替我買一包，順手在你那包肉上放了些蒙汗藥。後來我又裝做徜役，跟在你後面。你被蒙倒了，我便拿了你的包裹，到這兒來等你。」

宋四公說：「這樣說來，你真的是高手，可以上得東京。」當下算還酒錢，兩個一同走了出來。

來到一處空曠無人的所在，趙正到溪水裡洗了面，換回了男裝。宋四公說：「你要上東京去，我替你寫封信，介紹你去見一個人，也是我的徒弟。他家住在汴河岸上，賣人肉饅頭。姓侯，名興，排行第二，人家都叫他侯二哥。」

趙正說：「謝謝師父。」

宋四公到前面一家茶坊，借紙筆寫了信，交給趙正，然後作別而去。

趙正當晚在一家客店安歇，將宋四公寫的信打開來看，上面寫著：

「二郎，二娘子：別後安樂否？今有姑蘇賊人趙正，要來東京做買賣，我特地叫他來投奔你們。這人對我們同行無情無義，一身的精皮細肉，倒是做餡子的好材料。我曾受他三次無禮，可千萬勦除此人，免為我們同行留下後患。」

趙正看完了信，伸著舌頭縮不進，一下子呆了。接著想道：「換了別人便怕了，不敢去。我趙正偏要去，看他怎樣對付我！」將信如原先的樣子封了。

第二天離了客店，由八角鎮經板橋，不幾天便來到陳留縣。再沿著汴河走，到中午前後，就看到岸上有家饅頭店，門前一個婦人在那兒叫著：「客官，喫些兒饅頭點心再走。」看那招牌上寫著：「本行侯家，上等饅頭點心。」趙正知道是侯興家了，便走進去。那婦人上前打了招呼，問道：「客官用點心？」

趙正說：「稍等一下。」故意將背上的包裹取下，翻出裡頭一包包的金銀釵子，也有花頭的，也有連二連三的，也有素面的，都是一路上摸來的。

侯興的老婆看得眼睛出火，心裡想道：「這客官大概是賣頭釵的，怎麼就有這許多釵子？我雖然賣人肉包子，老公又做賊子，可從來沒見過這麼多寶貝兒。等一下多放些蒙汗藥，這些釵子便都是我的。」

趙正說：「大嫂，拿五個饅頭來。」

侯興的老婆特別為他多加了些佐料，才端了出來。趙正從懷裡拿出一包藥說：「大嫂，給一杯冷水，我吃藥。吃了藥才吃饅頭。」

趙正吃了藥，拿起筷子將饅頭一撥，撥開餡子，看了一看說：「大嫂，我出門時我爹告訴我，不要到汴河岸上買饅頭，說那裡的饅頭都是人肉做的。大嫂妳看，這一塊有指甲，大概是人的指頭；這一塊皮上許多短毛，大概就是人的胳膊了。」

侯興的老婆說：「哪有這種事，客官別開玩笑了。」

趙正不慌不忙將饅頭吃了，侯興的老婆指望看他倒下，可煞作怪，卻一點兒事也沒有。

趙正說：「大嫂，再來五個。」

侯興的老婆心想：「剛才大概藥量少了，這次得多加一些。」狠狠地又加了許多蒙汗藥。趙正從懷中又取出藥包，吃了些藥。侯興的老婆說：「客官吃的什麼藥？」

趙正說：「平江府提刑散的藥，名叫『百病安丸』，專治疑難雜症，婦人家諸般頭痛，胎前產後，脾血氣痛，吃了更有奇效。」

侯興的老婆平常正有些兒頭痛症，便說：「客官，這麼好的藥，不知可否讓我來點兒試試？」

趙正從懷裡摸出另一包藥來，遞給侯興的老婆說：「妳先吃一包看看。」那婆娘不吃便罷，一吃下去，不覺全身酥麻，頭重腳輕，當場匹然倒地，不省人事。

趙正說：「妳要對付我，誰知好看的卻是妳。要是別人一定溜了就走，我偏不走。」不一會兒，一個男人挑著擔子走了進來，趙正心想：「這個人大概就是侯興了，且看他怎麼樣！」

侯興和趙正打了招呼：「客官吃過點心嗎？」趙正說：「吃了。」侯興向裡頭叫道：「嫂子，會過錢沒有？」找來找去，不見老婆的影子。走到灶前一看，只見老婆倒在地上，

口流唾沫。侯興急忙上前扳起她的身子，老婆喃喃地說：「我著了人家的道兒。」

侯興說：「我知道了，一定是你不認得江湖上的同道，得罪了人家。是不是著了門前那個客人的道兒？」他的老婆微微的點了點頭。

侯興走到門前，向趙正說：「法兄，山妻有眼無珠，不識法兄，萬望恕罪。」

趙正說：「尊兄貴姓？」

侯興說：「在下侯興。」

趙正說：「在下姑蘇趙正。」說完便將解藥拿給侯興，侯興拿去給他老婆吃了。

趙正說：「二兄，師父宋四公有信轉呈。」

侯興將信拆開一看，看到最後說定要將此人勦除，心裡便有了打算，說：「一向久仰得很，幸得相會，今晚就這兒歇了吧。」說完，置酒相待，安排趙正在客房裡睡。

約二更時分，只聽那婦人的聲音說：「二哥，好下手了。」

侯興說：「使不得！等他更睡沉些。」

趙正一一聽在肚裡，趁他們不注意，溜下床來，躡手躡腳摸到另一個房裡，正是侯興孩子睡覺的地方。這孩子剛十來歲，正發著瘧子，害病在床。趙正將那孩子抱過來，放在自己的床上，用被蓋好，然後溜出後門。

過了不久，侯興拿著一把劈柴大斧頭，老婆拿著一盞燈，推開趙正房門，不分青紅皂

白，幾個斧頭起落，便將被裡的人砍作三段。侯興不見吭聲，心裡有點發毛，掀起被來看，不禁失聲叫道：「苦啊！二嫂，殺的是我們的兒子。」夫妻兩個呼天搶地大哭了起來。

冷不防趙正在後門叫道：「你們無緣無故的殺了兒子幹什麼？殺了兒子也是要吃官司的！」

侯興一聽，氣往上衝，拿起斧頭趕出後面。趙正見他趕來，拔腿就跑，望著前面溪裡一跳，游了過去。侯興毫不含糊，也跳下水追了過來。兩人一前一後，一追一跑，從四更前後到五更，一口氣趕了十一二里，直到順天新鄭門外。趙正看到路旁一家浴堂，一鑽鑽了進去。正想歇息一會，拿了手巾洗臉，忽然兩腿被人一拉，倒在地上。趙正眼明手快，一翻身，壓在那人身上，一看正是侯興，掄起拳頭只顧打。

正打得起興，一個獄卒打扮的老兒走來說：「你們兩個不要打了。」趙正和侯興抬頭一看，不是別人，正是師父宋四公，兩個同時翻起身來，拜見了老師。

宋四公和他們兩人找了一家茶坊坐下，侯興便說起昨晚的事，宋四公說：「這些都不必再說了。趙二哥手段既如此了得，我介紹你去結識一個人。這人姓王名秀，家住大相國寺後院，平常在金梁橋下賣包子，是我們同行，綽號『病貓兒』。他有一個大金絲罐，是定州窯窯變燒成的，名貴無比，他珍惜如命，就放在他賣包子的架上。你有沒有辦法去將這罐兒拿來？」

趙正說：「且試試看。」和師父約定中午時分在侯興處相等，便往金梁橋去了。

來到金梁橋下，果然看見一個賣包子的老頭，架子上有一個大金絲罐。趙正知道這個人就是王秀了，便走過金梁橋來，到米店裡撮幾顆紅米，又到菜擔上摘幾片菜葉，一起放在口裡嚼碎，然後再走回王秀架子邊，撇下六文錢，買兩個包子，卻故意將一文錢落在地下。王秀俯身去拾那一文錢的當兒，趙正便將嚼碎的米和菜吐在王秀的頭巾上，拿著包子走了。

趙正又走到金梁橋上，剛好一個小孩子走過來，便叫那孩子過來說：「小兄弟，我給你五文錢，你去告訴那賣包子的說，他頭巾上有一堆蟲蟻屎。不要說我要你說的。」

那小孩真的跑過去說：「王公，你看頭巾上……」王秀除下頭巾一看，也以為是蟲蟻屎，便轉身走進茶坊裡去揩抹。再走出來時，早不見了架子上的金絲罐。

那金絲罐當然是趙正趁他轉身進茶坊時摸走的。趙正袖子裡藏了金絲罐，飛快地便往侯興家來。宋四公和侯興看了，各吃一驚，不知他是怎麼弄到的。趙正說：「我不能要他的，送還給他老婆算了。」拿了金絲罐，又走到大相國寺後院王秀的家來。趙正對王秀的老婆說：「公公叫我回來，向婆婆拿一套新布衫、汗衫、褲子和鞋襪。他怕婆婆認不得我，叫我拿這金絲罐作個指認。」婆子不知是計，便收了金絲罐，拿出衣衫交付給趙正。

趙正拿了這些衣衫，再回到侯興家，對宋四公和侯興說：「師父，我拿金絲罐到他家

去換了這許多衣服，等會兒我們三個一齊拿去送還他，開他個玩笑。」

趙正將新衣服換上，三個人來到金梁橋下，王秀仍然在那兒賣包子，宋四公上前叫道：「王公，久違了。」王秀與宋四公、侯興是舊識，卻不認得趙正，便問宋四公：「這位客官是誰？」宋四公剛要說，趙正趕忙將他拉在一旁，在他耳根後說：「不要說出我的姓名，只說我是你的親戚，我另有打算。」

王秀又問了一遍，宋四公說：「他是我的親戚，我帶他來京師玩玩。」

王秀說：「大家難得相聚，我們找個地方聊聊。」將包子架兒寄在茶坊，帶他們到新鄭門外一家僻靜的酒店坐了。三杯兩盞下肚，王秀說：「今天早上真是晦氣，才出來賣不到幾個包子，頭巾不知被什麼蟲蟻屙了一堆屎。剛到茶坊去揩了頭巾，出來就不見了金絲罐，搞得我一天的不快活。」

宋四公說：「那人好大膽，竟然賣弄到你跟前來了。你也不必太氣悶，明天大夥兒有空時，一齊幫你找去。這東西又不是有三件二件，好歹總會有個下落，不會丟的。」

趙正聽了他們的話，只是暗暗地笑。

四個人喝到天晚，差不多快醉了，才各自回家。

王秀一回到家裡，老婆便問：「你今天早上叫人拿金絲罐回來，說要帶幾件新衣服，是幹什麼了？」

王秀說：「沒有哇！」

老婆說：「怎麼沒有！金絲罐在這兒，你自己看看。我把你的那幾件新衣服都叫他拿去了。」

這沒頭沒腦的事兒，搞得王秀真是有點糊塗了。猛然想起今天宋四公親戚身上穿的衣裳，好像就是自己的。可是這怎麼可能呢？宋四公說他是剛到京師來玩玩的。想來想去，心裡好生委決不下，免不了又是一陣氣悶。

這時，忽然有一個人從床底下鑽了出來，手中帶著一包東西。王秀藉著微弱的燈光一看，原來是宋四公的那個親戚，這時卻又換了別樣的衣服。王秀說：「你幹什麼？」

趙正說：「宋四公叫我還你這包東西。」

王秀接過來一看，正是自己的衣裳，便問：「你是什麼人？」

趙正說：「小弟姑蘇平江府趙正。」

王秀說：「久仰大名，怎不早說呢！」兩個重新又聊了一番，當天晚上趙正就在王秀家睡了。

第二天，王秀對趙正說：「京都你剛來不久，白虎橋下那座大宅院你沒去過吧？那是吳越王錢俶的王府，如果你有興趣的話，那倒是可以發財的地方。」

趙正說：「今晚我們就去試試。」

到了三更時候，二人來到王府的後門，王秀在外把風，趙正打個地洞，鑽進庫房裡偷了三萬貫錢，外加一條暗花盤龍羊脂白玉帶。

天亮時，王府的人發覺被偷了財物，立刻告到滕大尹那兒，大尹一聽，大怒道：「京師首善之區，怎容賊人這等猖狂！」馬上派緝捕觀察馬翰，限三日之內捉到賊人。

馬翰吩咐眾捕快先回家，準備明天一早行動。來到大相國寺前，忽然一個穿紫衫的人走上前來說：「觀察，吃碗茶吧！」馬翰不知道這個人有什麼事，和他進了一家茶坊。賣茶的沏了茶來，那人從懷中拿出一包松子、胡桃仁，倒在兩碗茶裡。馬翰問道：「請問貴姓？」

那人說：「姓趙名正。昨晚錢府做賊的便是在下。」馬翰聽了，心頭一凜，猛喝了幾口，正想動手抓他，突然頭重腳輕，天旋地轉，倒了。趙正叫了一聲：「觀察大概醉了。」過來將他扶住，順手拿出一把剪子，將他的袖子剪下，藏在自己懷裡。算還了茶錢，對倒茶的說：「我去叫人來扶觀察。」說著逕自走了。

大約一頓飯工夫，馬翰才甦醒過來，懊惱不已，回家蒙頭睡了一夜。第二天一早，隨滕大尹上朝，大尹騎著馬，剛走到宣德門前，忽然一個人頭戴彎角帽，身穿皂衫，攔在馬前，高聲叫道：「錢王有信札上呈。」滕大尹接了，那個人兩手一拱，頭也不回地走了。

滕大尹在馬上拆開信札一看，上面寫著：「姑蘇賊人趙正拜稟大尹：所有錢府失物，

係是趙正偷了。若是大尹要找趙正，遠則十萬八千，近則只在目前。」

大尹看了，氣得不得了，上朝回衙之後，即時升廳。喚過馬翰，問他捉賊消息。馬翰說：「小的因不認得賊人趙正，昨天當面錯過。這賊的手段極高，小的已訪得他是鄭州宋四公的徒弟，如能捉到宋四公，便可以找到趙正。」

大尹這才猛然想起，宋四公正是偷盜張富庫房的賊人，案子仍然懸擱，便叫負責緝捕宋四公的王遵配合馬翰，兩人協同偵緝宋四公和趙正。

王遵上前稟道：「這兩個賊人狡獪異常，蹤跡難定，求相公限期放寬，再出賞錢，命人四處張貼，有貪著賞金的就會來出首，這件公事才好辦。」

大尹聽了，當下立了一個月為緝獲限期，並寫下榜文，如有知道賊蹤來報的，賞錢一千貫。

馬翰和王遵領了榜文，便來錢王府中，求錢王添加賞錢，錢王加了一千貫。又來禁魂張員外家中，要他也出賞錢。張員外是個小氣鬼，丟了五萬貫正痛心得要死，哪裡肯再出賞錢。馬翰說：「員外你不要因小失大，如果能捉到賊人，你便能追回那一大筆贓款。大尹都替你出了賞錢，錢王也出了一千貫，你如果不肯出，大尹知道了，恐怕不大好看。」張員外不得已，只好勉強寫了五百貫。馬翰將賞格拿到府前張掛，然後與王遵各帶了捕快，分頭去查。

不久，看榜的便人山人海，宋四公雜在人群中看了榜，便去找趙正商量。趙正說：「馬翰、王遵和我們無怨無仇，官府出一千貫也罷了，他們一定要添加賞錢；而這張員外小氣得也太不像話了，別的都出一千貫，他卻只拿五百貫，把我們看得也太不值錢了，總得想個法子讓他們好看一下。」

兩人你商我量，定下一條計策，齊聲道：「妙哉！」趙正便將他從錢王府中偷來的那條盤龍羊脂白玉帶拿給宋四公，四公將禁魂張員外家偷的珠寶揀了幾件貴重的，遞給趙正，兩人分別各去幹事。

宋四公才轉身，便遇著前幾天在張員外家門前乞錢的那漢子，一把拉住，將他帶到侯興家中。宋四公說：「我今天有件事要你幫忙。」那漢子說：「恩人有何差遣？絕不敢違！」

宋四公說：「要讓你賺一千貫錢養家活口。」

那漢子吃了一驚，叫道：「罪過！小的沒福消受。」

宋四公說：「你只管照我的話去做，包你有好處。」說著，拿出那條白玉帶，叫侯興扮作內官模樣，「把這條帶拿去禁魂張員外的當鋪去當錢。這帶是無價之寶，你只要當三百貫，並對他說三天之內便來贖回，如果到時沒來贖回，利錢再加二百貫，帶子就算賣斷的。告訴他暫時將帶放在鋪子裡，慢點收歸庫房。」侯興依計去了。

張員外也是財迷心竅，見了這條帶子大有賺頭，不問來由，便當給了侯興三百貫錢。侯興拿了錢回覆宋四公，宋四公便叫那漢子到錢王門上去揭榜出首。錢王聽說有人揭榜，高興非常，便叫那揭榜的人來問，那漢子說：「小的到張員外的當鋪去當東西，剛好碰上鋪裡的主管拿一條白玉帶要賣給北路來的客人，在那兒討價還價。有人說那條玉帶正是大王府上失竊的寶物，小的便來揭榜出首。」

錢王一聽，立刻派了百十名軍校，叫那漢子帶路，飛也似地跑到張員外家，不由分說，到當鋪中一搜，搜出了那條盤龍白玉帶。

張員外走出來分辯時，那些眾軍校哪裡管他三七二十一，索子一扣，連鋪中兩個主管，一齊捉了，拿到錢王府。

錢王見了玉帶，果然是自家失竊的寶物，當場賞了那出首的漢子一千貫錢。然後命人將玉帶和張員外並兩個主管送往開封府審問。

滕大尹因為自己的手下捉不到賊人，倒是給錢王抓住了，心裡又愧又惱，看了人犯，更加有氣，大罵道：「張富，前幾天你到本府告狀，說失了許多金銀珠寶。我想你一個平常百姓家，哪有這許多錢財？原來你是做賊窩贓！你說，白玉帶是誰偷的？」

張員外說：「小的財物是祖上傳下來的，絕無做賊窩贓之事。這條白玉帶是昨天下午一個內官拿來，當了三百貫錢的。」

大尹說：「豈有此理！這白玉帶是錢王府裡失竊的寶物，賞格的榜文寫得清清楚楚，你怎麼不知道？而且這寶物價值連城，怎麼就只當了三百貫錢？如今那內官何在？明明是一派胡言！」喝叫獄卒，將張員外和兩個主管用刑，打得皮開肉綻，鮮血迸流。

張員外受苦不過，情願以三日為限，去尋那當玉帶的人。如果三日追尋不著，甘心認罪。滕大尹看張員外的樣子，實在不大像賊人，心上也有些疑惑，便差獄卒押著張員外出去，給他三天期限，去尋那當玉帶的人。兩個主管押在牢裡。

張員外眼淚汪汪的出了府門，為了討好獄卒，不得已，暫時改變了小氣的習性，邀二個獄卒到一家酒店吃酒。剛拿起酒杯，外面忽然踱個老兒進來，問道：「哪一個是張員外？」張員外低著頭，不敢答應。

獄卒便問：「閣下是誰？找張員外有什麼事？」

那老兒說：「老漢有好消息要告訴他，特地到他當鋪去，鋪裡的人說他官事在身，因此老漢尋到了這裡。」

張員外聽說是好消息，便站起來說：「在下便是張富，不知有什麼好消息？請坐下講。」

那老兒捱著張員外身旁坐下，問道：「員外庫房中失竊的東西，不知有沒有了下落？」

張員外說：「連個影子也沒有！」

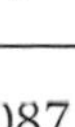

那老兒說：「老漢倒得了點風聲，所以特地跑來告訴員外。」

張員外說：「消息確實嗎？是誰偷的？在什麼地方？」

那老兒將聲音壓得低低的，附在張員外耳邊說了幾句。張員外道：「恐怕沒這種事！」

老兒說：「員外如果不信，老漢情願到府中出首，如果找不出真贓，老漢甘心認罪。」

張員外大喜道：「既然如此，且請吃幾杯酒，等大尹晚堂，我們一齊去稟告。」四個人就在酒店直喝到大尹陞堂，張員外去買了紙，請老兒寫了狀子，一齊進府出首。

滕大尹看了狀子，原來說的是馬翰、王遵做賊，偷了張富的財物，心中想道：「他們兩個是多年的捕頭，怎麼會有這種事？」便問那老兒：「你莫非挾仇陷害？有什麼證據？」

老兒道：「小的是在鄭州做買賣的。前幾天看到兩個人拿了許多珠寶在那兒兌換，他們說家裡還有，如果要換時再拿來。小的認得他們是本府的緝捕，怎麼會有這許多寶物，心下起疑。後來看到張員外的失單，所列的寶物和他們拿去兌換的正一模一樣，因此才來出首。」

滕大尹似信不信，無可奈何，只好派李捕頭李順，帶了幾個捕快，和那老兒、張員外一齊去追查。

這時候馬翰、王遵都在各縣偵緝兩宗盜案，不在家中。李順帶著眾人先到王遵家，王

遵的老婆正抱著三歲的孩兒，在窗前吃棗糕，看到眾人紛紛攘攘地跑來，吃了一驚，不知什麼緣故。恐怕嚇壞了孩子，便抱著孩子進房。眾人隨著她的腳步跟了進來，將她圍在核心，問道：「張員外家的贓物，藏在哪裡？」王遵的老婆光著兩隻眼，不知哪裡說起，孩子卻哇哇地哭了。

眾人見王遵的老婆不言不語，不管三七二十一，一齊掀箱倒櫃，搜尋了一回。雖然有幾件銀釵飾物和衣服，卻沒有贓證。

李順正想埋怨那出首的老兒，只見那老兒低著頭，向床下鑽去，在裡邊靠牆的床腳下解下一個包兒，笑嘻嘻地捧了出來。眾人打開看時，卻是閃閃發亮的金銀珠寶。張員外認得是自己失竊的東西，睹物傷情，不禁放聲大哭。

王遵的老婆實在不知這包東西哪裡來的，頓時慌作一團，開了口合不得，垂了手抬不起。

眾人不由分說，拿一條索子，往她頸上一扣。她哭哭啼啼，淚眼汪汪，可又有什麼辦法？只得將孩子寄在鄰家，隨著眾人走路。

眾人再到馬翰家，混亂了一場，照樣是那出首的老兒指指點點，從屋簷的瓦櫺內搜出珠寶一包，張員外也都認得是自家的東西。馬翰的老婆也被眾人扣了走路。

眾人帶了兩家的老婆和贓物來見大尹，大尹大驚道：「常聽得說捉賊的就做賊，想不

到王遵、馬翰真的做下這種事。」喝教將兩家妻小暫時監押，立下時限緝拿正賊，所獲贓物暫時寄庫，出首的人且在外聽候，等審結明白，照額領賞。

張員外磕頭稟道：「小人是有碗飯吃的人家，錢王府中玉帶的事，小人確實不知。小人家中被盜的贓物既已取出，小人情願認了晦氣，就將這些贓物用來賠償錢府。望相公方便，釋放小人和兩個主管，萬代陰德。」

大尹情知張員外冤枉，准他召保在外。出首的那老兒跟了張員外到家，要了五百貫賞錢，然後離去。

那老兒其實就是王秀，宋四公叫他將贓物暗中預先埋藏在兩家的床腳和屋簷，然後再去出首，陷害王遵、馬翰，官府哪裡知道？

再說王遵、馬翰兩人在外聽得妻小吃了官司，急忙趕回來見滕大尹。大尹不由分說，用起刑法，打得肉綻血流，要他們兩個招認。兩個明是冤枉，又從哪裡招起！大尹叫監中放出兩家的老婆來，個個面面相覷，不知禍從何來？大尹也委決不下，只好都發下監候，改天再審。

因為王遵、馬翰不肯認罪，案子無法了結，為了應付錢王，第二天，大尹只好又拘張員外到官，要他暫時先拿出錢來，賠了錢王府中的失物，他自己失竊的贓物，等問明了案子再行退還。

張員外被逼不過，只好認了。回到家中一想，又氣又惱，自己失竊財物，無法要回，平白無辜反吃了官司，如今又要拿出家財去賠人家，不知招了什麼罪孽，落此下場。哀哀泣泣，想不開，竟跑到庫房中上吊死了。

可惜一個有名的禁魂張員外，只為了「貪吝」兩字，招惹禍端，最後連性命都喪了。王遵、馬翰受冤不白，後來都死在獄中，真的可憐。

宋四公、趙正等一班盜賊，卻仍然逍遙法外，公然在東京做壞事，飲美酒、宿名娼，沒人奈何他們。那時節東京擾亂，家家戶戶不得太平。直等到包龍圖做了府尹，這一班盜賊才無處藏身，人人懼怕，遠遁他方，地方才得安寧。有詩為證，詩云：

只因貪吝惹非殃，引到東京盜賊狂。
虧殺龍圖包大尹，始知官好民自安。

【結語】

本篇選自《古今小說》第三十六卷，原題〈宋四公大鬧禁魂張〉。其實本篇的主角人物並不是宋四公，主題也不在於宋四公如何大鬧禁魂張，而在於宋四公和趙正、侯興三個賊人如何捉弄官差的事，主角人物應當是趙正。

根據羅燁《醉翁談錄．小說開闢》一章〈也說趙正激惱京師〉的記載，我們知道，趙正的故事在宋朝已經是說話人之間一個非常流行的題材。後來的《錄鬼簿》又提到「陸顯之，汴梁人，有〈好兒趙正〉話本。」陸顯之是元代初年的人，他所編的〈好兒趙正〉這個話本，說的大概就是那個「激惱京師」的趙正的故事。現在收在《古今小說》裡的這篇〈宋四公大鬧禁魂張〉，很可能就是從陸顯之所作的那篇話本改編過來的，因為在這篇裡說的正是「好小子」趙正如何「激惱」、「擾亂」京師的趣事。

這一篇應當也是屬於「公案」一類的小說，但是它和一般公案小說有很大的不同。一般公案小說寫的多半是公差如何破案，是從公差這一方面當著眼點來寫的。而這一篇說的卻是賊人如何戲弄公差，是以賊人為主體來寫的。在我國歷來的小說中，這是相當少見，相當特別的一篇作品。讀者們讀了這一篇，相信對於話本小說取材的多樣性，會有著更進一步的了解。

快嘴李翠蓮

出口成章不可輕，開言作對動人情。
雖無子路才能智，單取人前一笑聲。

看官，你道這四句詩所說何事？原來我中華文物之邦，自古所重的是文人，講究的是文章。大凡過得去的人家，父母長輩最巴望的，無非是家中能出個「讀書」子弟，長大來，即使不能混入官途，最不濟也還是個「文人」。只要和「文人」兩字沾上邊，不管你多少窮酸，在社會上總還是有人另眼相看，敬你三分的。

「文人」中最令人羨慕的，便是那具有特殊才華的「才子」。而要博得這個「才子」之

名，卻也不簡單。最重要的是他得須有「下筆千言」、「出口成章」的本事；也就是說，他須要有快捷的文才。

這「下筆千言」、「出口成章」的本事，因為不是人人都有，所以便成了人人豔羨企求的目標，也成了恭維「文人」的絕妙用語。只要是個「文人」，不管真的有才無才，沒有一個不喜歡聽這兩句恭維話的。

話雖這麼說，歷史上倒也真的出了不少才子，種種「下筆千言」、「出口成章」的文壇佳話，至今流傳不絕。

「下筆千言」的故事，說起來未免有點文謅謅，那種故事，只好由文章家來寫，我們且不談它。今天在下要說的，倒是個真的一「出口」便「成章」的故事。說出來有趣得很，保證看官們聞所未聞，聽所未聽。

故事中的這位主兒，不是飽讀詩書的老儒，也不是風流瀟灑的文士，卻是個女孩兒家。

話說開封有個員外，姓李名吉，祖上歷代經商，算得上是個小小財主。膝下有一男一女。那男的早已娶了媳婦，就在家中照顧生意。女的小字翠蓮，從小生得伶俐可愛，一家連媽媽共是五口，其樂融融。

眼看翠蓮日漸長大，越發出落得像個美人兒。這時已是十六歲了，不但姿容出眾，兼且讀書識字，女紅針線，無所不通，父母甚是疼愛。

話雖這麼說，卻也有一件事兒，常惹得她父母操心。這件事兒，你要說它是美中不足也可以，你若要說它是美上加美，卻也沒人說你不是，但看你怎麼想了。這就是翠蓮的一張嘴。

看官們或許會說，翠蓮既然是個美人兒，一張嘴又怎麼了？各位別急，且聽在下慢慢道來。

翠蓮的一張嘴且是生得美，沒什麼毛病。就是從小伶牙俐齒，也只惹人憐愛，不會有什麼問題。問題只在她越長越大，口齒也越發伶俐，伶俐得太快了些。只要人一和她說話，她便開口成篇，出言如流水。你問一，她答十；你問十，她道百。有詩為證：

問一答十古來難，問十答百豈非凡。
能言快語真奇異，莫作尋常當等閑。

她父母操心的，就是這件事兒。

卻說本地另有個員外，姓張名俊，家中也頗有金銀。生了三個兒子，一個女兒。大兒子叫張虎，二兒子叫張狼，張虎已有妻室，張狼仍未結婚，小弟小妹則都才十歲出頭。

張員外見張狼已經長大成人，便央王媒婆作媒，要選一個門當戶對人家的女兒為媳。

王媒婆知道李員外家的女兒尚未許人，並且兩家財力相當，即來李家說合。李員外和李媽媽早聽說張員外家道殷實富厚，當下答應了這頭親事。

兩家選定吉日良辰，不久便要成親。

眼見婚期日漸接近，再過兩天翠蓮便要過門去了。李員外不免有些擔心，對李媽媽說：「女兒什麼都好，就是這張嘴巴太快，讓我們放心不下。他們家大業大，家裡人多口雜，公公又和別人不一樣，不是好惹的；婆婆聽說也囉嗦得很。翠蓮這一過去，不知該怎麼辦才好？」

李媽媽說：「嫁到人家去，終不比在家的時節，我們只要好好叮嚀她一番，諒不會出什麼差錯。」

兩老正這麼說著，翠蓮剛好走了過來。一看雙親愁容滿面，眉眼不展，就說：

「爺是天，娘是地，今朝與兒成婚配。
男成雙，女成對，大家歡喜要吉利。
人人說道好女婿：有財有寶又豪貴，
又聰明，又伶俐，雙陸象棋通六藝；
吟得詩，做得對，經商買賣諸般會。
這門女婿要如何，愁得苦水兒滴滴地？」

員外和媽媽聽了，不禁有氣，員外說：「就因為妳口快如刀，怕妳到了人家多言多語，失了禮節，惹得公婆不歡喜，被人恥笑，在此悶悶不樂。叫妳出來，是要吩咐妳以後少開口，妳卻反而說了一大篇。這不是氣苦了我嗎！」

翠蓮說：

「爺開懷，娘放意；哥歡心，嫂莫慮。
女兒不是誇伶俐，從小生得有志氣。
紡得紗，績得苧，能裁能補能繡刺。
做得粗，整得細，三茶六飯一時備。
推得磨，搗得碓，受得辛苦吃得累。
燒賣匾食有何難？三湯兩割我也會。
到晚來，能仔細，大門關了小門閉；
刷淨鍋兒掩廚櫃，前後收拾自用意。
鋪了床，伸開被，點上燈，請婆睡，叫聲安置進房內。
如此服侍二公婆，他家有甚不歡喜？
爹娘且請放寬心，捨此之外直個屁！」

翠蓮說罷，員外大怒，起身便要去打，媽媽好不容易勸住了，對翠蓮說：「孩兒，爹

娘就是為了妳這口快操心，以後就少說些吧！古人說：『多言眾所忌。』到了人家去，比不得在自己家中，言語可要謹慎小心，千萬記著！」

翠蓮說：「孩兒曉得，以後把嘴巴閉上就是了。」

媽媽說：「隔壁張阿公是老鄰居，從小看妳長大的，妳就過去向他作別一聲吧！」員外也說：「這是應當的。」

翠蓮聽媽媽的話，走到隔壁。一踏進門檻，便高聲說道：

「張公道，張婆道，兩個老的聽稟告：
明天上午我上轎，今日特來說知道。
爹娘年老無倚靠，早晚希望多顧照。
哥嫂倘有失禮處，父母分上休計較。
待我滿月回門來，親自上門來問好。」

張阿公說：「小娘子放心，令尊和我是老兄老弟，互相照顧是理所當然；令堂我也會叫老妻時常過去相伴，妳不須掛懷。」

翠蓮作別回家，員外和媽媽說：「孩兒，早點收拾了去睡，明天半夜就得起來打點準備。」

翠蓮說：

「爹先睡，娘先睡，爹娘不比我班輩。哥哥嫂嫂來相幫，前後收拾自理會。後生家熬夜有精神，老人家熬了打瞌睡。」

員外和媽媽聽了，差點氣壞。員外說：「罷！罷！說來說去妳還是改不了。我們先去睡了，妳和哥哥嫂嫂好好的去收拾、收拾，早睡早起。」

翠蓮見爹媽睡了，連忙走到哥嫂房門口高聲叫道：

「哥哥嫂嫂休推醉，想來你們太沒意。我是你的親妹妹，只剩今晚在家裡，虧你兩口不慚愧，諸般事兒都不理，關上房門便要睡。嫂嫂妳好不賢慧，我在家，不多時，相幫做些道怎地？巴不得打發我出門，你們兩口得零利。」

做哥哥的聽了，心裡沒好氣，便說：「妳怎麼還是這樣！在父母面前，我不好說妳，妳嘮叨個什麼，妳要睡自己先去睡，明天早點起床。所有的事情我和妳嫂嫂自會收拾整理。」

翠蓮聽了，不好再說什麼，便進房去睡。哥哥嫂嫂將東西收拾停當，才去休息。

李員外和媽媽睡到半夜，一覺醒來，怕翠蓮睡過了頭，便叫翠蓮起來問道：「孩兒，不知現在什麼時候了？是天晴還是下雨？」

翠蓮說：

「爹慢起，娘慢起，不知天晴或下雨？
更不聞，雞不啼，街坊寂靜無人語。
只聽得隔壁白嫂起來磨豆腐，對門黃公舂糕米。
若非四更時，便是五更矣。
且待奴家先早起，燒火劈柴打下水，
且把鍋兒刷洗起，燒些臉湯洗一洗，梳個頭兒光光地。
大家也是早起些，娶親的若來慌了腿。」

員外、媽媽和哥嫂聽她這麼一嚷，都起來了。員外氣著罵道：「這時候天都快亮了，妝不梳好，還在那兒調嘴弄舌！」

翠蓮說：

「爹休罵，娘休罵，看我房中巧妝畫。
鋪兩鬢，黑似鴉，調和脂粉把臉搽。
點朱脣，將眉畫，一對金環墜耳下。
金銀珠翠插滿頭，寶石金鈴身邊掛。

今日你們將我嫁，想起爹娘撇不下；
細思乳哺養育恩，淚珠兒滴濕了香羅帕。
猛聽得外邊人說話，不由我不心中怕。
今朝是個好日子，只管都嚕都嚕說什麼！」
翠蓮說罷，妝扮妥當，又來到父母跟前說道：
「爹拜稟，娘拜稟，蒸了饅頭兼細粉，果盒食品件件整。
收拾停當慢慢等，看看打得五更緊。
我家雞兒叫得準，送親從頭再去請。
姨娘不來不打緊，舅母不來不打緊。
誰知姑母沒道理，說的話兒全不準。
昨天許我五更來，今朝雞鳴不見影。
等下進門沒得說，賞他個漏風的巴掌當邀請。」
員外和媽媽氣得七竅生煙，要罵也罵不出來了。看看天色已經不早，媽媽只好捺下脾氣，對翠蓮說：「妳去叫哥哥嫂嫂早點起來，收拾準備，娶親的就快來了。」
翠蓮慌忙走到哥嫂房門前，叫道：
「哥哥嫂嫂你不小，我今在家時候少；

算來也用起個早，如何睡到天大曉？
前後門窗須開了，點些蠟燭香花草。
裡外地下掃一掃，娶親轎子將來了。
誤了時辰公婆惱，你兩口兒討分曉。」

哥嫂兩個不好頂她，忍氣吞聲地將各項物品準備妥當。員外看看時候已經不早，娶親的即將來到，便叫翠蓮：「孩兒，趁娶親的還沒來，到家堂及祖宗面前拜一拜，作別一番，保妳過門平安。香燭我已點好了。」翠蓮聽了，走到家堂祖宗神位面前，拿了一炷香，一邊拜，一邊念：

「家堂一家之主，祖宗滿門先賢：
今朝我嫁，未敢自專。
四時八節，不斷香煙。
告知神聖，萬望垂憐。
男婚女嫁，理之自然。
有吉有慶，夫婦雙全。
無災無難，永保百年。
如魚似水，勝蜜糖甜。

五男二女，七子團圓。
二個女婿，達禮通賢；
五房媳婦，孝順無邊。
孫男孫女，代代相傳。
金珠無數，米麥成倉。
蠶桑茂盛，牛馬挨肩。
雞鵝鴨鳥，滿蕩魚鮮。
丈夫懼怕，公婆愛憐。
妯娌和氣，伯叔忻然。
奴僕敬重，小姑有緣。
不上三年之內，死得一家乾淨，家財都是我掌管，那時翠蓮快活幾年。」

翠蓮剛剛拜完祖宗，便聽到門前鼓樂喧天；笙歌悠揚，原來是娶親的車馬，已來到庭前。只聽張家來的那贊禮司儀先生念著詩道：

「高捲珠簾掛玉鈎，香車寶馬到門頭。
花紅喜錢多多賞，富貴榮華過百秋。」

照例那先生念完了詩，女家便得賞賜喜錢。李員外叫媽媽拿錢出來，賞賜贊禮先生、媒婆和轎夫等人。媽媽拿了錢出來，翠蓮一把就接了過去，說道：

「等我分！
爹不慣，娘不慣，哥哥嫂嫂也不慣。
眾人都來面前站，合多合少等我散。
抬轎的合五貫，先生媒人兩貫半。
收好些，休嚷亂，掉下了時休埋怨！
這裡多得一貫文，與妳這媒人婆買個燒餅，到家哄妳呆老漢。」

那贊禮先生和轎夫們聽了，無不吃驚，說：「我們見千見萬，從沒見過這麼口快的新娘。」大家張口結舌，忍著一肚子氣，好不容易將翠蓮擁上了轎。

一路上，媒婆因怕翠蓮口快，多生是非，便吩咐翠蓮：「小娘子，到了公婆家門，妳千萬不要開口。」一路上沒什麼事。不多久，便到了張家前門，歇下轎子。贊禮先生又念起詩來：

「鼓樂喧天響汴州，今朝織女配牽牛。

本宅親人來接寶，添妝含飯古來留。」

等詩念完，媒人婆便拿著一碗飯，來到轎前叫道：「小娘子，開口接飯。」這本來是古來嫁娶的一種習俗，誰知翠蓮在轎中聽了，卻大怒道：

「老潑狗，老潑狗，教我閉口又開口。
正是媒人之口胡亂謅，怎當妳沒的翻做有，
妳又不曾吃早酒，嚼嘴嚼舌胡張口。
方才跟著轎子走，吩咐叫我休開口。
剛剛停轎到門首，如何又叫我開口？
莫怪我今罵得醜，真是白面老母狗！」

贊禮先生聽了，過意不去，便來相勸：「新娘子不要生氣，好歹她是妳的媒人，妳就留個分寸，不要讓她為難。從來沒有新人這樣當面給媒人難堪的。」

翠蓮不聽便罷，聽了贊禮先生的話，一肚子牢騷又來了：

「先生你是讀書人，如何這等不聰明？
當言不言謂之訥，信這賊婆弄死人？
說我夫家多富貴，有財有寶有金銀，

殺牛宰馬當茶飯，蘇木檀香做大門，
綾羅綢緞無算數，豬羊牛馬趕成群。
當門與我冷飯吃，這等富貴不如貧。
誰知她竟如此村，冷飯拿來我要吞。
若不看我公婆面，打得你眼裡鬼火生。」

媒人婆聽了翠蓮一大堆囉嗦話，氣得酒也不吃，話也不說，一道煙溜進裡面去了。也不來管她下轎，也不來管她拜堂。

還是張家眾親眷們看不過去。扶翠蓮下了轎。大夥兒攙的攙、牽的牽，將翠蓮擁到了堂前，面向西邊站著。那贊禮先生說：「請新人轉身向東，今天的福祿喜神在東。」

翠蓮一聽，不耐煩起來，便說：

「才向西來又向東，休將新婦來牽籠。
轉來轉去無定相，惱得心頭火氣沖。
不知哪個是媽媽？不知哪個是公公？
諸親九眷鬧叢叢，姑娘小叔亂哄哄。
紅紙牌兒在當中，點著幾對滿堂紅。
我家公婆又未死，如何點了隨身燈？」

張員外和張媽媽聽她口無遮攔，上堂便說了不吉祥的話頭，不禁大怒。員外說：「當初只道是娶個良善人家的女孩，誰知卻是這等一個沒規矩、沒家法、長舌快嘴的頑皮村婦！」眾親眷們更是面面相覷，個個吃驚。

那贊禮的先生眼看事情就要僵住，婚禮難以進行下去，便說：「人家孩兒在家中慣了，今天初來，免不了有些不習慣。脾氣也不是一下子改得了的，還須等候時日，慢慢地開導。且請拜香案、拜諸親。」說完，安排新人與合家大小相見過了，又念詩賦，請新人入房，坐床撒帳①：

「新人挪步過高堂，神女仙郎入洞房。
花紅喜錢多多賞，五方撒帳盛陰陽。」

詩一念完，新郎在前，新娘子在後，雙雙便進入洞房，坐在床上。先生捧著五穀，也隨後進入新房。拿起五穀，邊念邊撒：

「撒帳東，帘幕深圍燭影紅。佳氣鬱葱長不散，畫堂日日是春風。
撒帳西，錦帶流蘇四角垂。揭開便見嫦娥面，輸卻仙郎捉帶枝。
撒帳南，好合情懷樂且耽。涼月好風庭戶爽，雙雙繡帶佩宜男。

撒帳北，津津一點眉間色。芙蓉帳暖度春宵，金童玉女常相樂。
撒帳上，交頸鴛鴦成兩兩。從今好夢叶維熊②，行見蠙珠③來入掌。
撒帳中，一雙月裡玉芙蓉。恍若今宵遇神女，紅雲簇擁下巫峰④。
撒帳下，見說黃金光照社⑤。今宵吉夢便相隨，來歲生男定聲價。
撒帳前，沉沉非霧亦非煙。香裡金獸相隱映，文簫今遇彩鸞仙⑥。
撒帳後，夫婦和諧長保守。從來夫唱婦相隨，莫作河東獅子吼⑦。」

翠蓮見那贊禮的先生將五穀撒得床上、帳上，滿地都是，又哩哩囉囉的念了一大串，已經不耐煩，聽他念到「莫作河東獅子吼」，再也忍不住，跳起身來，摸了一條擀麵杖，往先生身上便打。一邊打，一邊吼著，罵著：「放你的臭屁！你家老婆才是河東獅子！」一頓打，將先生直趕出房門外去，氣猶未息，又罵道：

「撒甚帳！撒甚帳！東邊撒了西邊樣。
豆兒米麥滿床上，仔細思量像甚樣！
公婆性兒若莽撞，只道新婦不像樣！
丈夫若是假乖張，又道娘子垃圾相。
你可急急走出門，饒你幾下擀麵杖。」

贊禮先生被打，又不好在這節骨眼上聲張開來，只得忍氣吞聲，沒好氣的走了出去。

新郎官張狼實在看不過去，便發了一下威，嚷道：「撒帳的事，是古來的習俗，妳胡鬧些什麼！千不幸、萬不幸，娶了妳這個村姑兒！」

翠蓮見丈夫發了脾氣，毫不含糊，馬上用話頂了過來：

「丈夫丈夫你休氣，聽奴說得是不是？

多想那人沒好氣，故將豆麥撒滿地。

你不叫人掃出去，反說奴家不賢慧。

若還惱了我心兒，連你一頓趕出去。

閉了門，獨自睡，早睡晚起隨心意。

阿彌陀佛念幾聲，耳畔清寧倒伶俐。」

張狼給翠蓮這麼一說，一下子回不過嘴來，無可奈何，憋著悶氣，只好到外面勸酒去了。

過了不久，筵席散了，客人也走了。翠蓮坐在房中，忽然想道：「等會兒丈夫進來，一定手之舞之，足之蹈之的，我倒要提防預備一下。」便起身除了首飾，脫了衣服上床去，將一條棉被裹得緊緊的，渾身像個包了繭的蠶兒。

張狼送走了客人，進得房來，脫下衣服正要上床，忽聽得翠蓮喝一聲，琅琅璫璫道：

「你這傢伙可真差，真的像個野莊家。

你是男兒我是女，爾自爾來咱自咱。
你說我是你妻子，又說我是你渾家。
哪個媒人哪個主？行甚麼財禮下甚麼茶？
多少豬羊雞鵝酒？甚麼花紅到我家？
黃昏半夜三更鼓，來我床前做什麼？
及早出去連忙走，休要惱了我們家。
若是惱咱性兒起，揪住耳朵采頭髮，
扯破了衣裳抓碎了臉，漏風的巴掌順臉括，
扯碎了網巾你休要怪，擒了你亂髮怨不得咱。
這裡不是煙花巷，又不是娼姐兒家，
不管三七二十一，我一頓拳頭打得你滿地爬。」

張狼本來就是個沒主見又膽小的大男孩，聽自己的新娘子說了這麼一大篇歪道理，一大堆凶巴巴的話，登時楞住了，一步也不敢走向床去。想要走出房去，新婚之夜，又沒這個道理；想要爬上床去，或發作一番，又沒那個大膽量大脾氣。呆了好一會兒，沒奈何，只好一聲不吭的，遠遠坐到房裡的角落去。

兩個人就這樣僵持著，一直到了半夜，翠蓮過意不去，想道：「我既然嫁給了他，活是他家人，死是他家鬼，如果不和他同睡，給公婆知道了，以後的日子恐怕不好過。」想著，便翻過身來對張狼說：

「笨傢伙，別裝醉，過來與你一床睡。
近前來，吩咐你，輕手輕腳莫弄嘴。
除網巾，摘帽子，鞋襪布衫收拾起。
關了門，下幔子，添些油在燈碗裡。
上床來，悄悄地，同效鴛鴦偕連理。
休作聲，慎言語，雨散雲消腳後睡。
束著腳，拳著腿，合著眼兒閉著嘴。
若還碰著我些兒，那時你就是個死。」

張狼果然聽話，乖乖地上床，一夜不敢出聲。

夫妻兩人因為睡得晚了，直睡到天光大亮，還沒起床。婆婆等新人起床，等得不耐煩了，便在門外叫：「張狼，你也該叫你的新娘子早些起床，早些梳妝，到外面收拾收拾。」

張狼還沒作聲，翠蓮便說了：

「不要慌，不要忙，等我換了舊衣裳。
菜自菜，薑自薑，各樣果子各樣妝。

肉自肉，羊自羊，莫把鮮魚攪白腸。
酒自酒，湯自湯，醃雞不要混臘獐。
現在天色且是涼，便放五日也不妨。
待我留些整齊的，三朝點茶請姨娘。
假如親戚吃不了，留給公婆慢慢嘗。」

做婆婆的聽了，一時傻住了，想要當場罵她幾句，又怕新婚期間，讓人家知道了，鬧笑話，只好忍著。

一直等到第三天，親家母來送三朝禮，兩位親家一見面，婆婆便將翠蓮的事從頭訴說了一遍。說她怎麼打先生、罵媒人、欺丈夫、毀公婆。翠蓮的媽聽了，滿面羞慚，無話可說，走到翠蓮房中，對翠蓮說：「妳在家裡的時候，我怎麼吩咐妳的！我叫妳嫁了過來，不要多言多語，妳竟一句也聽不進去！今日才是三朝，便惹了這許多是非，以後怎麼得了！剛才妳婆婆在我面前說了妳許多不是，使我無地自容，無話可說。妳不為自己想想，也要為爹媽想想，再這樣下去，我們怎麼做人！」

翠蓮聽了，不慌不忙地答道：

「母親妳且休吵鬧，聽我一一細稟告。
不是女兒不受教，有些話妳不知道。

三日媳婦要上灶，說起之時被人笑。
兩碗稀粥把鹽蘸，吃飯無茶將水泡。
今日親家初走到，就把話兒來訴告。
不問青紅與白皂，衝著媳婦廝胡鬧。
婆婆性兒太急躁，說的話兒不大妙。
我的心性也不弱，不要著了我圈套。
尋條繩兒只一吊，這條性命問她要。」

媽媽聽了，要罵也不行，要打也不行，氣得茶也不吃，酒也不嘗，別了親家，逕自上轎回家去了。

張狼的哥哥張虎聽說翠蓮連她自己的媽媽都給氣跑了，再也忍不住，便發了脾氣：「成什麼體統！當初只說娶的是個良善女子，誰知竟是這麼一個快嘴快舌的潑辣貨，整天的四言八句，調嘴弄舌。實在太不像話了！」

翠蓮聽到了，便說：

「大伯說話不知禮，我又不曾惹著你。
頂天立地男子漢，罵人太過不客氣。」

張虎不和她鬥嘴，逕對張狼說：「俗話說：『教婦初來。』你娶了這麼一個媳婦，現

在不好好地調教，恐怕以後就騎到大家的頭上來了。雖然說不必動手動腳地打，卻也得好好教訓一番。再不然，只好去告訴那老乞婆，你的丈母娘，叫她領回去。」

張狼聽了大哥的話，正不知從何說起，翠蓮早就衝口而出：

「大伯三個鼻子管⑧，不曾捻著你的碗。
媳婦雖是話兒多，自有丈夫與婆婆。
親家不曾惹著你，如何罵他老乞婆？
等我滿月回門去，到家告訴我哥哥。
我哥性兒烈如火，那時叫你認得我。
巴掌拳頭一齊上，看你旱地烏龜哪裡躲！」

張虎聽了大怒，可又不能隨便奈何人家新娘子、弟媳婦。滿肚子怨氣無處發，就去扯住張狼要打。他的妻子慌忙從房裡跑出來，將他拉開，說：「別人的妻小別人自己會管，何必你來囉嗦！俗話說：『好鞋不踏臭糞。』你就少管點閒事吧！」

這一來，更激起了翠蓮的性子，衝著大嫂就嚷：

「阿姆休得要惹禍，這樣為人做不過。
僅自阿伯和我嚷，妳又走來多囉嗦。
自古妻賢夫禍少，做出事來大又多。

快快夾了裡面去，沒風所在坐一坐。
阿姆我又不惹妳，如何將我比臭鼬？
左右百歲也要死，和妳兩個做一做！
我若有些長和短，閻羅殿前不放過！」

張狼的妹子聽了，覺得太不像話，便跑到母親房中說道：「媽媽，二嫂鬧得也太過分了，妳做婆婆的，怎麼不管！盡著她撒潑放刁，像個什麼樣子！人家不笑話才怪！」

翠蓮聽到了這些話，好像抓到了甚麼把柄，又長篇大論起來：

「小姑妳好不賢良，如何跑去唆調娘！
若是婆婆打殺我，活捉妳去見閻王！
我爹平素性兒強，不和你們善商量。
和尚道士一百個，七日七夜做道場。
沙板棺材福杉底，公婆與我燒錢紙。
小姑阿姆穿孝服，阿伯替我做孝子。
諸親九眷抬靈車，出了殯兒從新起。
大小衙門齊告狀，拿著銀子無處使。
任妳家財萬萬貫，弄得妳錢也無來人也死！」

婆婆聽了，再也忍不住，走出來對翠蓮說：「幸虧妳是才過門三天的媳婦，如果讓妳做了二三年媳婦，我看一家大小都不要開口了！」

翠蓮說：

「婆婆不要沒定性，做大不尊小不敬。
小姑不要太僥倖，母親面前少言論。
輕事重報胡亂說，老蠢聽了便就信。
言三語四把我傷，說的話兒不中聽。
我若有些長和短，不怕婆婆不償命！」

婆婆聽了，氣她不過，又拿她沒辦法，便走到房中對老伴兒說：「你看你那新媳婦，口快如刀，一家大小，一個個都傷過。你是她公公，總該有個做公公的威嚴！便叫了起來，說她幾句，怕甚麼！」

張員外說：「我是她公公，怎麼好說她？也罷，讓我叫她燒茶來吃，看她怎麼說。」

婆婆說：「她對你一定不敢調嘴。」

張員外便說：「叫張狼娘子燒茶來吃。」

翠蓮聽了公公叫她燒茶，慌忙走到廚房，刷洗鍋兒，燒滾了茶。又到房中，打點了各樣果子，泡了一盤茶，托到堂前，擺下椅子，走到公婆面前說：「請公公、婆婆堂前吃茶。」又到阿姆房前叫道：「請阿伯、阿姆堂前吃茶。」

張員外看見新媳婦甚是勤快，便說：「你們都說新媳婦口快，現在我叫她，卻怎麼又不敢說什麼？」

婆婆說：「既然這樣，以後就由你使喚她好了。」

過了一會兒，一家大小都到堂前，分大小坐下，翠蓮捧著一盤茶，先走到公公面前，請公公吃茶。口中又嘮叨了起來：

「公吃茶，婆吃茶，阿伯、阿姆來吃茶。
小姑、小叔若要吃，灶上兩碗自去拿。
兩個拿著慢慢走，燙了手時哭喳喳。
這茶叫做阿婆茶，名稱雖村趣味佳。
兩顆初煨黃蓮子，半把新炒白芝麻。
江南橄欖連皮核，塞北胡桃去殼柤（ㄓㄚ zhā）。
二位大人慢慢吃，休得壞了你們牙。」

張員外原以為翠蓮至少還怕了自己的威嚴，想不到她竟然毫無顧忌，不禁大怒：「女人家須要溫柔穩重，說話安詳，才是做媳婦的道理。那曾見這樣長舌婦人！」

翠蓮馬上就頂過嘴來說：

「公是大，婆是大，伯伯、姆姆且坐下。
兩個老的休得罵，且聽媳婦來稟話：
你兒媳婦也不村，你兒媳婦也不詐。
從小生來性剛直，話兒說了心無掛。
公婆不必苦憎嫌，十分不然休了吧！
也不愁，也不怕，搭個轎子回去吧！
也不招，也不嫁，不搽胭粉不妝畫。
上下穿件縞素衣，侍奉雙親過了吧。
記得幾個古賢人：張良、蕭何巧說話，
張儀、蘇秦說六國，晏嬰、管仲說五霸。
這些古人能說話，齊家治國平天下。
公公要奴不說話，將我口兒縫住吧！」

張員外聽了，不禁嘆氣，說道：「罷！罷！這樣的媳婦，久後必然敗壞門風，玷辱祖宗！」隨即對張狼說道：「孩兒，你將妻子休了吧！我另外替你娶一個好的。」

張狼支支吾吾答應著，心裡卻是捨不得，新娘子雖然口嘴快了些，卻是個打著燈籠也難找的美人兒。張虎和他的妻子也勸張員外說：「且慢慢地開導，情況或許會好些。」

翠蓮卻說：

「公休怨，婆休怨，伯伯、姆姆都休勸。
丈夫不必苦留戀，大家各自尋方便。
將紙墨和筆硯，寫了休書隨我便。
不曾毆公婆，不曾罵親眷。
不曾欺丈夫，不曾打良善。
不曾走東家，不曾西鄰串。
不曾偷人財，不曾被人騙。
不曾說張三，不與李四亂。
不盜不妒也不淫，身無惡疾能書算。
親操井臼與庖廚，紡織桑麻拈針線。
今朝隨你寫休書，搬去妝奩莫要怨。
手印縫中七個字：永不相逢不見面。
恩愛絕，情意斷，多寫幾個弘誓願。
鬼門關上若相逢，別轉了臉兒不廝見。」

張員外不聽猶可，一聽之下，就叫張狼立刻寫休書。張狼因為父母做主，不得已，只

好含淚寫了休書，和翠蓮兩個當場蓋了手印。

張員外隨即叫人雇了轎子，抬了嫁妝，將翠蓮和休書送往李員外家。

李員外、李媽媽和翠蓮的兄嫂，見翠蓮出嫁的第三天就坐了回頭轎，讓人休了回來，心裡老大不是滋味，都怪翠蓮嘴快的不是。翠蓮說：

「爹休嚷、娘休嚷，哥哥嫂嫂也休嚷。
奴奴不是自誇獎，從小生來志氣廣。
今日離了他門兒，是非曲直俱休講。
不是奴家牙齒癢，挑描刺繡能織紡。
大裁小剪我都會，漿洗縫聯不說謊。
劈柴挑水與庖廚，就有蠶兒也會養。
我今年少正當時，眼明手快精神爽。
若有閒人把眼觀，就是巴掌臉上響。」

李員外和媽媽見翠蓮給人休了，卻一點悔改的意思都沒有，脾性依然如故，不禁雙雙嘆道：「罷！罷！我兩口也老了，管妳不得了。只怕有些一差二誤，讓人恥笑。可憐！可憐！」

翠蓮看爹爹媽媽如此唉聲嘆氣，當下定了心意說：

「孩兒生得命裡孤，嫁了無知村丈夫。
公婆利害猶自可，怎當姆姆與姑姑！
我若略略開得口，便去挑唆與舅姑。
且是罵人不吐核，動腳動手便來粗。
生出許多情切話，就寫離書休了奴。
止望回家圖自在，豈料爹娘也怪吾。
夫家娘家皆不可，剃了頭髮當尼姑。
身披架裟掛葫蘆，手中拿個大木魚。
白日沿門化飯吃，黃昏寺裡念佛祖念南無，吃齋把素用工夫。
頭兒剃得光光地，哪個不叫一聲小師姑。」

原來翠蓮決意削髮出家。爹娘哥嫂聽她這麼一說，不但不加勸阻，臉上反而略有欣喜之意。

翠蓮話一說完，當即卸了濃妝，換了一套棉布衣服。來到父母跟前，合掌問訊拜別，父母也不攔阻。又轉身向哥嫂拜別，哥哥說：「妳既然要出家，我們兩人送妳到前街明音寺去。」翠蓮說：

「哥嫂休送我自去，去了你們得伶俐。

曾見古人說得好：此處不留有留處。
離了俗家門，便把頭來剃。
是處便為家，何但明音寺？
散淡又逍遙，卻不倒伶俐！」
又說：
「不戀榮華富貴，一心情願出家。
身披領錦袈裟，常把數珠懸掛。
每月持齋把素，終朝酌水獻花。
縱然不做得菩薩，修得個小佛兒也罷。」
好一個聰明伶俐的翠蓮，只因心直口快，出口成章，從此便只有常伴青燈古佛，念佛去了。

【附註】

①撒帳：宋代的婚禮，新夫婦拜過天地、父母以後，便進入洞房，坐在床上。女向左、男向右。由婦人家或贊禮先生一邊念著吉祥話，一邊用綵果或五穀散擲，叫做撒帳。

②夢叶維熊：《詩經．小雅．斯干篇》有詩句：「吉夢維何？維熊維羆」、「大人占之，維熊維羆，男子之祥」。意思是說，夢見熊羆是生男的預兆。

③蠙珠：就是蚌珠。古代的人認為蚌殼中結珠，好像婦女懷孕，所以便常常用蚌珠或珠胎來比喻婦女的懷孕。蠙珠來入掌，指的也是婦女懷孕之意，比喻早生貴子。

④巫峰：就是巫山。相傳戰國時代的楚懷王曾夢遊高唐，和巫山神女相會合，後來的人便常用巫山或巫峰來比喻男女的歡會。

⑤黃金光照社：古代的人認為貴人降生的時候，往往有奇異的徵兆，有的在降生的時候，室內會忽然大放光明，這叫做「照室」或「照社」。黃金光照社是祝新婚夫婦早生貴子的意思。

⑥文簫今遇彩鸞仙：相傳唐太和末年，進士文簫在洪州歌場中遇見仙女吳彩鸞，她自稱是山西吳真君的女兒。兩個人一見鍾情，結為夫婦。這一句是比喻新婚夫婦為神仙眷侶的意思。

⑦河東獅子吼：宋人陳慥的妻子柳氏很會嫉妒，脾氣又很暴躁。有一天，陳慥宴客，招歌伎陪酒，柳氏大為生氣，便大聲呼喊，又用木杖敲牆，客人便都散光了。後來蘇東坡作詩取笑陳慥，其中有二句說：「忽聞河東獅子吼，拄杖落手心茫然。」這是借用杜甫詩「河東女兒身姓柳」，用河東兩字暗喻柳氏的姓。又佛家語以「獅子吼」比喻氣象威嚴。因此後人便常用這句成語來比喻妻子的凶悍。

⑧三個鼻子管：三個鼻子管就是比常人多出一口氣的意思。比喻好管閒事。

【結語】

本篇選自《六十家小說》。這是一篇體裁別致的話本，主角李翠蓮的說話全部都是唱詞，和後來的彈詞體有點類似。這點很明顯的是受唐朝變文的影響，敦煌變文有一篇〈齖䶣書〉，說的正是「快嘴新婦」的趣事。本篇大概就是由〈齖䶣書〉演變而來。故事的發展正如題目所示，完全環繞在女主角的「嘴快」這一點而展開。為了強調女主角的「嘴快」，故事裡的唱詞有時顯得相當的突梯滑稽，而且那些唱詞都是用通俗的語言寫出，念起來更覺得生動有趣。故事的作者（或許就是說話人自己），在開頭的詩裡說他這個故事是要「單取人前一笑聲」，可見說這個故事的主要目的，是在藉著這些有趣的唱詞來達到娛樂大眾的效果，正因為如此，女主角因為心直嘴快所造成的婚姻悲劇氣氛，就顯得不那麼的強烈了。

因為本篇的體裁在話本中別具一格，所以本書特別選錄，好讓讀者能夠了解話本的多重形態。

吳保安棄家贖友

古人結交惟結心，今人結交惟結面。
結心可以同死生，結面哪堪共貧賤？
九衢鞍馬日紛紜，追攀送謁無晨昏。
座中慷慨出妻子，酒邊拜舞猶弟兄。
一關微利已交惡，況復大難肯相親？
君不見羊左當年稱死友，至今史傳高其人。

這首詞兒名叫〈結交行〉，是感嘆人心險惡，交友不易的意思。社會上的所謂朋友，

多的是酒肉的交情，少的是義烈的友誼。有些人平時酒杯往來，稱兄道弟，一旦遇上利害關係，即使是米粒大的事兒，馬上就形同陌路，你我不相顧了。

還有的更是明裡你兄我弟，暗裡你奸我詐；朝兄弟、暮仇敵，纔放下酒杯，出門便拿刀相向的。這種人的交往，實在辱沒了「朋友」兩字的意義，更談不上所謂的患難相扶持了。所以俗話說：酒肉兄弟千個有，落難之中無一人。真是不勝感慨之至。

話雖這麼說，世間總還有溫暖的一面，「朋友」兩字也並不是專為這種人而設的。真正肝膽相照，義氣感人的友情，如古代的鮑叔牙和管仲，羊角哀和左伯桃等等之間的交誼，仍然所在多有，史不絕書。

今天在下要說的，便是一篇可歌可泣，感人肺腑的友情故事。這兩位朋友，原先並不相識，從無一面之緣，只不過因為義氣相感，後來患難之中，便出生入死，相互救援，相互扶持。他們那種為朋友而獻身的俠義精神，絕不讓羊角哀、左伯桃專美於前。

故事發生在唐朝開元年間。

郭仲翔是個允文允武的青年，河北武陽地方人。伯父郭元振是當朝宰相。以他的身世和才學來說，郭仲翔本來是很簡單的就可以在官場上混個一官半職的，但是因為他一向豪俠仗義，不拘小節，所以竟然沒有人保舉他。仲翔自己對此並不在意，倒是他的父親看他年紀已大，一事無成，有點看不過去，便叫他到京城參見伯父，希望能借伯父的管教、提

攜，求個進身之路。

伯父一見仲翔，便對他說：「大丈夫如果不能從科舉出人頭地，也應當效法張騫、班超，立功異域，以求富貴。如果只想依靠家世門第當作上進的階梯，再有成就，也大不到哪裡去！」仲翔對於伯父的教訓，深有同感。但是，他一向對科舉不太有興趣，因此，便對伯父表示，如果有立功異域的機會，不論多麼艱難，他都願意前往一試。

剛好不久邊報緊急，報說雲南一帶土蠻作亂，侵擾各地州縣。朝廷差李蒙為雲南姚州都督，調兵進討。李蒙領了聖旨。臨行的時候，特地到相府向仲翔的伯父辭別，仲翔的伯父順便就推薦了仲翔。

李蒙見仲翔儀表出眾，而且又是當朝宰相的姪兒，宰相親口推薦，怎敢推諉？當下馬上委派仲翔為行軍判官。

仲翔隨著大軍起程，來到劍南地方的時候，忽然收到了一封同鄉人吳保安叫人送來的信。

信是這麼寫的：

「吳保安頓首，保安幸與足下生同鄉里。雖缺展拜，而仰慕有日。以足下大才，輔李將軍以平小寇，成功在旦夕耳。保安力學多年，僅官一尉，僻處邊遠，鄉關夢絕。況此官已滿，後任難期。素聞足下分憂急難，有古人風。今大軍征進，正在用人之際，倘垂念鄉曲，錄及細微，使保安得執鞭從事，樹尺寸之功於幕府，足下大恩，死生難忘。」

原來吳保安雖然和郭仲翔同鄉，卻從來沒見過面。保安字永固，現任四川遂州地方的方義尉，是一個小官。任期將滿，也和郭仲翔一樣，想要獻身國家，立功異域，另圖出身。因為一向聽人說郭仲翔為人義氣深重，是個肯扶持他人的好漢，所以便寫了這封信，託人交給仲翔，希望能得他推薦，在軍中效力。

仲翔看了保安的信，想道：「這個人和我素昧平生，驟然便以緩急之事相託，可見是真正了解我的一個人。大丈夫遇知己而不能為他出力，豈不慚愧！」於是向李將軍誇獎吳保安的才能，希望能徵召保安來軍中效力。李將軍聽了，便下一道公文到遂州去，要徵方義尉吳保安為管記。

送公文的差人才起身不久，探馬便來報告，說蠻賊猖獗，已經逼近內地。李將軍即刻傳令，連夜趕行。

來到姚州，正遇上蠻兵搶擄財物。蠻兵來不及防備，被李將軍的大軍一掩，都四散亂竄，不成隊伍，大敗全輸。李將軍帶領大軍，乘勝追擊了五十里，直到天晚，才安營下寨。

郭仲翔怕李將軍貪功冒進，一時有失，便向李將軍建議：「蠻人貪詐無比，現在兵敗遠遁，將軍軍威已立，依屬下愚見，將軍應當先班師回姚州，然後派人宣播威德，或招

降、或安撫，不可輕易再行深入。否則恐怕會墜入詭謀之中。」

李將軍初次進軍，便獲全勝，信心大增，聽了郭仲翔的話，頗不中意，大聲喝道：「群蠻這一潰敗，已經喪膽，不趁這個機會徹底掃清，更待何時？你不必多所顧慮，看我破賊！」

第二天拔寨起行，不過幾天，便來到烏蠻地界。只見萬山疊翠，草木森森，正不知哪一條是去路。李將軍心中大疑，傳令暫時退到空闊平野之處屯紮；一面尋覓土人，探求路徑。

忽然山谷之中，金鼓之聲四起，蠻兵漫山遍野而來。原來是烏蠻洞主蒙細奴邏率領各洞蠻酋及蠻兵，早就布下天羅地網，專等唐兵來到。只見蠻兵穿林度嶺，全不費力，好像鳥飛獸奔。唐兵陷於埋伏，加上路徑生疏，遠行力倦，如何能夠抵擋？李將軍雖然驍勇善戰，可惜英雄無用武之地，又能奈何？眼看手下官兵陣亡殆盡，不禁長嘆：「悔不聽郭判官之言！」拔出靴中短刀，自刎而死。

唐軍在此一陣，全軍覆沒。死的死、擄的擄。

郭仲翔也是被擄的一個。蒙細奴邏見他丰采不凡，逼問之下，知道他是大唐宰相郭元振的姪兒，便將他送給了本洞的頭目烏羅。

原來南方土蠻並無侵占中原的野心，只是貪圖漢人的財物而已。他們擄到了漢人，

便分給各洞頭目，功多的，分得多；功少的，分得少。這些擄來的漢人，不管你是什麼出身，一概便是他們的奴隸，供他們驅使，或是砍柴割草，或是飼馬牧羊，不一而足。如果他們嫌自己的人工多了，還可以將這些擄來的漢人轉相買賣。因此，被擄的漢人，十個倒有九個寧願死，不願活。然而，蠻人將這些漢人又看守得很緊，讓你求死不得，真是苦不堪言。

這一次戰役，被擄的漢人很多。蠻人將其中有官階職位的，一一審問明白，要他們寄信到中原的家鄉去，請他們的親戚拿財物來贖人，藉此勒索敲詐。

看官們想想，被擄的人又有哪一個不想還鄉的？所以不論家中有錢沒錢，一聽蠻人說可以贖身，一個個都寄信回家鄉去了。家中的人，除了實在窮得無法可想的以外，稍微能夠挪移補湊得來的，又有誰不願去借貸贖人呢？

蠻酋們知道漢人這種心理，於是便忍心敲剝，即使你是個孤身窮漢，也要勒索好絹三十匹，才准贖回。若知道你是有油水的，那數目就更加龐大了。烏羅聽說郭仲翔是唐朝當朝宰相的姪兒，便獅子大開口，要好絹一千匹才肯放人。

仲翔當然也想返鄉。但是，一千匹絹布可不是小數目，他想：「或許伯父可以幫得上忙。但是，關山迢遠，又有誰能替我送這個信呢？」正在無奈之中，忽然想起了吳保安：「吳保安應當算是個知己的朋友。我和他從未見面，只見了他一封信，便將他力薦給李將

軍，召為管記。我的一番用心，他一定能夠了解的。還好他來得慢，否則今番也遭殃了。這時候他應當已經來到姚州。如果拜託他送個信到長安，諒他不會推辭。」

於是仲翔便寫了一封信，想法託人送到姚州給吳保安。信中細述受苦的經過，及烏羅索價的情形。信寫完不久，剛好有個姚州運糧官被贖放回，仲翔便託他順便將信送去。

不提郭仲翔在蠻中的事，且說吳保安在家收到了李將軍徵召的文書，知道是郭仲翔所薦，便將妻子張氏和那新生下未滿週歲的孩兒留在遂州家中。自己帶了一個僕人，匆匆地飛身上路，趕來姚州赴任。

誰知一到姚州，就聽到了大軍全軍覆沒，李將軍陣亡的消息，大吃一驚。由於不能確定郭仲翔的生死下落，便留在姚州打探消息。這時剛好那一個運糧官被放了回來，帶來了仲翔的信。

保安看了仲翔的信，心中十分痛苦。痛苦的不是自己不能隨軍赴任，而是一個知己的朋友剛要見面，就遽然拆散分隔，更在蠻荒異域遭受那非人的折磨。當下連忙寫了一封回信，拜託那運糧官得便的話，就將信帶過去給仲翔。信中懇切地安慰仲翔，叫他耐心等待，自己無論如何一定會想法將他贖回來。

保安將信交給那運糧官之後，也不回家，立刻整理行裝，往長安進發。姚州離長安三千多里路，保安日夜趕行，跋涉千山萬水，好不容易才到了長安。誰知到長安一打聽，仲翔的伯父，宰相郭元振，已於一個月前去世，一家大小都扶著柩靈回鄉去了。

保安大失所望。這時身邊的錢早已用光，只好將僕人和坐騎賣了，孤身淒淒涼涼地回到遂州。一到家中見了妻兒，不禁放聲大哭。妻子見丈夫如此模樣，連忙問起緣由。保安將仲翔失陷，以及他伯父過世的經過說了一遍：「他盼望的是伯父那邊的資助，誰知他伯父卻在這時候死了，老天怎麼這麼捉弄人！如果說我們自己能夠想法去贖他出來，那是再好不過的事，可是，我們哪來的錢？但是，不想法子，讓他一個人在那兒受折磨，在那兒巴巴的指望，又怎麼忍心？」說了，又哭。

妻子一邊安慰他一邊說：「俗話說『巧媳婦煮不得沒米粥』，我們自己既然沒有辦法，又能夠怎麼樣呢？反正你也盡了心了。」

保安搖著頭說：「話可不能這麼說！上次我冒昧地寫了一封信給他，他豪不猶豫就將我推薦給李將軍。他和我又沒見過面，這份情義那兒去找啊！現在他生命交關，有難相求，如果我就這樣算了，那算什麼人？我已下定決心，如果不能將他贖回，我誓不為人！」

於是保安便變賣了一些家產，撇下妻兒，出外營商去了。

他本來想著，找一個大都會的所在做買賣，或許較容易賺錢，但是又怕蠻中可能隨時有消息來，因此就只在姚州附近營運，不敢走遠。

就這樣的東奔西跑，日夜忙碌。身穿破衣，口吃粗糲，一分一毫也不浪費，只要有零

餘，便省下來當作買絹之用。得一望十，得十望百，滿了百匹，就寄放在姚州府庫。睡裡夢裡，想著的只是「郭仲翔」三字，從不分心。到後來，連妻兒都忘記了。

整整的在外奔波了十個年頭，虧他再省、再儉，卻才只湊得七百匹絹，離千匹之數還有一段距離。正是：

> 離家千里逐錐刀，只為相知意氣饒。
> 十載未償蠻洞債，不知何日慰心交？

話分兩頭，卻說保安的妻子張氏，和那幼小的孩子，自從保安外出之後，家中無主，只落得母子兩人，孤孤悽悽的，好不可憐。剛開始的時候，還有一些保安以前的同事舊友，分頭接濟一些。到後來，一看保安幾年不通音訊，就沒人來理他們了。保安的家原本就不富厚，家中沒什麼積蓄，還虧張氏賢慧，替人縫縫補補，勉強捱過了十年。這時候，眼看實在再捱不下去了，沒辦法，只好將幾件破家具，變賣了些錢，帶著十一歲的孩兒，親自問路，要到姚州來找保安。

母子兩個一步挨一步的，一天再多也只走得三四十里。等走到戎州地界的時候，錢早用光了。這時候的張氏，真是叫天天不應，叫地地不靈。想要一路行乞前去，又羞恥不慣；

想到自己既然如此命薄，不如死了算了，看著十一歲的孩兒，又於心難忍，割捨不下。左思右想，看看天色漸晚，食宿無著，坐在烏蒙山下，不禁放聲大哭，好不悲慘。

也是天無絕人之路，這時候，剛好有個官人打從山下經過，聽得哭聲悲切，又是個婦人，便停了車馬，叫人上前詢問。張氏手攙著孩兒，走到官人面前哭訴道：「妾身是遂州方義尉吳保安的妻子，這個孩子是妾身的孩兒。妾身的丈夫因為友人郭仲翔失陷蠻中，需要好絹千匹才能贖身，便拋棄妾身母子，前往姚州營運，籌取贖金。至今十年不通音信。妾身母子貧苦無依，只得前往相尋。誰知路途迢遠，費用已盡，所以傷心悲泣，冒犯官人！」

這個官人姓楊名安居，正是來接李蒙將軍遺缺的新任姚州都督。也是個有豪氣的人，聽了張氏一番言語，心中便暗暗感嘆：「這個人倒是個義氣男子！」當下對張氏說：「夫人不必過分傷悲，下官忝任姚州都督，一到姚州，馬上派人尋訪尊夫。夫人一切行李路費，都在下官身上。夫人請先到前面驛館中歇息。」

張氏含淚拜謝。楊都督車馬如飛的自去了。

張氏忽然有了這個遭遇，本來是應當暢快才是，但是，十年來人情冷暖的折磨，使她對人世間的溫情，有著一分不可言喻的疑慮。但是，無論如何，這總是眼前惟一的生機。心下雖然懷著幾許的惶惑，仍然母子相扶，一步步地捱到驛前。

這時，楊都督早已吩咐驛官安排伺候，見了她母子兩人來到，便請到空房歇息，款待飯食。

第二天一早，驛官便傳楊都督之命，將十千錢贈送給張氏母子為路費，又準備了一輛車子，派人將她母子兩人送到姚州驛站中居住。張氏心中感激不盡，這時才確認楊都督純是一片好心。正是：

惡人自有惡人磨，好人更有好人救。

原來當天楊都督起了一個大早，在張氏母子未行之前，便先一步來到了姚州。一到姚州，馬上派人到處尋訪吳保安的下落。不下三五日，便尋著了。

楊都督將保安請到都督府中，親自降階相迎，攙著保安的手，登堂慰勞。楊都督對保安說：「下官常聽說，古人有所謂的生死之交，只恨一向未能獲識。現在親見足下所為，義氣干雲，不讓古人專美於前，下官不勝感佩之至。尊夫人和令嗣前不久從遂州遠來相尋，現在暫時在驛舍安頓，足下可先往相見，暢敘十年別離情懷。為令友所籌絹匹，不足之數，下官自當為足下籌劃安排。」

保安說：「僕為朋友盡心，本是分內之事，怎可連累明公？」

楊都督說：「下官別無他意，只為仰慕足下高義，略盡棉薄，助足下完成一番心意而已。」

保安見都督一片摯誠，再不好推託，便叩首相謝：「既蒙明公高誼，僕也不敢固辭。所少之數，還三分之一，如能有千匹整數，便可贖出吾友。僕妻兒既已來此安頓，待吾友贖出之後，再往相見即可。僕現在即親往蠻中，贖取吾友。」

楊都督聽說保安即刻要往蠻中，當下也不便強留，便命人從府庫中先借官絹四百匹，贈給保安，又贈他全副鞍馬。

保安大喜，領了這四百匹官絹，和庫上原先寄存的七百匹，共一千一百匹，騎著馬，頭也不回地直到南蠻地界來。尋個熟蠻，到蠻中通話，將多出來的百匹絹，盡數交給這個熟蠻使費運用。一心只盼著將好友仲翔贖回。

不說保安在這邊取贖等人，再說仲翔那邊的事。仲翔在烏羅部下，烏羅原來指望他重價取贖，所以剛開始的時候，還待他不錯，飲食不缺。只是，過了一年多，不見有任何消息，烏羅心中便老大的不暢快。把他的飲食都裁減了，每天只准吃一餐飯，並且派他看養戰象。

仲翔挨餓受罰，實在忍受不下去了，便趁著烏羅出外打獵的時候，拽開腳步，望北方逃走。可是，那南蠻地方都是險峻的山路，仲翔路徑又不熟，跌跌撞撞地跑了一天一夜，

腳底都破了，被那些和他一起看象的蠻子，飛也似地趕來，捉了回去。

烏羅大怒，便將他轉賣給南洞蠻主新丁為奴。這個地方離烏羅部落有二百多里路。那新丁的脾氣最是凶惡暴躁，漢人只要一點兒不遂他的意，動不動就是整百的皮鞭，鞭得你背部青腫流血。仲翔也不知被鞭過多少次了，實在熬不住痛苦，捉個空，便又逃走。誰知路徑不熟，跑來跑去，卻只是在山凹內盤旋，摸不著出路。結果又被本洞的蠻子追著了，拿去獻給新丁。新丁將仲翔痛打了一頓，便將他又賣到更南方的一洞去。

那洞主別號叫菩薩蠻，更是厲害。知道仲翔屢次逃走，便取了兩片木板，各長五六尺、厚三四寸，叫仲翔把兩隻腳站在板上，用大鐵釘將他的雙腳釘在木板上。平常走動就拖著木板。晚上關在土洞裡，洞口又用厚木板鎖著，看守的蠻子就睡在他腳上的木板上，仲翔一動也不能動，稍不小心牽動了一下，便痛入骨髓。兩腳被釘的地方常流膿血，那種折磨簡直就是地獄。如果不是還有一線返鄉的信念支撐著，恐怕早就作異域遊魂了。有詩為證：

身賣南蠻南更南，上牢木鎖苦難堪。
十年不連中原信，夢想心交不敢談。

再說那個熟蠻受了吳保安之託，來見烏羅，烏羅聽說有好絹千匹來贖，喜不自勝。便派人到南洞去轉贖仲翔。南洞主新丁派人將來人帶到菩薩蠻洞中去，交還了身價，將仲翔兩腳的釘子，用鐵鉗拔了出來。誰知那釘子入肉以後，時間既久，膿水化乾，便像長在肉裡的一樣。現在重新拔出，那種疼痛比剛釘下去時更是難以忍受。當下血流滿地，仲翔痛得昏死了過去。等到醒來以後，已是寸步難移，只好用皮袋盛了，兩個蠻子扛著，直送到烏羅帳下來。

烏羅收過了那一千匹絹，不管死活，把仲翔交給熟蠻，熟蠻只好將仲翔背了，來見保安。保安接著，彷彿見到自己親骨肉一般，來不及敘話，兩人各睜眼看了一看，抱頭痛哭。這一哭，便是兩人胸中的千言萬語。

這兩個朋友，兩心相繫，已經十年了，到今日方纔見面。仲翔對保安的感激之情，自不必說。保安見仲翔形容憔悴，半人半鬼，兩腳又動彈不得，好生悽慘，便將馬讓給他騎，自己在旁扶持，一步一步地回到姚州。一到姚州，便先到都督府來見楊都督。

原來楊都督以前曾經在仲翔伯父的門下做過幕僚，和仲翔雖然沒見過面，算來卻也是通家之好。重要的是他本人是一個正人君子，並不因為仲翔的伯父死了，便改變原來的態度。一見了仲翔，不勝之喜，立刻叫人幫他洗浴，給他換上新衣。並叫隨軍醫生醫他兩腳的瘡口。在這麼特別的照顧、關懷之下，不到一個月，仲翔的傷口便已平復如初，精神煥

發。

再說離家十年，飽受辛苦風霜的保安，直等到從蠻界回來，將仲翔安頓好了之後，才到驛舍中來見自己的妻兒。當初離家的時候，兒子還是在襁褓中的小娃娃，而今相見，卻已十一歲了。夫妻、父子重見，恍若隔世，種種傷感，真是一言難盡。

楊都督是個有心的人，他見保安為人如此情深義重，十分地敬重，到處對人誇獎。不僅如此，又寫信給在長安的達官顯要，向他們稱揚保安棄家贖友的俠情高義。過了不久，更為保安籌措了一筆資財，送他上長安去補官。姚州一地的官員，見都督對保安如此用情，也都各有厚禮。保安將眾人所贈，分一半給仲翔，仲翔再三推辭，保安哪裡肯依，只好受了。

保安謝了楊都督，便帶著妻兒往長安進發。仲翔直送出姚州界外，才痛哭而別。保安路過遂州，將妻兒留在家中，單身到京。到京不久，即陸補為眉州彭山縣丞。那眉州屬四川地界，離遂州不遠，迎接家小頗為近便，保安歡歡喜喜地上任去了。

再說仲翔復元之後，楊都督仍舊將他留做都督府判官，還是住在姚州。仲翔感激楊都督相救相助之恩，總想要有個圖報的方法。因為他在蠻中居留了十年時間，對於蠻中的習俗頗為了解，知道蠻中的婦女，可以買賣求得。而且那邊的婦女，往往姿色不凡，索價卻比一般男子為低。因此，在任三年，便陸續派人到蠻洞中購求年少美女，共有十人。自己親自教她們歌舞，教成之後，便將她們獻給楊都督。

楊都督卻笑著說：「我因為尊重你和保安的一番情義，所以才助成你們，這也說不上什麼恩情。如果你還談什麼感恩相報的話，那不是把我見外了嗎？」

仲翔說：「如果不是明公大德，小人今天哪有生還之理？所以用此奉獻，只不過略表寸心於萬一。明公如果堅辭，仲翔寢食難安！」

楊都督看他一番誠懇，便說：「我有一個小女兒，是我一向最鍾愛的，如果你一定要我接受，那我只好留下一個，讓她陪我那小女孩。其他的絕不敢受。」

仲翔知道楊都督為人，一向有君子仁者之風，也不好勉強。便把那其餘的九個蠻女，分贈給都督屬下的九個心腹將校，替都督作人情，將校們都感戴都督的恩義不已。

過了不久，朝廷追念代國公前宰相郭元振的軍功，要錄用他的子姪，楊都督便表奏仲翔：

「故相郭震嫡姪仲翔，前曾進諫於李蒙，預知勝敗。後陷身蠻洞，備著堅貞。十年復返於故鄉，三載效勞於幕府。蔭既可敘，功亦宜酬。」

於是朝廷授仲翔為山西蔚州錄事參軍。

仲翔從蠻中回到姚州的這幾年，因為一心想著如何報答楊都督，所以公私兩忙，一直未和家中通訊。

算來自從他離家至今，共一十五年了，他的父親和妻子在家，聽說他陷身蠻中，杳無音信，原以為他早已身亡，這時候忽然收到親筆家信，迎接家小到蔚州任所，全家歡喜無限。

仲翔在蔚州做了二年官，大有聲譽，陞為山西代州戶曹參軍。又過了三年，父親一病身亡，仲翔便扶柩歸葬河北故鄉。

喪葬已畢，仲翔不禁深有感慨：「我之能夠重返家園，侍奉老親，完全是保安所賜。一向因為公務纏身，老親在堂，未能圖報私恩。現在父親既已過世，喪服已滿，再也不能將這大恩置於度外。」於是請人探聽，知道保安仍在任所，便親身到眉州彭山縣來看保安。

誰知道探聽的消息並不確實。原來保安早就任滿，因為家貧，無法上京聽調，所以全家便留在彭山居住。六年前，夫婦雙雙患了疫症，不久便去世了。兒子吳天祐無力扶柩歸葬，便將父母暫時葬在黃龍寺後的空地。好在天祐從小得母親的教訓，頗讀了些書，因此便在本縣找了一些小學生，教書度日。

仲翔來到彭山，才知道故人久已仙逝，忍不住痛哭失聲。便披麻帶孝，走到黃龍寺後，向塚號泣，具禮祭奠。奠畢，才與吳天祐相見，稱天祐為弟。

仲翔和天祐商議重新起靈，歸葬故鄉，天祐同意了。仲翔於是寫了祭文，祭告於保安靈前，發土開棺，只剩枯骨兩具。仲翔一見枯骨，又想起故人恩情，觸景傷情，痛哭不已。旁觀的人無不墮淚。

仲翔將保安夫婦的骸骨分裝在兩個布囊內，用一個竹籠盛了，親自背著。吳天祐認為自己父母的骸骨，應當由自己來背，要奪竹籠。仲翔哪裡肯放，哭著說：「令尊為我奔走十年，救我生命，恩同再造，我背著他的骸骨返鄉歸葬，不過略盡心意而已。」

一路上邊走邊哭，每到旅店歇息，必先將竹籠放在上座，用酒飯祭奠過了，然後才和天祐進食。晚上也一定將竹籠安頓妥當了，才敢就寢。從眉州到武陽，幾千里的路程，都是步行。他兩隻腳曾經釘過，雖然好了，畢竟是受過傷的，一連走了幾日，腳面便紫腫起來，內中作痛。眼見得要走不動了，卻又不要天祐替他背竹籠，仍然咬著牙根，一步一步地捱著。有詩為證：

酬恩無地只奔喪，負骨徒行日夜忙。
遙望武陽數千里，不知何日到家鄉？

仲翔這時真是百感交集，想著故友的恩義，未曾報得，便已天人永別。而今要聊盡一點心意，卻又造化弄人，腳瘡復發，不知何時才能返歸故鄉？

當天天晚，找了一家旅店安宿，仲翔又準備了酒飯，在竹籠之前祭拜。想到自己寸步難行，不禁悲從中來，含淚再拜，向保安夫婦靈骨之前祝禱：「願恩人夫婦顯靈，保佑仲翔腳患頓除，步履方便，早到武陽，經營葬事。」吳天祐也在旁邊再三拜禱。說也奇怪，到第二天起身，仲翔便覺兩腳不痛，步履頓時輕健許多。就這樣一直走回到武陽，腳瘡再也不發。

回到家之後，仲翔留吳天祐在自己家中居住。然後打掃中堂，設立吳保安夫婦神位。再買辦衣衾棺槨，將吳保安夫婦的骸骨重新殯殮，自己戴孝，和吳天祐一同守墓受弔。凡一切葬具和墳墓的起造，都依照葬自己的父親一樣辦理。葬過之後，又另外立一道石碑，詳記保安棄家贖友的義行，彰顯保安的恩義。

一切都辦好了以後，仲翔又在保安夫婦的墳旁蓋了一間茅屋，和吳天祐一同守墓三年。在那三年中，每天教天祐讀書，作為以後天祐出仕的準備。

三年一晃就過，仲翔要到長安補官，想到天祐尚未成家，便選了自已族中一個有賢德的姪女，替天祐定了親。接著又將自己宅子的一半割給天祐，讓他成親，並將一半家財分給天祐，讓他過活。

仲翔現在對待天祐的這一番恩情，和保安當初對待仲翔的一樣，可以說是古今少有、人間罕見的俠義行為。有詩為證：

昔年為友拋妻子，今日孤兒轉受恩。
正是投瓜還得報，善人不負善心人。

仲翔安頓了天祐，便到長安。不久補了嵐州長史，又加朝散大夫。這時心境稍定，又思念起保安的恩情，於是上疏朝廷，詳述保安棄家贖友的義行，推薦天祐於朝廷，願以自己的官位讓給天祐。文辭懇切感人。朝廷將疏文頒下禮部詳議。

這一件事，一時之間轟動了舉朝官員，大家認為保安施恩在前，義行固然可風；仲翔報恩在後，義氣同樣感人。真不愧是一對死友。禮部因此覆奏，盛誇郭仲翔人品，理應破格從其所請，以勵風俗：吳天祐可先試用為嵐谷縣尉，仲翔則仍官任原職，不必以仲翔的職位讓予天祐。

這嵐谷縣和嵐州相鄰，仲翔和天祐此後仍然可以朝夕相見，不必分離——這是禮部官員為仲翔之情所感的特意安排。

朝廷依允了禮部的建議。仲翔替天祐領了上任文書，謝恩出京。回到武陽，將文書交給天祐，便準備了祭儀，到兩家的祖墳祭告祖先。然後選擇出行吉日，兩家帶了宅眷，同日起程，上任去了。

當時的人都把這件事當作一件奇事，遠近傳說，大家都說保安和仲翔的交情，雖然是古代的管仲、鮑叔牙和羊角哀、左伯桃，也難以比擬。

後來郭仲翔在嵐州，吳天祐在嵐谷縣，都有很好的政績，不久便都陞遷去了。嵐州人感懷先賢，追慕其事，便蓋了一座雙義祠，祀奉吳保安和郭仲翔。一般人凡有什麼約誓，都到廟中來禱告，香火至今不絕。有詩為證：

頻頻握手未為親，臨難方知意氣真。
試看郭吳真義氣，原非平日結交人。

【結語】

本篇選自《古今小說》第八卷。這一篇的故事出自唐朝牛肅《紀聞・吳保安》。《新唐書・忠義傳》（卷一百九十一）也有吳保安的故事，不過記載較為簡略。由此可見這故事本來是一件歷史上的真人真事。

本篇大概就是所謂的「擬話本」，也就是說，它是文人根據原來吳保安的事蹟，改寫成話本小說的。故事中吳保安和郭仲翔兩人相交的那種義氣，那種捨己為友的精神，真是千古少有，真是令人感動。它充分代表了我們中國人對友情的一種理想和嚮往。我們認為，這才是人性的光明面，這才是真正的俠義情懷，所以本書特以選錄。

明代的戲劇家沈璟所寫的傳奇《埋劍記》，所演述的也是這個故事。

趙大郎千里送京娘

說起義氣凌千古，話到英風透九霄。
八百軍州真帝王，一條桿棒顯英豪。

說到古來所謂的「行俠仗義」，指的雖然不盡是江湖男女路見不平，拔刀相助，或為了知己，一刀一槍，搏個你死我活的作為，卻多半還是指著那捨己救人的義烈事蹟而言。帝王平日身居九重，高不可攀，和平民百姓可談不上什麼直接的相干，所謂「行俠仗義」這檔子事，再怎麼說可總無法和「帝王」一詞沾上邊兒的。可是我們這首開場詩卻一說「義氣」、「英風」，二說「帝王」、「桿棒」，這不是奇怪嗎？原來這首詩講的是一代帝王

創業之前的事蹟。創業帝王有的是英武果決，卻不一定是養尊處優。在他們未發跡之前，有的也和你我一般，曾經有過浪跡天涯的日子。

這篇話本所要講的，便是宋太祖趙匡胤當初未發跡時，浪蕩江湖所發生的一段俠義事蹟。

趙匡胤從小生就一副特異的容貌，大耳方腮，滿臉紅光；身材高大，兩眼炯炯逼人。及至長大成人，更有力敵萬人，氣吞四海的氣概。平時專好弄鎗使棒，結交天下豪傑；任義行俠，偶一路見不平，即便拔刀相助。可以說是個專管閒事的祖宗，撞沒頭禍的太歲。

趙匡胤的父親趙洪殷曾經當過北漢的岳州防禦使，所以當時人家都稱匡胤為「趙公子」，或叫他「趙大郎」。趙洪殷一心想要兒子讀書上進，可是生龍活虎般的匡胤，又哪裡受得了約束？趙洪殷後來無法，看看管束不了，也只好任他去了。

匡胤那種天不怕地不怕的脾氣，一沒有了父親的管束，便如河堤潰決，橫衝直撞了起來。好在他那天生義烈的性子，並沒使他走上好強使氣，為非作歹的路子，倒是專門打抱不平，與豪強作對。一離開家門，他便先上汴京，結果在那裡因為一言不合，就將皇家戲園打個稀巴爛，然後又大鬧了皇家花園，觸怒了漢末帝，只好亡命天涯。逃到關西護橋地方，又殺了董達，奪了名馬赤麒麟。在黃州除了宋虎；朔州三棒打死了李子英；滅了潞州王李漢超全家。

一路上凡有豪強，一看不順眼，不管三七二十一就拚了出去。當時天下方亂，五代十國個個分崩離析，又有誰能奈何這麼一個沒頭太歲？因此他雖然一路亡命，卻也沒有什麼官府真的來拘捕他。

之後來到太原，在路上恰巧遇上了叔父趙景清。景清那個時候正在清油觀出家，就將匡胤留在觀中居住。誰知住不了兩天，匡胤竟生起病來了，就這麼一臥三個月，好不氣悶。等到病體復元，叔父仍然朝夕相陪，要他多多休息，再也不放他出外閒遊。匡胤以為這是叔父老人家的一片苦心好意，雖然氣悶，也不以為怪。

有一天，叔父有事出門，吩咐匡胤說：「姪兒，你就耐心在房裡休息一下。你的病才好不久，不要隨便走動。」

匡胤哪裡坐得住？想道：「不到街坊遊蕩，倒也罷了，在本觀中散步一下，又有什麼關係！」他叔父一出去，匡胤隨後就踏出了房門。先到三清寶殿看了一回，再到東西兩廊、七十二司，又看了東岳廟，轉到嘉寧殿上遊玩。果然處處清幽肅穆，好一座道觀，真個是：

金爐不動千年火，玉盞長明萬載燈。

接著走到多景樓玉皇閣，但見殿宇高聳，制度恢弘，匡胤不禁大為喝采：「好個清油觀！」再轉到酆都地府，卻是一個冷僻的所在，旁邊有小小一殿，靠近子孫宮，上面寫著：「降魔寶殿」，殿門深鎖。匡胤前後看了一回，正要轉身，忽然聽到好像有哭泣的聲音，再仔細一聽，是個婦女的聲音，正是從降魔寶殿裡傳出來的。

匡胤心裡嘀咕著：「這可就怪了，降魔寶殿裡怎麼會有婦人？一定有什麼不明不白的事！我去叫道童拿鑰匙來打開，看個究竟。」找到了道童，道童卻說：「那個殿上的鑰匙師父自己保管著，說是什麼機密要地，平常連我們也不准去的。」

匡胤心裡有點火了，他覺得叔父一定有什麼不可告人的秘密：「莫信直中直，須防人不仁。原來俺叔父不是個好人。三回五次只叫俺靜坐，不要出來閒走，原來幹這不清不白的勾當！出家人成什麼體統！俺便去打開殿門，怕他什麼！」

剛要走過去，景清正好回來。匡胤含怒相迎，口中也不叫叔父，氣忿忿地問道：「你老人家在這裡出家，幹得好事！」

景清不解其意，說道：「到底怎麼了？」

匡胤說：「降魔殿內鎖的是什麼人？」

景清這才曉得他指的何事，連忙搖手說：「賢姪，不要多管閒事！」

匡胤看叔父遮遮掩掩，欲說不說，當下火了，大聲叫道：「出家人清淨無為，紅塵不

染，為什麼殿內卻鎖著婦女，哭哭啼啼？一定是你做出了什麼不禮不法的事，要不然為什麼吞吞吐吐！你老人家也要放出良心，是一是二，說個明白！還有個商量的餘地；否則，俺趙某人可不是好惹的！」

景清見他暴跳如雷，忙說：「賢姪，你錯怪愚叔了！」

匡胤說：「錯怪不錯怪是小事，且說——殿內可是婦人？」

景清說：「正是。」

匡胤說：「還說什麼錯怪！眼見是一件不可告人的事！」

景清曉得匡胤性格急躁，不敢一下子和盤托出，耐下性子和緩的說：「雖是婦人，卻是一件和本觀道眾毫不相干的事。」

匡胤說：「你是一觀之主，就是別人做出歹事，將人關在殿內，事情的來龍去脈你總該知道！」

景清說：「賢姪息怒。這個女人是一個月前兩個有名的強徒擄來的，愚叔也不知道是哪裡擄來的。他們將這個女的關在這裡，要我們替他好好的看守，不然的話，就要讓我們寸草不留。因為賢姪有病在身，所以就沒告訴你。」

匡胤說：「強徒現在在哪裡？」

景清說：「不知到哪兒去了？」

匡胤對他叔父的話還是不肯相信，說道：「豈有此理！快打開殿門，叫那女的出來，俺自己問一個詳細。」說罷，拿了他那根渾鐵鑄就的齊眉短棒，往前就走。

景清知道他性烈如火，不敢遮攔，慌忙帶了鑰匙，隨後趕到降魔殿前來開了鎖。裡頭那女子以為強人前來抓她，嚇得又哭了起來。匡胤等門一開，便一腳跨進。那女子躲在神像背後，嚇做一團。匡胤放下短棒，近前一看，但見一個標致非常、秀麗絕倫的女子，瑟縮在那兒：

眉掃春山，眸橫秋水，
含愁含恨，猶如西子捧心。
欲泣欲啼，宛似楊妃剪髮。
琵琶聲不響，是個未出塞的明妃。
胡笳調若成，分明強和番的蔡女。
天生一種風流態，便是丹青畫不真。

匡胤上前安慰道：「小娘子，俺不是壞人，妳不要驚慌。妳告訴我，妳家住在哪兒？被誰拐誘到這裡來？如果有什麼不平的事，俺趙某人替妳解決。」

那女子才擦乾了眼淚，從神像背後走出來，向匡胤深深作了一揖，匡胤也還了禮。那女子問匡胤道：「先生貴姓？」匡胤還沒回話，景清便替他說了：「這位是汴京的趙公子。」

那女子才待要說，卻似乎餘懼猶存，撲簌簌的又流下淚來。匡胤再三撫慰，她才說出原委。原來她也姓趙，小字京娘，家住山西蒲州解梁縣小祥村，今年一十七歲。因為隨著父親到陽曲縣來還北嶽的香願，結果在半路上遇上了兩個強人，將她擄到這清油觀中關了起來。幸虧他們還不傷她父親的性命。這兩個強人一個叫滿天飛張廣兒，一個叫著地滾周進。他們將京娘關在這裡，是因為兩人都爭著要跟京娘成親，不肯相讓，後來怕壞了義氣，便決定到別的地方再去擄一個中意的女子，然後同日成親，當作壓寨夫人。強人走了已經一個月了，走的時候吩咐道士們要小心伺候看守。道士們害怕，就只好恭敬不如從命了。

京娘將事情的始末根由說了清楚，匡胤才知道自己誤會了叔父，連忙向景清賠禮：「剛才姪兒太過魯莽，衝撞了叔父，望叔父莫怪。」又說：「京娘是良家女子，無端被強人所擄，俺今日既然撞見了，焉有不救之理！」又轉身向京娘說：「小娘子，不要再傷心了，有俺趙某人在此，無論千難萬難，保管妳重回故土，再見爹娘。」

京娘說：「多謝公子美意，將奴家救出虎口，可是家鄉迢迢千里，奴家孤身女流，又怎麼回去？恐怕……」

匡胤說：「救人須救徹，好事做到底，俺不遠千里，親自送妳回去。」

京娘拜謝道：「若蒙如此，便是重生父母。」

景清卻說：「賢姪，這事可千萬行不得！那些強人勢力強大，連官司都禁捕他不得，你一個人又怎麼行？還有，你將小娘子救出去了，他們來找我要人時，叫我怎麼應付？這不是拖累我嗎？」

匡胤笑道：「大膽天下去得，小心寸步難行。俺趙某一生見義必為，萬夫不懼，有什麼行不得的？那強人再狠，狠得過潞州王嗎？他們如果是有耳朵的，總該聽過俺趙某人的名頭。既然你們出家人怕事，俺就留個記號給他，叫他們夠膽就找俺來。」說著，掄起渾鐵齊眉棒，向那殿上朱紅槅子，狠狠地一棒打下，「櫪拉」一聲，把整個窗槅都打下來了。又再一下，把那四扇槅子打得東倒西歪。嚇得京娘戰戰兢兢，遠遠地躲在一邊。景清面如土色，叫道：「你幹什麼！」

匡胤說：「這就是俺留下的記號，那些強人如果再來，你就說是我趙某人打壞窗槅搶去的。冤各有頭，債各有主，你叫他們打蒲州一路來找俺。」

景清說：「此去蒲州千里，路上到處盜賊生發，你匹馬單槍，恐怕都不好走，何況有小娘子牽絆，還是三思而後行。」

匡胤笑道：「三國時代，關雲長獨行千里，過五關、斬六將，護著兩位皇嫂，直到古城和劉皇叔相會，這才是大丈夫所為。今天這麼一位小娘子，趙某如果救她不得，還做什麼人？」

景清說：「雖然賢姪勇武豪俠，不怕強人，但是還有一件事，賢姪卻須再三考慮。古來明訓，男女坐不同席、食不同器，賢姪千里相送小娘子，雖然是出於一番義氣，別人又哪裡知道？人家看到你們少男少女，一路同行，嫌疑之際，又將作何感想？被人不明不白地隨便一說，豈不反而汙了一世英名？」

匡胤呵呵大笑說：「叔父，莫怪俺說：你們出家人慣裝架子，裡外不一。俺們做好漢的，只要自己血心上打得過，再不管人家怎麼說！」

景清見他主意已決，問道：「賢姪什麼時候啟程？」

匡胤說：「明天一早就走。」

景清說：「只怕賢姪身體還不健旺。」

匡胤說：「不妨事。」

景清知道再也挽留不住，便叫道童準備酒菜送行。匡胤在酒席上對京娘說：「小娘子，剛才叔父說一路同行，恐生非議，俺就借這席面，和小娘子結為兄妹。俺姓趙，小娘子也姓趙，五百年前是一家，從此就兄妹相稱好了。」

京娘說：「公子是貴人，奴家怎敢高攀？」

景清說：「既然要一路同行，這樣再好不過了。」即忙叫道童拿過拜氈，京娘雙膝跪在拜氈上，向匡胤一拜：「受小妹子一拜。」匡胤在旁還了禮。京娘又拜了景清，叫他「伯伯」。當天晚上，景清讓出自己的臥室給京娘睡，自己和匡胤在外廂同宿。

五更雞唱，景清起身安排早飯，又替他們準備了路上要用的乾糧肉脯。匡胤自己也將赤麒麟上穩了鞍，紮縛好了行李。這時京娘也起來了，匡胤對京娘說：「妹子，只可做村姑打扮，不可冶容麗服，招惹是非。」

吃過了早飯，匡胤扮作客人，京娘扮作村姑，同樣都戴個雪帽，帽簷壓得低低的，向景清作別出門。景清送到門口，忽然想起一事，說：「賢姪，我看今天是走不成了……」

不知景清為什麼忽然說出這種話來？正是：

鵲得羽毛方高飛，虎無爪牙不成行。

景清說：「一匹馬不能同時載兩個人，京娘弓鞋窄小，怎麼跟得上？我看還是等雇了一輛車子，讓她乘坐，才好同去。」

匡胤笑著說：「俺還以為是什麼事哩，原來為的這事。這俺早計畫好了，不勞叔父操心。有了車輛，反而多費照顧。俺是要將馬讓給妹子騎坐，自己隨後步行。雖是千里跋涉，又有何煩難？」

京娘說：「小妹有累恩人遠送，愧非男子，不能執鞭墜鐙，心中已是不安，怎敢反占尊騎。這絕難從命。」

匡胤說：「你是女流之輩，正需坐騎。俺趙某腳又不小，步行快當，不必再推三阻四。」

京娘再三推辭，匡胤顯得不耐煩了，沒辦法，只好上馬。匡胤挎了腰刀，帶著那根渾鐵桿棒，向景清一揖而別。

景清趕上一步，說：「賢姪，一路小心。路上如果遇到那兩個強徒，下手斬絕些，不要帶累我們觀中的人。」

匡胤說：「俺理會得！」說罷，把馬尾一拍，喝聲：「快走。」那馬拍騰騰便跑，匡胤放開腳步，緊緊相隨。

走了幾天，來到汾州介休縣地方的一個土岡下，地名黃茅店。這裡原來是個大大的村落，因為世亂人荒，都逃散了，只剩得一兩戶人家，一間小小店兒。這時日色已經偏西，前途曠野，眼見再無村鎮。匡胤對京娘說：「今天就在這裡安歇，明天再走吧！」京娘說：「但憑尊意。」

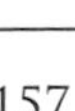

兩人走到那家小店，店小二接了包裹。京娘下馬，摘下雪帽，小二一眼瞧見，舌頭吐出三寸，縮不進去，心下想道：「天底下怎麼會有這麼漂亮的女孩子！」將馬牽到屋後繫了。匡胤和京娘自到店房坐下。

小二繫好了馬，走到客房來站著，呆呆地看著京娘，匡胤問道：「小二哥，有什麼話要說嗎？」

小二這才警覺過來，說：「這位小娘子是客官什麼人？」匡胤說：「是俺妹子。」

小二說：「客官，不是小的多嘴，千山萬水，在路上行走，不應該帶這麼漂亮的小娘子出來。」

匡胤說：「為什麼？」

小二說：「現在可不是什麼太平世界，到處擾攘不安。離這裡十五里地界，有一座介山，地曠人稀，就是綠林好漢出沒的地方。如果那邊的強人知道了，你不只要白白的將這位小娘子送給他們作壓寨夫人，怕還要倒貼利息哩！」

匡胤一聽大怒，罵道：「你這狗賊，好大的膽子！竟敢虛言恐嚇客人。」照著小二面前就是一拳。小二當場口吐鮮血，手掩著臉，跑出去了。只聽得店家娘在廚房裡不知嘀咕些什麼。

京娘說：「恩兄，你性子也太急了些。」

匡胤說：「這傢伙說話亂來，大概不會是什麼好東西。俺不過先教他曉得厲害！」

京娘說：「我們既然要在這裡過夜，就不要得罪他。」

匡胤說：「有什麼好怕的！」

京娘便到廚房和店家娘相見，說了一大堆好話，店家娘方才息怒，動手作飯。

這時天色尚未大暗，還沒上燈，京娘正回到房中和匡胤講話，外頭忽然進來了一個人，在房門口探頭探腦。

匡胤大喝道：「什麼人？敢來瞧俺腳色？」

那人說：「小的是來找小二的，不干客官的事。」說罷，到廚房裡和店家娘唧唧噥噥的，不知講了些什麼才走。

匡胤看在眼裡，早有了幾分疑心。到了上燈的時候，小二一直沒有回來。兄妹二人胡亂吃了些晚飯，匡胤叫京娘掩上房門先睡，自己假說到外頭方便，帶了刀棒，繞到屋後偵看動靜。

大約二更前後，赤麒麟忽然一聲驚嘶，匡胤急忙悄步上前細看，只見一個漢子被馬踢倒在地。那人見匡胤來了，使勁的掙扎起來，拔腿就跑。匡胤知道是盜馬賊，火速地追了出去。追趕了好幾里，那人轉過一道溜水橋邊，忽然不見了人影。

匡胤正要轉身回來，卻見橋的對面有一間小小房屋，透著燈光，匡胤懷疑那人躲在裡

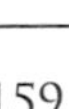

面，走進去一看，一個白髮蒼蒼，面目慈祥的老翁，端坐在土床之上，並沒有什麼賊人，

匡胤上前問道：「老丈有沒有看到一個賊人從哪裡跑了？」

老者說：「這裡賊人很多，不知貴人所問的是哪個賊人？」

匡胤說：「是個偷馬賊。」

老者說：「那偷馬賊叫陳名，這時已經逃到山寨裡去了。」

匡胤說：「聽老丈一說，好像對賊人甚為熟悉，俺也聽說此地賊人甚多，老丈若知其詳，可否告知一二？」

老者說：「老漢久居此地，所以對賊人動靜知道得詳細。這裡過去便是介山，最近來了兩個強人，一個叫滿天飛張廣兒，一個叫著地滾周進，在此嘯聚嘍囉，打家劫舍，擾害無數生靈。半月之前，不知哪裡搶了一個女子，二人爭娶未決，便將那女子寄頓他方，待再尋一個來，才各成婚配。這裡一路店家，都是受那強人威逼，入夥作眼線的。但遇上有美貌佳人，便要報他知道。今晚貴人到店上時，那小二便上山去報了。那賊人先差了人去探聽虛實，回來之後，知道不但女子貌美，更有一匹駿馬，而且是單身客人，不足為懼。強人便又差陳名先去偷馬，那陳名第一善走，別號千里腳，所以貴人追他不著。強人這時已率領眾嘍囉在前面赤松林下屯紮，專等貴人經過，便要搶劫，貴人須要防備。」

匡胤說：「多謝指教！不過俺有一事未明，老丈何以深夜獨處荒郊？又俺一介武夫，

無官無職，何以老丈口口聲聲稱俺貴人？」

老者說：「這些事情，無關緊要，貴人日後自當明白，此時不必多說。貴人請速回店，免得令妹懸望。」

匡胤謝道：「承教了！」拿起桿棒，急忙轉身趕回。這時店門還半開著，匡胤悄悄地捱身而入。

原來店小二為接應陳名盜馬，早就回到了店中，正在房裡和老婆說話，叫老婆煖酒給他吃。一見匡胤回來，一閃身，躲到燈背後去了。匡胤一一看得清楚，心生一計，便去叫京娘向店家討酒吃。店家娘拿了一個空壺，到房門口的酒缸內舀酒。匡胤出其不意，拿起鐵棒，照腦後猛力一敲，只聽「哎唷！」一聲，登時倒地，酒壺撇得老遠。小二聽到老婆叫聲，忙取了朴刀趕出房來，匡胤早閃在門邊，手起棍落，也打翻了。接著再一人一棍，當場結果了二人性命。

京娘大驚，跑過來要救人，已經來不及了。問匡胤為什麼無緣無故將二人打死，匡胤便將橋邊那位老者所說的話說了一遍。京娘嚇得面如土色，說：「這該如何是好？」

匡胤說：「有俺趙某在，賢妹但可放心。」

兩人當下再也無心歇息。匡胤到廚下煖了一大壺酒，吃得半醉，餵飽了馬，前後包紮停當，將兩個屍首拖到柴堆上，放起火來。看看火勢盛了，然後叫京娘上馬，匆匆離去。

這時東方已經泛白，經過溜水橋邊，要找那老者問路，卻已不見了那小小房子。只見旁邊土牆砌的一個小小廟兒，供著土地公，方才想道，莫非昨晚所遇的老者，就是土地公現身？又想道：「他一直叫我為貴人，並說以後自見分曉，難道我以後果然有個發跡的日子？果真如此，日後當來重修廟宇，再塑金身。」

兩人再催馬前行，走了數里，望見一座松林，樹梢褐紅，遠望如一片火雲。匡胤叫聲：「賢妹慢走，前面大概就是赤松林了……」話說未完，草叢中忽地鑽出一個人來，手執鋼叉，一聲不吭，望匡胤便搠。有道是會者不忙，忙者不會，匡胤提起鐵棒架住，反手就打。那人並不搶攻，且鬥且走，明明是要將匡胤引到林子裡去。匡胤一時怒起，雙手舉棒，喝聲：「著！」活生生的將那人的天靈蓋打個稀爛。轉過身來，叫京娘將馬控住，不要走動：「等俺到前面林子裡結果了那夥毛賊再走。」

京娘說：「恩兄小心！」匡胤放開大步，走進林子去了。

赤松林內正是著地滾周進帶著四五十個嘍囉在那兒埋伏，聽得腳步響，以為是伏在外頭的人回來報信，手提長鎗，奔了出來，劈面遇著匡胤。匡胤知道是強人，並不打話，舉棒便打。周進挺鎗來敵。兩人一來一往，戰了二十餘合，嘍囉看見周進遇敵，發聲喊，一齊上前，將匡胤團團圍住。

匡胤全不畏懼，一條鐵棒舞得似金龍罩體、玉蟒纏身。迎著棒，似秋葉翻風；近著身，如落花墜地。不過幾個回合，將賊人打得三分四散、七零八落。周進一看不敵，膽子發寒，鎗法大亂，被匡胤一棒打倒。眾嘍囉個個抱頭鼠竄，落荒亂跑。匡胤再復一棒，結果了周進。

回轉身來，卻不見了京娘，急忙四下找尋，原來早被四五個嘍囉簇擁過赤松林了。匡胤快步趕上，大喝一聲：「賊徒！哪裡走！」

眾嘍囉見匡胤追來，丟下京娘，沒命地跑了。匡胤說：「賢妹受驚了。」

京娘說：「剛才的嘍囉中有兩個人曾經和強人到過清油觀，是認得我的。他們說：『周大王和客人交手，料可以將這客人解決，我們先將她送到張大王那邊去。』前去恐怕更加危險。」

匡胤說：「不妨事的，周進已被俺剿除了，只不知張廣兒在哪裡？俺正要去找他，也為地方除害。」

京娘說：「但願不要遇上的好。」

兩人再走了四十餘里，來到一個市鎮。覺得肚子餓了，想找家飯店吃飯，可是卻見店家個個忙碌，竟沒一個上前招呼的。匡胤心下起疑，但是因為帶著京娘，不願多生是非，只好牽馬慢行。走過許多店鋪，但見家家關門閉戶。到了街的盡頭，一戶小小人家，也關著門。匡胤好生奇怪，便去敲門，敲了好久，沒人答應。轉身到屋後，將馬拴在樹上，輕

輕地去敲後門。裡面一個老婆婆開門出來，看了一看，臉上掩不住恐懼的形色。

匡胤慌忙跨進門內，向婆婆深深一揖：「婆婆不必驚慌，俺是過路客人，帶著女眷，因找不到飯店吃飯，想借婆婆家吃頓中餐，吃了就走。」

婆婆四下張望，疑神疑鬼，叫匡胤不要出聲，匡胤用手招京娘進門相見，婆婆趕緊將門閉了。

匡胤問道：「那邊店裡好像安排什麼酒會，到底是迎接什麼官府，眾人如此驚慌？」

婆婆說：「客人不必管這閒事。」

匡胤說：「是什麼大不了的事，這麼厲害？俺是遠方客人，婆婆但說不妨，俺不去管它就是。」

婆婆說：「今天是山寨裡的滿天飛大王從這裡經過，鎮上的人大家斂錢備飯，買靜求安。老身有個兒子，也被店裡的人拉去幫忙了。」

匡胤一聽，想道：「原來如此！俺正找你不著，原來卻在這裡！一不作、二不休，索性給他個乾淨，為地方除去大害，也為清油觀斷了禍根吧！」便對婆婆說：「婆婆，既是強徒到來，這是俺妹子，怕她受了強徒驚恐，相煩就在婆婆家藏匿些時，等這大王過去之後，俺們再走，不知可否？」

婆婆說：「躲躲不妨事，只是客官不要出頭去惹事才好。」

匡胤說：「俺男子漢自會躲閃，不煩婆婆操心。俺且先到路旁去打探一下消息。」

婆婆說：「既要出去，就得小心，包子是現成的，等你來吃，飯卻不方便。」

匡胤提著鐵棒，從後門走了出來。本來想乘馬直接去找那滿天飛，忽然想道：「俺在清油觀中，許下諾言，說是千里步行，如果騎馬去了，不算好漢。」當下心生一計，大踏步奔出路頭，走到前頭的店家，大剌剌地叫道：「大王就要到了，俺是打前站的，你們酒飯做好了沒？」

店家說：「都準備好了。」

匡胤說：「先擺一席給俺吃。」

眾人久在強人積威之下，哪個敢去辨個真假？大魚大肉，熱酒熱飯，只顧搬了出來。匡胤放懷大嚼，吃到九分九，外面紛紛沸沸傳道：「大王到了，快擺香案。」

匡胤一聽還叫擺香案，心上氣加三分，不慌不忙，拿了那根鐵棒，出外一看，只見十餘對刀鎗棍棒，在前開路，到了店門，一齊跪下。那滿天飛騎著一匹高頭大馬，趾高氣揚，千里腳陳名緊隨身後。又有三五十個嘍囉，十幾輛車輛簇擁而來，好不威風。匡胤看了，更加幾分氣。

看看滿天飛的馬頭走進，匡胤大喊一聲：「強賊看棒！」從人叢中一躍而出，如一隻老鷹自空飛下。那馬受了驚駭，往前一掀，正好迎著匡胤打來的鐵棒，當場打折了一隻前

蹄，那馬負痛倒下，滿天飛翻身下馬，背後陳名持棍趕來，被匡胤一棍，打翻在地。

滿天飛舞動雙刀，來鬥匡胤，匡胤一跳，跳到高闊處，兩人一來一往，鬥了十餘回合。匡胤看得仔細，放個破綻，滿天飛一刀砍下，匡胤棍起，將滿天飛右臂打折了下來。滿天飛見不是勢頭，拔腿就走。匡胤縱步趕上，大聲喝道：「你綽號滿天飛，今日就送你飛上天去！」舉棒朝腦後劈下，登時打做個肉飷。可憐兩個強人，一日之內，雙雙魂飛天外。正是：

三魂渺渺滿天飛，七魄悠悠著地滾。

眾嘍囉見死了大王，個個要逃，匡胤大叫道：「俺是汴京趙大郎，張廣兒、周進罪大惡極，死有餘辜，並不干你等眾人之事。」

眾嘍囉棄了刀鎗，一齊拜倒在地，說道：「俺們從不見將軍如此英雄，情願服侍將軍為寨主。」

匡胤呵呵大笑：「高官厚爵，俺尚不稀罕，何況落草！」

匡胤忽然看見陳名，也雜在眾嘍囉中，便叫他出來：「昨天晚上來盜馬的就是你嗎？」

陳名叩頭如搗蒜，口稱死罪。

匡胤說：「且跟我來，賞你一頓飯吃。」

眾人都跟到店中，匡胤吩咐店家：「俺今天替你們地方除了二害，這些都是被迫入夥的良民，菜飯既然已經備下，就讓他們飽餐一頓，俺自有處置。款待張廣兒的一席給我留下，俺有用處。」店主人不敢不依。

眾人吃罷，匡胤叫過陳名：「聽說你能日行三百里，是個有用之才，怎麼會失身做賊？俺今日有用你之處，不知你肯依否？」

陳名說：「但憑將軍差遣，雖死不辭！」

匡胤說：「俺在汴京，因為打壞了皇家花園，又大鬧了皇家戲園，所以逃難到此，麻煩你到汴京去打聽一下，看風聲如何？半個月之內，再到太原清油觀趙知觀處等我。不可失信。」

匡胤借了紙筆，寫了一封給趙景清的家書，交給陳名。然後將賊人車輛財帛，打開分做三份。一份散給市鎮人家，當作償還賊人騷擾的費用，並叫鎮民將賊人屍首及刀鎗等物，帶去見官請賞。一份散給眾嘍囉，命他們各自還鄉營生。另一份又析作二份，一半給陳名當作路費，一半寄給清油觀當作修理降魔寶殿門窗的費用。眾人見他如此分派，個個心服口服，當下各自散去不提。

匡胤叫店家將那一桌留下的酒席抬到婆婆家裡。婆婆的兒子也來了，向婆婆說起匡胤除害等事，個個歡喜。匡胤向京娘說：「愚兄一路讓賢妹受驚了，今天借花獻佛，替賢妹壓驚把盞。」京娘千恩萬謝，好不開懷。

酒飯過後，匡胤拿了十兩銀子送給婆婆，當天晚上，就在婆婆家過夜。

京娘躺在床上，想起匡胤一路捨身護己的大恩，不知何以為報？想到自己女孩兒家，除了以身相許之外，再無他法，可是又難以啟口。左思右想，輾轉不能成眠，不覺已是天曉。

眼看匡胤一早起身，就備馬要走，京娘悶悶不樂，不知如何可將心事表白。忽然心生一計，一路上就假裝肚痛，常要下馬休息。匡胤只好扶她下馬，又扶她上馬。一上一下，將身子緊緊偎貼在匡胤身上，摟肩勾頸。真是萬種情懷，千般旖旎。晚上睡覺時，又裝寒裝熱，要匡胤替她減被添蓋。軟玉溫香，但願伊人解語。誰知匡胤生性剛直，竟像鐵打心腸一般，全然不以為意。

又走了三四天，離蒲州只有三百多里路了。京娘心下躊躇：「已經就快到家了，如果只管害羞不說，事情就不成了。」當晚在一個荒村歇息，四宇無聲，微燈明滅，京娘再也不能成眠，翻身坐起，在燈前長嘆流淚。

匡胤見她如此光景，起身問道：「賢妹為何如此？」

京娘拭淚答道：「小妹有句心腹之話，說出來又怕唐突……」

匡胤說：「兄妹之間，有什麼說不得的話？但說無妨。」

京娘遲疑了一會，說道：「小妹不幸，陷於賊人之手，若非恩人相救，恐早已不能重見天日。大恩大德，勝如重生父母，只是無以為報。小妹愧生為女兒身……恕小妹出言無狀，如若恩人不嫌貌醜，小妹情願終身伺候恩人，鋪床疊被，以稍盡報效之情，不知……」

匡胤大笑：「賢妹，妳錯了！俺與妳素不相識，出身相救，完全是基於一片義氣，並不是因為妳容貌美麗。更何況同姓不婚，俺與妳已是兄妹相稱，豈可相亂？這事不許再提，免得惹人笑話。」

京娘給他說得羞慚滿面，良久無語。過了一會兒，才又鼓起勇氣說：「小妹不是淫汙下賤之流，深知恩人義氣深重。不過想到賤軀餘生，都出恩人所賜，此身之外，別無報答，衷心抱恨。小妹也不敢想望能和恩人得成婚配，但願能為妾為婢，服侍恩人一日，死而無怨。」

匡胤聽她又說，不禁有氣：「俺趙某是個頂天立地的男子漢，妳卻把俺看作施恩望報的小輩，是何道理？妳若再有這種念頭，俺即時撒開雙手，不管閒事，妳卻怪不得俺有始無終！」說得聲色俱厲。

京娘兩泡淚水，幾乎奪眶而出，強行忍住，說：「愚妹是女流之輩，無知無識，冒犯恩兄，望恩兄恕罪。」

匡胤這才息怒，說：「賢妹，不是俺不近情理。俺為一番義氣，千里步行相送，如果但徇兒女私情，豈不和那兩個強人相同？把從前一片豪情，化作假意，空惹天下豪傑們笑話！」

京娘說：「恩兄義氣感人，小妹今生不能報大德，只好來生補報了。」正是：

落花有意隨流水，流水無情戀落花。

從此一路無話。看看來到蒲州，京娘在馬上望見故鄉景物，好生傷感。

卻說京娘的爹媽自從京娘被擄，已經兩個多月，每天都思念啼哭。忽然莊客來報，說京娘騎著馬回來了，後面還跟著一個手執棍棒的紅臉大漢。趙員外一聽，嚇得臉色鐵青，說：「不好了，強人來討嫁妝了。」

媽媽說：「強人怎麼會只有一個人？快叫兒子趙文去看個明白。」

趙文說：「虎口那有回來肉？妹子被強人劫走，怎麼會再送回來？大概是臉孔相像的，不要錯認了……」

話還沒說完，京娘已經下馬走進中堂。爹媽見了女兒，相抱痛哭。哭罷，問京娘怎麼逃得回來？京娘將被關在清油觀中，得趙公子搭救，認做兄妹，千里步行相送，途中剿除兩個強人的事，一五一十說了一遍。「恩人現在外邊，不可怠慢。」

趙員外慌忙出堂見了匡胤，拜謝道：「如果不是恩人相救，我們父女再不能夠有相見的日子，大恩大德，感激不盡。」隨即叫媽媽和京娘都出來拜謝一番。叫兒子趙文也出來見了恩人。趙文只是冷冷地謝了一聲，便走進去了，匡胤也不以為意。

當天宰豬設宴，款待匡胤。趙文私底下和父親商議道：「好事不出門，惡事傳千里，妹子給強人擄去，是家門不幸。今天忽然跟了這個紅臉漢子回來，俗話說：『人無利己，誰肯早起？』這個漢子千里相送妹子回來，難道別無所圖？必定是和妹子有了甚麼瓜葛，前來求親的。妹子經過這許多風波，又和這漢子同行同宿，再有誰肯聘她？不如就將妹子嫁了這個漢子，或者將他招贅入門，兩全其美，也省得旁人議論。」

趙員外是個隨風倒舵，沒主意的老頭子，聽了兒子的話，便叫媽媽喚京娘來問：「妳和那公子千里相隨，一定是把身子許過他了。如今妳哥哥說，要將妳匹配給他，妳意下如何？」

京娘知道匡胤的脾氣，說：「趙公子是個豪俠義士，正直無私，和孩兒結為兄妹，便如嫡親一般，從無一句調戲之言。孩兒但望爹媽留他在家，款待他十天半月，稍盡心意。

婚配的事，絕不可提起。」

媽媽將京娘的話告訴了員外，員外不以為然。不一會兒，筵席擺出，趙員外請匡胤坐在上席，自己老夫妻下席相陪，趙文在左席，京娘在右席。酒過數巡，員外對匡胤說：「老漢有一句不得體的話，望恩人不以為怪：小女餘生，皆出恩人所賜，老漢全家感恩戴德，無以為報。幸小女尚未許人，意欲獻與恩人，伺候箕帚，伏乞勿拒。」

京娘聽她父親一說，臉色大變。匡胤聽了，更如一盆烈火從心底生起，大罵道：「老匹夫！俺為義氣而來，你卻用這種話來汙辱我！俺若是貪女色的，在路上早就成親了，何必千里相送？像你這般不識好歹，枉費了俺一片熱心！」說罷，將桌子掀翻，往門外大踏步便走。

趙員外夫婦嚇得戰戰兢兢，出聲不得。趙文見匡胤舉動粗鹵，也不敢上前。只有京娘心裡有如刀割，急急走去扯住匡胤衣袖，哀求著說：「恩人息怒，且看愚妹面上，不要計較。」匡胤哪裡肯依，一手摔脫了京娘，奔到柳樹下，解了赤麒麟，一躍上馬，如飛而去。

京娘受這一激，哭倒在地，爹媽說好說歹，好不容易才勸轉回房。兩老又把兒子趙文著實埋怨了一場。趙文又氣又惱，也走出門去了。

趙文的老婆聽到爹媽為了小姑的事，埋怨了丈夫，心中不平。便假作相勸，走到京娘

房中，冷言冷語說：「姑姑，離別雖然是苦事，那漢子既然不顧一切丟下妳，我看也是個薄情的，妳就不必太傷心了。他如果是個有仁有義的人，就不會如此了。姑姑年輕美貌，還怕沒有好姻緣嗎？不要太過傷心了。」

這一番奚落，把京娘給氣得半死，淚如泉湧，啞口無言，心裡想道：「只因命違時乖，遭逢強暴，幸遇英雄相救，指望託以終身，誰知好事不諧，反涉嫌猜。自家父母哥嫂都不諒解，何況他人？不能報恩人之德，反累恩人清名。為好成歉，皆因命薄。早知如此，不如死在清油觀中，省了許多是非口舌，倒落得乾淨。如今悔之無及。千死萬死，總是一死，死了倒還能表白我一番心跡。」

捱到深夜，趁爹媽熟睡，提筆在壁上寫了四句詩，表明心跡。再撮土為香，望空拜了匡胤四拜，拿了白羅汗巾，懸梁自盡而死。

可憐閨秀千金女，化作南柯一夢人。

天明，老夫婦起身，不見女兒出房，到房中看時，見女兒縊在梁間，兩口兒放聲大哭，看壁上有詩云：

天付紅顏不遇時，受人凌逼被人欺。
今宵一死酬恩人，彼此清名天地知。

員外讀詩會意，才相信自己的女兒果然冰清玉潔，又把趙文臭罵了一頓。免不得買棺成殮，擇地安葬，不在話下。

再說匡胤騎著赤麒麟，連夜走到太原清油觀，去見叔父趙景清。千里腳陳名已經從汴京探聽回來，到了三天了，說漢後主已死，郭威禪位，改國號為周，招納天下豪傑。匡胤大喜，住了幾天，別了叔父，和陳名一同回到汴京來。

回到汴京以後，先去應募，作了軍中一名小校。後來隨著周世宗南征北討，累功至殿前都點檢。不久，受周禪，為宋太祖。陳名相從有功，後來也做到了節度使。

匡胤即位為太祖以後，追念京娘以往兄妹之情，派人到蒲州來訪消息。來人錄了京娘所遺四句詩回報，匡胤甚是嗟嘆，敕封為「貞義夫人」，立祠於小祥村。那黃茅店溜水橋的土地公，敕封為「太原都土地」，命當地官府擇地建廟，至今香火不絕。

這篇話本，題作「趙公子大鬧清油觀，千里送京娘」。後人有詩云：

不戀私情不畏強，獨行千里送京娘。

【結語】

本篇選自《警世通言》第二十一卷。這是一篇典型的中國俠義小說。演述的雖然是一般的英雄救美的主題，但是，和後來英雄救美，然後美人必配英雄的故事卻大有不同。它充分表現了中國俠士那種剛健而又執拗的個性。俠之所以為俠，就因為他有著和常人不同的人生觀，和極強烈的自我認定。他們認為義之所在，便當勇往直前，毫不退縮；路見不平，便當拔刀相助。義就是他們自我肯定的一個準則。義是不求回報的，義是一種目標，也是一種奉獻的精神。結果，有時候由於太過執拗，毫無妥協的餘地，反而常常會產生一些無可彌補的悲劇。這種悲劇有時候是衝著俠士本身而來，有時候卻會有另外的犧牲者。宋太祖雖然救了京娘，京娘終於還是落了一個悲慘的下場，就是由此而來。

這一篇大概是明人所作的擬話本，如果以宋人話本的分類來說，應當屬於「朴刀桿棒」一類的故事。在描寫宋太祖英雄事蹟的長篇通俗小說《飛龍傳》裡，也有送京娘的故事。元代彭伯成的雜劇《金娘怨》，和明人的傳奇《風雲會》，也都談到京娘的事。

白娘子永鎮雷峰塔

山外青山樓外樓，西湖歌舞幾時休？
暖風薰得遊人醉，直把杭州作汴州。

杭州西湖的勝景，自古天下聞名。不只山光秀麗，水色依人，更多的是名勝古蹟，引人幽思。

這些名勝古蹟之所以引人幽思，使人流連，是因為在它們的背後，往往有一個悠遠的傳說，或美麗的故事。

譬如金牛寺、湧金門的由來，據說就是因為在晉朝咸和年間，有一次山洪暴發，水勢洶湧，如驚濤駭浪般沖入西門。眼見全城即將遭殃，忽然水中湧現一頭全身金色的牛，不久洪水即退。而那隻金牛隨水流到北山之後，便即不見。杭州城的人認為這是神靈顯化，便在山腰立了一個寺廟，這就是金牛寺。而西門從此便叫湧金門。

飛來峰的神話也很神奇。聽說以前有一位西域來的僧人，名叫渾壽羅，雲遊到杭州西湖，觀賞山景之餘，看到這一座突出的山峰，便說：「印度靈鷲山前的一座小峰，忽然不見，原來就是飛到這裡。」當時的人都不相信，僧人說：「我記得靈鷲山前的這座峰嶺，叫做靈鷲嶺，上面有一個山洞，洞裡有隻白猿。不信的話，讓我呼牠出來。」一呼叫，果然跑出了一隻白猿。從此，大家便稱這座山峰為飛來峰。

而湖中有一座山，叫做孤山，旁邊一條路，東接斷橋，西接霞嶺，叫做孤山路，便是宋朝的隱士林和靖先生築的。

另外又有白公堤、蘇公堤。白公堤就是唐代大詩人白樂天來做刺史的時候築的，南接翠屏山，北至棲霞嶺。蘇公堤則是北宋大文學家蘇東坡在這兒當太守的時候修的。兩座堤上都栽滿了桃柳，每當春景融和的時節，桃花飄香、楊柳依依，真是美麗非常，堪描入畫。

各位看官，或許你們會說，正經兒的故事不說，卻講這些古蹟傳說幹什麼！這有個緣故，且聽在下慢慢道來。在下今天要說的這一篇故事，正和西湖一個古蹟的傳說有關，所以在正題兒未講之先，便先引這幾個有關名人古蹟的傳說，來做個開場。

我們今天要說的故事，就是西湖雷峰塔的傳奇。雷峰塔是杭州有名的名勝，這是各位都知道的。但是，為什麼有這雷峰塔？各位恐怕就不一定清楚了。原來雷峰塔的建立，關聯著一個稀奇古怪、美麗風流，卻又有些悲怨悽愴的故事。

故事就發生在南宋紹興年間的杭州府。

話說杭州城中官巷口李家草藥鋪中，有一位年輕的伙計，名叫許宣，今年二十二歲，尚未成親。這許宣上無兄、下無弟，父母就單單生下他和一個姊姊，按排行來說，也算是老大，因此家人便又叫他小乙。

小乙的爹原也是開草藥鋪的，不幸在他十五歲那年，父母相繼病亡，當時姊姊又已出嫁，家中便落得孤孤淒淒的小乙一個人，好不可憐。虧得姊姊、姊夫憐他一個少年人家，無人照管，便將他接過來同住。

小乙的姊夫姓李名仁，家住城中過軍橋黑珠兒巷內，是邵太尉手下一名小小的軍需官，平常也替邵太尉管錢糧。這種軍需小官在當時又稱募事官，所以人家便叫他李募事。

官巷口李家草藥鋪的主人李員外，就是小乙的表叔。因為小乙從小跟隨父親，耳濡目染，對草藥生意這一行倒也懂了一些，所以在他住到姊姊家不久之後，李員外便來叫他到鋪裡當助手。小乙白天到藥鋪裡照管生意，晚上便回姊姊家睡，日子平平淡淡的，倒還過

得安穩。如此過了六七年，小乙漸漸長大成人了。

就在這一年的清明節前夕，小乙回家之後，吃過了晚飯，對姊姊說：「今天保叔塔的和尚到店裡去，叫我明天到寺裡燒香，追薦祖宗。我想明天向表叔告個假，去走一趟。」

姊姊說：「爹娘過世多年了，這也是應當的。」

小乙第二天早起，便先去買了蠟燭、冥錢、紙馬、香枝等東西。準備妥當，換了新鞋襪、新衣服，然後才到藥鋪裡來，對李員外說：「我今天要到保叔塔去燒香，追薦祖宗，來給叔叔告個假。」

李員外說：「那就早去早回。」

小乙離了鋪中，走壽安坊、花市街，過井亭橋，經清河街後錢塘門，再上石函橋、放生碑一路，不久便到了保叔塔寺。到寺裡禮了佛、燒了香，便到佛殿上看眾僧念經。等吃了齋，看看天色尚早，想到西湖各地走走。離了寺，過西寧橋、孤山路、四聖觀，來看林和靖舊墳，然後再到六一泉閒走。

誰知這清明天氣，慣會作弄人。忽然雲生西北、霧鎖東南，下起微微的細雨來了。不一會，雨漸下漸大，正是清明時節，少不得天公應時，催花雨下，那陣雨下得綿綿不絕，有詩為證：

清明時節雨紛紛，路上行人欲斷魂。
借問酒家何處有？牧童遙指杏花村。

眼見得地下濕了，小乙可惜新鞋襪，便脫了下來，赤腳走出四聖觀來尋船，卻沒見到半隻。正不知如何是好，只見一個老兒，搖著一隻船過來，小乙認得是張阿公，大喜，叫道：「張阿公，載我過湖去，拜託。」

張阿公將船搖近岸來，道：「小乙官，這下雨天，不知你要到哪裡上岸？」

小乙說：「湧金門上岸。」

船剛搖離了岸七八丈遠，忽然岸上有人叫道：「公公，拜託一下，我們要搭船過湖。」原來是一個婦人和一個丫鬟。

張阿公對小乙說：「因風吹火，用力不多，就順便載她們過去吧。」

小乙說：「理當如此，你叫她們下來吧。」

張阿公將船又搖過岸邊，接那婦人同丫鬟下船。小乙見那婦人頭上梳著孝髻，身上穿一件白絹衫兒，上穿一條細麻布裙。丫鬟頭上一雙角髻，身上穿著青衣服，手中捧著一個包兒。

那婦人上船見了小乙，深深道了一個萬福，小乙慌忙起身答禮。那婦人和丫鬟才在艙

中坐下。

那婦人坐定之後，不時地秋波頻轉，看著小乙。小乙雖然是個老實的人，畢竟已是長大成人，見了這麼一個如花似玉的美婦人，就坐在對面，旁邊又是個俊俏的丫鬟，免不了一番心神盪漾，也不時瞧著那婦人。

那婦人說：「不敢動問官人，尊姓大名？」

小乙答道：「在下姓許名宣。」

婦人道：「府上何處？」

小乙道：「寒舍住在過軍橋黑珠兒巷，白天在一家草藥鋪幫人做點生意。」

那婦人問過了，小乙想到自己也該問她一下，便說：「不敢拜問娘子，尊姓？府上哪裡？」

那婦人說：「奴家白氏，亡夫姓張。亡夫年前不幸過世，就葬在雷嶺這邊。今天清明，帶了丫鬟來墳上祭掃，剛要回去，不巧就遇上了這場雨。如果不是搭了官人的便船，不知該如何是好！」

兩個一對一答，便不覺如先前的生分了。又閒話了些家常，船已靠岸。正要下船，那婦人卻對小乙說：「真對不起，奴家出來上墳，一時匆忙，忘了帶錢，拜託官人先替奴家還了船錢，等上了岸再來送還。」

小乙說：「娘子請便，這一點點船錢，不算什麼。」算還了船錢，小乙挽那婦人上岸，雨還是淅淅瀝瀝地下著。

那婦人說：「寒舍就在箭橋雙茶坊巷口，若不嫌棄，請到寒舍奉茶，一併送還船錢。」

小乙說：「這點小事何須掛懷。天色晚了，容改天再來拜望吧！」說罷，那婦人帶著丫鬟去了。小乙走進湧金門，從人家屋簷下到三橋街，看見一家草藥鋪，正是李員外兄弟的店。小乙走到鋪前，李二員外剛好站在門口。

李二員外說：「小乙，這麼晚了，上哪兒去？」

小乙說：「到保叔塔燒香去了，不巧遇上了雨，來向你借把傘。」

李二員外聽了，便叫裡面：「老陳，拿把傘來給小乙。」

老陳將傘拿來，撐開了說：「小乙官，這傘是清湖八字橋老實舒家做的八十四骨紫竹柄的好傘，沒一點兒破，你拿去要小心不要弄壞了。」

小乙說：「這個我知道，不必吩咐。」接了傘，謝了二員外，便上羊壩頭來。剛走到後市街巷口，忽聽得有人叫道：「小乙官人！」小乙回頭一看，只見沈公巷口，小茶坊屋簷下站著一個人——正是搭船的白娘子。

小乙說：「娘子怎麼一個人在這裡？」

白娘子說：「雨下個不停，鞋兒都踏濕了，不好走，叫青青回家拿傘和鞋子去了，到現在還沒來。天色已經不早，官人如果方便，送奴家一程，不知可好？」

小乙撐著傘，送她到了壩頭，說：「娘子要到哪兒？」

白娘子說：「過了橋，往箭橋去。」

小乙說：「我到過軍橋去，就快到了，不如把傘借妳，明天我到府上去拿。」

白娘子說：「這真不好意思！多謝官人厚意。」

小乙沿著人家屋簷下冒雨回家。當天晚上在床上只是想著白娘子，翻來覆去，睡不著。

隔天到了鋪裡，更是心慌意亂，做生意都覺得心不在焉了。吃過了午飯，想道：「不說一個謊，怎麼去拿傘來還人家？」便對李員外說：「今天姊夫叫我早點回去，說家裡有點小事。」

員外說：「那就去吧，明天早點來。」

小乙離了店，一路便到箭橋雙茶坊巷口來，找白娘子。問了半天，並沒一個人認得。正在那兒不知所措，青青正好從東邊走來。小乙說：「妳家在哪裡啊？我來拿傘，找了好久都找不到。」

青青說：「官人跟我來。」帶著小乙走了一段路，來到一家樓房門前，說：「這裡便是。」

進了門，屋裡擺著十二把黑漆交椅，牆上掛了四幅名人山水古畫。看出去，街的對面正是秀王王府。

青青說：「官人，請到裡面坐。」又向裡面悄悄地叫聲：「娘子，許官人來了。」

白娘子在裡頭應道：「請官人進裡面奉茶。」

原來裡面還有一個內廳，小乙起初不好意思，青青三回五次地催，才走了進去。揭起青布幕一看，是一間小客廳。桌上放一盆虎鬚菖蒲，兩邊也掛四幅美人，中間一幅神像，神像下的桌上放著一個古銅香爐。

白娘子向前深深地道了一個萬福，說：「昨天多蒙官人照顧，感激不盡。」

小乙說：「一點小事，何須掛齒。」

白娘子說：「請坐一會兒，喝些茶。」喝過了茶，又說：「等一下有薄酒三杯，聊表謝意。」

小乙才要推辭，青青已將菜餚排滿了一桌，只好喝了幾杯。看看天色不早，便起身告辭：「蒙娘子置酒相待，多謝了。天色不早，在下住得又遠，該回去了。」

白娘子說：「官人的傘昨天轉借給一位舍親，請再飲幾杯，奴家叫人去拿。」

小乙說：「在下是必得走了。」

白娘子說：「就再喝一杯吧！」

小乙說：「實在是喝得夠了！」

白娘子說：「官人既然一定要走，傘只好麻煩明天再來一趟了。」

隔天，小乙又編造了一個理由，請了半天假，到白娘子家來拿傘。白娘子仍備酒菜相待。

小乙說：「娘子，在下只是來拿傘，不敢多擾。」

白娘子說：「既然準備了，就吃一杯吧！」

小乙只好坐下。白娘子給他倒了一杯酒，勸他喝了，又倒一杯，帶著滿面春風，嬌滴滴地說：「官人，奴家看你是個老實人，真人面前說不得假話。奴家的丈夫過世經年，想必你我宿世有緣，才有這番巧遇。而且一見便蒙錯愛，正是你有心我有意。如不嫌棄，就請央一個媒人，共成百年姻眷。不知意下如何？」

小乙聽了，心裡想道：「能娶到這樣的妻子，那是再好不過了，只是我寄人籬下，哪裡來的錢結婚？」想到這裡，不禁有些難過，便沉吟不語。

白娘子又說：「怎麼了？」

小乙說：「多蒙錯愛，只好心領。」

白娘子略顯吃驚的說：「官人敢是嫌棄奴家再嫁之身？」

小乙說：「在下怎敢有嫌，只是在下有難為之處。」

白娘子說：「什麼難為之事？」

小乙說：「實不相瞞，只因在下身邊窘迫，不敢從命。」

白娘子說：「這倒不須官人煩惱，奴家身邊還有些餘財，可以用得。」便叫青青：「你去取一錠白銀下來。」

青青進裡面拿來一個包兒，遞給白娘子，娘子交給小乙說：「官人，這些你先拿去，不夠時再來取。」

小乙將包兒打開一看，是五十兩雪花花的銀子，不好推託，便收了下來。青青把傘拿來還了小乙，小乙便起身告辭。

隔天，小乙把傘送還了李二員外，仍照常到鋪裡照管生意。到得下午，又給李員外告個假，到市場買了一隻燒鵝、鮮魚、精肉、嫩雞、果品等等，提回家來。又買了一樽酒，吩咐丫鬟安排了一桌酒席，來請姊夫和姊姊吃酒。

那天剛好姊夫也早些回家，聽說小乙擺了酒席請他，好生奇怪，想道：「小乙平常儉省得不得了，今天不知為了什麼事？」

喝了幾杯，姊夫憋不住悶葫蘆，便說：「小乙，無緣無故花錢請客，有什麼事嗎？」

小乙說：「姊夫、姊姊照顧小乙多年，小乙感謝良多。小乙年紀已經不小，長此下去，終不是了局。現在有一頭好親事，小乙不敢自作主張，望姊夫、姊姊給小乙做主。」

姊夫聽了，肚裡思量道：「平常一毛不拔，今天花了一些錢，原來就是要我替他娶親。」夫妻兩人你看著我，我看著你，不發一言。

過了兩三天，小乙見姊夫、姊姊從不提起這事，心裡奇怪。捉個空便對姊姊說：「姊姊，不知和姊夫商量過沒有？」

姊姊說：「還沒。」

小乙說：「怎麼不和姊夫談談呢？」

姊姊說：「這種事和其他的不一樣，草率不得。我看你姊夫這幾天臉色不好，不知有什麼事，我怕他煩惱，所以沒問他。」

小乙說：「姊姊，有什麼好煩惱的？是不是怕花錢？」說完，便到自己的房中，拿出白娘子給他的銀子，遞給姊姊，說：「我只要姊夫替我作主，錢已經準備了。」

姊姊說：「為了娶老婆，原來你早就積蓄了這麼多錢。好，等你姊夫回來，我就告訴他。」

當晚李募事回來，姊姊便對他說：「小乙說要娶老婆，原來自己早就省下了一筆錢，我們就替他完了這頭親事吧！」

李募事說：「原來如此！共有多少錢，拿來看看。」

姊姊就將錢遞給丈夫。李募事拿在手中，翻來覆去地看著，忽然大叫一聲：「不好了，

這下子全家遭殃！」

他的妻子吃了一驚：「是什麼事？」

李募事說：「幾天前，邵太尉庫裡平空不見了五十錠大銀。箱子還是鎖得好好的，封條也沒壞，門窗也沒動，又沒有地道，銀子不知怎地不翼而飛。現在杭州府正四處緝捕賊人，十分緊急。並且出了告示，如捕獲賊人，賞銀五十兩；知而不報，或窩藏賊人，全家發配邊疆充軍。每一錠失銀的字號寫得清清楚楚。小乙這銀子與告示上的字號分毫不差，正是邵太尉庫內的銀子。不管他是偷的、借的，反正『火到身邊，顧不得親眷』，寧可他一人受苦，不要累了我們一家。我現在就去出首。」

他的妻子聽得目瞪口呆，出聲不得。

李募事當時拿了銀子到府裡出首，府尹聽說有了賊贓，整個晚上再也睡不著。第二天上堂，即刻差緝捕班頭何立前去抓人。

何立帶了一班衙役，火速趕到官巷口李家藥鋪，見了小乙，不由分說，綁了就走。一聲鑼、一聲鼓，即刻解到府裡來。

府尹見了，也不問話，只喝聲：「打！」

小乙嚇壞了，當廳跪下說：「大人明鑒，不必用刑，不知小民身犯何罪？」

府尹氣憤憤的說：「真贓正賊，獲個正著，還說無罪！邵太尉府中門戶、封鎖不動，平空丟了五十錠大銀。昨天李募事前來出首，說你持有贓銀，剩下的四十九錠想必還在你處。封皮不動，就不見了銀子，多半你是個妖人。」喝叫：「不要打，拿些狗血來！」

小乙聽了，才知道為的什麼，當下大叫道：「我不是妖人，待我分說。」

府尹說：「好，你且說這銀子從何而來。」

小乙便將遇見白娘子的事情，前前後後說了一遍。

府尹說：「白娘子現住何處？」

小乙說：「住在箭橋邊，雙茶坊巷口，秀王王府對面的樓房。」

府尹隨即叫何立帶領從人，押著小乙去捉白娘子。

一行人擾擾攘攘地趕到秀王府對面樓房一看，門前一堆垃圾，也不知堆了多久了；大門一條竹竿橫夾著，哪裡像是有人住的樣子？眾人都呆住了，小乙更是驚得張了口合不得。

何立叫過鄰人來問，眾鄰舍說：「這房子五六年前是毛巡檢一家住的，後來他們全家得疫病死了，便沒有人再住過。聽說房子常鬧鬼，也沒人敢進去，已經空下好幾年了，哪裡有什麼白娘子？」

何立叫眾人解下橫門的竹竿，裡面冷冷清清的，有點陰森，沒人敢先進去。倒是衙役裡頭一個叫王二的，平時嗜酒如命，人家都叫他好酒王二，膽子比旁人大些，他說：「都

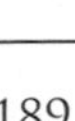

跟我來。」

發聲喊，大家一哄的擁了進去，裡頭桌椅、板壁都有，卻是灰塵滿地，沒一個人影。眾人再叫王二帶路，一齊上樓。樓上的灰塵更多。轉到一間房門前，推開房門一看，床上掛著一張帳子，旁邊還有一些箱籠，一個如花似玉的白衣娘子坐在床上。眾人看了，嚇了一跳，沒人敢上前。最後還是王二說：「大家都不敢向前，公事怎麼了結？去拿一罈酒來，我喝了，捉她去見大尹。」

有人便到鄰舍去提了一罈酒來，王二開了罈子，一口氣喝光，仗著酒氣說：「是妖怪，我也不怕。」說著，將空罈子朝白娘子打去。只聽轟隆一聲，有如青天霹靂，把眾人都嚇倒了。等到起來看時，床上一個人影也沒，只有一堆明晃晃的銀子，眾人說聲：「怪，怪！」一齊向前，將銀子翻開一看，果然是庫中失去的銀子。算一算，剛好是四十九錠。何立說：「我們將銀子帶去見大尹。」大家扛了銀子，便到府中來。

何立將前事一一稟覆了府尹，府尹說：「那一定是妖怪無疑。」即刻派人將五十錠銀子送還邵太尉，並將破獲之事一一稟覆清楚。小乙則因為犯了「不應得為而為之事」，發配到蘇州牢城營做工。

李募事因為自己出首了小乙，心裡過意不去，便將邵太尉發給的賞銀五十兩，全部送給小乙當作路費。李員外則寫了二封介紹信，交小乙帶去。一封給牢城營的主管，也就是

押司范院長；一封給吉利橋下開客店的王主人，請他們照顧小乙。

小乙痛哭一場，拜別姊夫、姊姊，戴上刑枷，兩個押送的公人押著，離了杭州，往蘇州進發。

幾天之後，來到蘇州，便拿著李員外的信，去拜見范院長和王主人。王主人替他在官府上下使了錢，范院長也看了李員外的情面，不叫他在牢中受苦，由王主人具保，就在王主人的樓上住了。此時小乙的心情，真是感慨萬端，有詩為證：

平生自是真誠士，誰料相逢妖媚娘！
拋離骨肉來蘇地，思想家中寸斷腸。

有話即長，無話即短，不覺光陰似箭，日月如梭，小乙在王主人家住，一晃眼，已是半年。

時當九月下旬，有一天，王主人正在門口閒站，看街上人來人往，忽然一乘轎子，旁邊一個丫鬟跟著，來到門前停了下來。那丫鬟向前問道：「借問一下，這裡是王主人家嗎？」

王主人說：「這裡就是，不知妳找誰？」

丫鬟說：「我找杭州府來的許宣官人。」

主人說：「妳等一等，我去叫他出來。」便走到裡面叫著：「小乙哥，有人找你。」

小乙聽了，急走出來，到門前看時，那丫鬟正是青青，轎裡坐的正是白娘子，不禁氣往上衝，連聲叫道：「死冤家！妳盜了官庫銀子，勞累我吃了多少苦！有冤無處伸！如今落得如此下場，妳還來幹什麼？不羞死人麼！」

白娘子道：「官人，不要怪我，這次來，是特地來給你分辯這件事的。讓我們到主人家裡面說。」說著，便叫青青取了包裹下轎。

小乙說：「妳是鬼怪，不准進來！」擋住了門，不放她進去。

白娘子不與他爭，轉身向主人深深道了個萬福，說：「主人在上，聽奴家一言。我衣裳有縫，對日有影，怎的是鬼怪？豈不冤枉人？」

主人說：「有話好話，請進來坐了講。」

白娘子說：「只因先夫早逝，便讓我如此受人欺負……」說著，竟自嗚咽起來。

主人看了，好生過意不去，便叫青青攙了白娘子進去。此時王媽媽也出來了，白娘子正要開口，小乙搶著說：「我今天落此下場，都是她害的。」便將前因後果，從頭說了一遍。「現在她又趕到這裡，會有什麼好事？」

白娘子說：「其實都是冤枉，那些銀子是先夫留下的，我好意拿來給你，怎麼知道會

出事？我根本不知道那些銀子他怎麼弄來的！」

小乙說：「可是，那天我被公差押去抓妳時，那些稀奇古怪的事又怎麼說？」

白娘子說：「什麼稀奇古怪的事？」

小乙說：「妳還裝哩！我們到了妳家，門前滿是垃圾，屋裡滿是灰塵，鄰居們說那屋子鬧鬼，早就沒人住，他們根本就不認識妳。而且……而且，眾人明明看見妳坐在床上，怎麼轟然一響，卻不見了人影。妳說妳不是鬼怪，又是什麼？」說時，兩眼直瞪著白娘子，似乎有些疑懼。

白娘子說：「你說我是鬼怪，好沒道理！鬼怪能白天見人嗎？我千里迢迢來尋你，卻被你再三冤枉，也罷！事情分說清楚了我走，免得人家說我來纏你。」說著，竟掉下淚來，嗚嗚咽咽的。

王主人說：「別傷心了，先把話說清，再作道理。」

白娘子擦了眼淚，繼續說：「當初我聽人說，你為銀子的事被捉了，我怕你說出我來，把我也捉去出乖露醜，無可奈何，便跑到華藏寺前姨媽家躲了。走時叫人擔了垃圾堆在門前，將銀子放在床上，央鄰居們替我說謊。事情只是如此，你卻說看到我坐在床上，莫不是眼花了？」

小乙說：「是不是眼花我不知道，反正是眾人親見，他們說的，當時我又沒上樓。千

不該萬不該，我這官司總是妳害的。」

白娘子說：「我將銀子放在床上，只望就此沒事，哪裡曉得會有這許多事情？後來聽說你發配到這裡，我便千里迢迢搭船到這裡來尋你。既然有這許多誤會，如今總算說清楚了，我也可以走了。怪只怪你我生前沒這夫妻的緣分！」

王主人聽她說要走，便說：「娘子老遠來到這裡，難道就這樣走了？好歹在這裡先住幾天再說。」又轉身對小乙說：「事情是眼見為憑，別人的話有時是作不得準的，平白說人鬼怪，豈不過分！娘子為你也受夠了苦，你就不要再說了。」

青青說：「主人家既然再三勸解，娘子就住幾天吧！當初總算是許嫁給官人的。」

白娘子說：「這不羞死人了嗎！終不成奴家是沒人要的！事情既然已說清楚，人家不領情，也就算了。」

王主人說：「既然當初曾許嫁小乙哥，那就更不用回去了，妳就留下來吧！」

說完，打發了轎子回去，不在話下。

白娘子從此便住在王主人家，與小乙也算朝夕相見，只是彼此不大攀話。王媽媽與白娘子倒是相處甚歡，一團融洽。過不了幾天，王媽媽便勸王主人替小乙說合，小乙也肯了，擇定十一月十一日成親，共諧百年。

光陰一瞬，早到吉日良時。白娘子取出銀兩，央王主人備辦喜筵，二人拜堂成親。異

地完婚，別是一番情味，新婚之樂，自不必說。以後生活，都是白娘子拿錢出來用度。日往月來，自從兩人成親，又是幾個月過去。時當春景融和，花開似錦，街坊上車馬往來，熱鬧非常。小乙問主人家道：「今天是什麼日子？怎地如此熱鬧？」

主人說：「今天是二月半，大家都去承天寺看臥佛。你也好去逛逛。」

小乙說：「我和妻子說一聲。」便上樓來對白娘子說：「今天二月半，大都都去看臥佛，我也去逛逛，一會兒就回來。」

白娘子說：「有什麼好看的？在家裡不是很好嗎？去看做什麼！」

小乙說：「我去走走，馬上就回來，反正在家也是閒著沒事。」出了店，便往承天寺來。到了寺裡，各處閒走了一回，剛要回家，寺外一個道士在那兒賣藥，散施符水，小乙便也擠到人叢中去看。

只聽那道士說道：「貧道是終南山道士，到處雲遊，散施符水，救人病患災厄。有事的，向前來。」

忽然在人叢中看見了小乙，便叫他近前，對他說：「近來有一個妖怪纏你，為害不輕！我給你兩道靈符，救你性命。一道符三更燒，一道符放在你的頭髮內。」

小乙自己也想道：「我也有幾分懷疑她是妖怪，聽他說來，畢竟是了。」接了符，納頭便拜。回到家中，只裝做平常一樣，不動聲色。

等到晚上三更，小乙料想白娘子和青青都睡熟了，便起身將一道符放在頭髮內，正要將另一道符燒化，忽聽得白娘子嘆了一口氣：「小乙哥，做夫妻這麼久，一向我待你也不薄，為什麼你老是疑神疑鬼，隨便就相信別人的話？半夜三更，你燒符幹什麼？是不是要來鎮壓我？你就燒吧！」

說罷，也不等小乙回答，一把奪過符來，就燈前燒化了，卻全無動靜。白娘子說：「我是妖怪嗎？」

小乙說：「這不干我事，是承天寺前一個雲遊道士教我的，他說妳是妖怪。」

白娘子說：「我以前未嫁時，也學了些道術，明天便同你去看，是怎麼樣的一個道士。」

第二天清早，夫妻兩人梳洗罷，白娘子穿了素淨衣服，吩咐青青在家，便一同到承天寺前來。那個道士仍在那兒散施符水，旁邊圍了一群人。

白娘子對小乙說：「我先試他道行看看。」走到道士面前，大喝一聲：「你好無禮！出家人怎麼隨便說人家是妖怪！你畫符來我看看！」

那道士說：「我行的是五雷天心正法，凡有妖怪，吃了我的符，即刻便現出原形。」

白娘子說：「眾人在此，你且畫符來讓我吃吃看！」

那道士畫一道符，遞給白娘子。白娘子接過來，一口吞了下去。眾人看看並沒些影

響，便起鬨說：「一個好好的婦人家，怎麼說是妖怪呢？」大家你一言我一語的罵那道士。道士被罵得目瞪口呆，說不出話來，惶恐滿面。

白娘子說：「他欺騙無知便罷，還血口噴人，實在可惡！我從小也學了些戲法，就和他玩玩試試。」

只見白娘子口中喃喃的，不知念些什麼，那道士忽然好像被人擒住一般，縮作一團，懸空而起。眾人看了，都吃一驚，小乙卻呆住了。

白娘子說：「如果不是看眾位面上，我便吊他一年半載！」噴口氣，那道士立刻恢復原狀，只恨爹娘少生了兩條腿，飛也似的走了。眾人看完好戲，也就散了。他夫妻兩人回家，仍如以往度日，不在話下。

不覺光陰似箭，又是四月初八日，釋迦佛誕辰，街市上有人抬著柏亭浴佛，家家布施。小乙對王主人說：「這裡的習俗和杭州一樣。」

這時鄰居一個年輕的傢伙，綽號叫鐵頭的，走過來對小乙說：「小乙哥，今天承天寺裡做佛會，要不要去看？」

小乙轉到裡面，對白娘子說了，白娘子說：「有什麼好看，去幹什麼！」

小乙說：「去閒走一下，解解悶。」

白娘子說：「你要去，就換件新的衣服，我給你打扮打扮，早去早回。」叫青青拿了

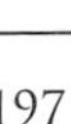

一件時新的衣服出來，給小乙穿了，並給他戴一頂黑漆頭巾，腦後一雙白玉環。腳上是一雙皂鞋，手中一把細巧百摺描金美人珊瑚墜上樣春羅扇。

小乙打扮得一身齊整光鮮，便和鐵頭一齊到承天寺來。一路上人人喝采，個個叫好：「好個官人！」忽聽得人叢中有人說道：「昨天晚上周員外典當庫內，不見了四五千貫金珠細軟，現在告到官裡，開列失單，到處偵緝，卻還沒一點聲息。」小乙聽了，也不在意。

那天燒香的男男女女，來來往往，十分熱鬧，小乙看了一會，想要回去，一轉身，卻不見了鐵頭，只好獨自一個走出寺來。

忽然有五六個衙役打扮的人，腰裡掛著牌兒，走了上來。其中一個看了小乙的打扮，便對其餘的人說道：「這人身上穿的，手中拿的，好像就是那東西。」裡頭一個認得小乙，對小乙說：「小乙哥，扇子借我看一下。」小乙不知就裡，便將扇子遞給那人。

那人看了說：「你們看，這扇子扇墜，正是失單上的東西！」眾人喝聲：「拿了！」不由分說，拿出繩子，就把小乙綁了。好似：

數隻皂鵰追紫燕，一群惡虎啖羊羔。

小乙說：「你們不要抓錯人，我又沒犯罪！」

眾公差說：「有沒犯罪，只要一對證便知分曉！周員外家丟了四五千貫金珠細軟，白玉絛環，細巧百摺扇，珊瑚墜子，失單開得明明白白，現在人贓俱獲，還有什麼話說！你也太把我們這些做公差的看扁了！居然敢穿著偷來的東西，公然外出！」

小乙一聽，傻住了，半晌才說：「原來如此。冤有頭、債有主，東西倒不是我偷的。」

眾人說：「是不是你偷的，你自己到蘇州府衙去說。」

第二天一早，府尹陞廳，衙役便押著小乙當廳跪下。府尹問道：「你如何偷盜周員外家財物？藏在何處？從實招來，免受刑法拷打！」

小乙說：「稟上相公，小人穿的衣物，都是妻子白娘子給的，小人實不知從何而來？望相公明察！」

府尹喝道：「你的妻子在什麼地方？」

小乙說：「在吉利橋下王主人樓上。」

府尹立刻差緝捕押著小乙，到吉利橋下王家捉人。來到王主人店中，主人吃了一驚，連忙問道：「幹什麼？」

小乙說：「白娘子在樓上嗎？」

主人說：「早上你和鐵頭到承天寺去，走不多時，白娘子便對我說：『丈夫去了這麼久還沒回來，我和青青到寺裡找他去。』說著，就出門去了，到現在還沒回來。我還以為你到親戚朋友家去了。」

緝捕要王主人尋白娘子，前前後後，遍尋不見，便將王主人捉了，來見府尹。府尹問道：「白娘子到哪裡去了？」

王主人平白無故被拘來府中問話，心中有氣，便將小乙如何從杭州被害，到現在的種種緣故，從頭到尾述說了一遍，並說：「白娘子一定是妖怪。」

府尹聽他說得明白，料想此事有些蹊蹺，便下令：「暫將許宣監了。」王主人則用了些錢，交保在外，等候調問。

且說當天下午，周員外正在他家對門的茶坊內閒坐，忽然家人來說：「丟失的金珠細軟都找到了，在庫房閣子上的空箱子裡。」

周員外聽了，急忙回家一看，果然並沒遺失，只是不見了頭巾、縧環、扇子並扇墜。周員外說：「眼見許宣是冤枉的了。平白無辜地害了一個人，道理上說不過去。」便暗地裡到巡捕房去說明了原委，希望從輕發落。

剛好這時候邵太尉派李募事到蘇州來辦公事，也到王主人家來住。王主人把小乙吃官司的事情，說了一遍。李募事想道：「無論如何他是我的內弟，總得替他想個辦法。」便

到處央人情，上下使錢，想法出脫小乙的罪名。

等到再審的那天，府尹便依照小乙的口供，和王主人的證詞，把罪過都歸到白娘子身上，將小乙只判了「明知妖怪而不出首」的罪名，杖一百，發配三百六十里外的鎮江府牢城營做工。

李募事說：「到鎮江去無妨，我有一個結拜的叔叔，姓李名克用，在針子橋下開藥店。我寫一封介紹信，你就去投奔他。」

小乙向姊夫借了些路費，拜謝了王主人，兩個防送的公人押著，便往鎮江而去。幾天之後來到鎮江，三個人一齊先到針子橋下找李克用。走到藥店門前，李克用剛好從裡面走出來。小乙向前打了招呼，問道：「這裡可是李家藥鋪？不知員外在家嗎？」

李克用說：「在下便是藥店主人，不知何事相尋？」

小乙說：「小的是杭州李募事家裡人，有信在此。」說著，將信遞給李克用，李克用拆開看了，問道：「你就是許宣？」

小乙說：「是，」

李克用款待三人吃了飯，叫人陪著他們到府中下了公文，用了些錢，將小乙保領回家。

小乙和那人回到李克用家，拜謝了克用，參見了老安人。李克用知道小乙原在藥鋪當

伙計，便留他在店中幫忙，晚上則住在五條巷賣豆腐的王公樓上。小乙在店中十分仔細，李克用心裡也自高興。

藥鋪裡原來有兩個伙計，一個姓張，一個姓趙。老趙為人老實本分，老張則刻薄奸詐。這個老張年紀大些，平時就常倚老賣老，欺侮晚輩。現在眼看又多了小乙，恐怕主人會將自己辭退，心裡老大不高興，便想耍弄奸計，陷害小乙。

有一天，李克用到店裡閒坐，順便問起老張，小乙做買賣的情形。老張不慌不忙地說：「生意會做是會做，只是有一件……」

克用說：「有一件什麼？」

老張說：「他只肯做大主買賣，小主兒就打發走了，我想生意不是這種作法，也勸過他幾次，就是不聽。」

克用說：「這倒不要緊，我自己對他說好了，不怕他不依。」

老趙在旁聽了，私底下對老張說：「做人還是和和氣氣的好。許宣是新來的，理應照顧他才是。有什麼不對，寧可當面講，怎麼在背後說他？讓他知道了，只說我們在嫉妒他。」

老張說：「你們年輕人，懂得什麼！」

當天鋪子打烊以後，老趙便到小乙住的地方來，對小乙說：「老張在員外面前說你不是，以後可要小心些，大主小主的買賣，一樣要做。」

小乙說：「多謝指點，以後我自小心就是。天色還早，我們到外面喝一杯。」兩人到酒店喝了幾杯，老趙說：「時候不早了，改天再聊。」小乙算還了酒錢，各自回家。

小乙覺得有些醉了，走路不穩，怕在路上衝撞了人，便走屋簷下回去。走了半條街，忽然從一家樓上的窗口，倒出來一盆熨斗灰，剛好都撒在小乙的頭上。小乙真個是氣在「頭上」，立住了腳便罵：「是哪個不長眼睛的混蛋！莫名其妙！」

罵聲未了，只見一個婦人慌忙走了下來，笑盈盈的說：「是奴家不是，一時不小心，對不起！」

小乙抬起半醉的眼睛一看，登時變成了四目相覷——正是白娘子，也張著兩眼看他。小乙不禁怒從心上起，惡向膽邊生，無名火焰騰騰冒起三千丈，按捺不住，開口便罵：「妳這賤人，妳這妖精，害得我好苦！連吃了兩場官司！妳現在來得正好！」正是：

恨小非君子，無毒不丈夫！

大步向前，一把就將白娘子揪住，說：「看是要見官去，還是私下了斷，隨妳挑！」白娘子不慌不忙，陪著笑臉說：「丈夫，這事說起來可就話長了，你聽我慢慢說。那

些衣服本來都是我先夫留下來的，那天你要外出，我怕你穿得寒酸，便拿出來給你穿。誰知那麼巧，竟會和人家的衣服一樣，被認為偷的。說來只怪時運不好，怎能怪我！」

小乙說：「巧？怎麼就有那麼多的巧事？都是妳自己說的！」

白娘子說：「你要不信也就算了！人家說：『一夜夫妻百世恩。』想不到你竟然全不顧夫妻之情，處處懷疑我！」說著，眼中便掉下淚來。

小乙說：「那我再問妳，那天官府押著我回去找妳，妳怎麼不見了？王主人說妳和青青到承天寺去找我，怎麼又會住在這裡？」

白娘子說：「我到寺前，聽說你被捉了，叫青青去打聽，卻問不到消息，以為你脫身走了；又怕來抓我，也不敢回家，和青青雇了一條船，便到南京娘舅家去。後來知道你在這兒，我便趕了來，是兩天前才到的。想要去見你，又怕你怪我，正在猶豫，誰知道卻這樣碰面了。夫妻之情，誓同生死，我是沒有什麼好說的了，你要怪我，就怪吧！」

小乙聽她這麼一說，心卻軟了。想到她千里相隨，原是夫妻情重，自己雖然兩番受冤，卻不是她的本意。沉吟了半晌，說：「妳就住在這裡？」

白娘子說：「是兩天前租下的，要不要進來坐坐？」

小乙這時已回嗔作喜，便和白娘子上樓。當晚也不回住處，就在白娘子屋裡過夜，夫妻團圓了。

第二天，小乙回到五條巷對王公說：「我的妻子和丫鬟從蘇州來了，我想叫她們也搬到這裡，一家團圓，不知可方便否？」

王公說：「這是好事，何必客氣。」

當天白娘子和青青就退了那邊的房子，搬過來王公的樓上。

不覺光陰迅速，日月如梭，轉眼就是一個月過去。有一天，小乙忽然提起，說要帶白娘子去見主人李員外和李媽媽。白娘子說：「你是他家的伙計，兩家認識了，日後也可常常走動，該當要去的。」

隔天，小乙便去買了幾盒禮物，請王公挑了，白娘子坐著轎，青青跟隨，一齊到李克用家來。李克用聽說小乙帶了家眷來，慌忙出來相見，李媽媽也隨後出來。白娘子深深地道了萬福，拜了兩拜。相見已畢，李媽媽攙著白娘子到裡頭坐下，然後大家一齊都進屋裡去。

白娘子這一番拜見，原只是平常往來禮數，並沒什麼特異之處，誰知竟把老員外拜得目瞪口呆，暈頭轉向。你道為何？原來李克用年紀雖大，卻是個老不羞，專一好色。見了白娘子傾國之姿、傾城之色，竟然兩眼發直，忘其所以，早已飄飄然了，正是：

三魂不附體，七魄在她身。

當下忙叫人安排酒飯，款待客人。席上李媽媽不勝讚歎，對丈夫說：「好個伶俐標致的姑娘！又是溫柔和氣，本分老成，小乙哥不知哪世修來的福，娶了這麼一房好媳婦。」

老員外說：「媽媽說得是，還是人家杭州的娘子長得俊！」話雖是對著媽媽說，兩眼卻不住地瞅著白娘子。

席終人散，老員外不覺悵然若失，很不是滋味，想著：「一定得想個法子……」有什麼法子可想呢？對方是自己伙計的妻子，總不能做得太露骨。想著，想著，終於給他想出了一個沒有破綻的方法。

這個老員外雖然好色，卻是個吃虱子留後腿的人，小氣得要命。因為捨不得花錢，所以往往對著美色，只有乾瞪眼的份兒，想的時候多，做的時候少，因此在這方面並沒什麼劣跡。這番為了白娘子，他倒是用了一番心計。

他活了一大把年紀了，統共也沒做過幾次壽，可是就在見了白娘子之後不久，他忽然對李媽媽說：「媽媽，今年我的壽誕，想擺幾桌酒席，請親戚朋友過來玩玩，大家樂樂。」做老婆的聽丈夫說要做壽，當然沒話說。

老員外的生日是六月十三，日子過得很快，不知不覺就到了。親眷、鄰友、伙計等等，早就收到了請帖，當天，家家戶戶都送了燭麵手帕等禮物過來。

老員外說因為家中狹窄，所以十三日那天只請男賓，十四日再宴女客。十四日那天，白娘子也來了，打扮得十分入時：上著青織金衫兒，下穿大紅紗裙，戴一頭百巧珠翠金銀首飾。帶了青青，先到裡面拜了老員外，參見了老安人，然後隨眾入席。筵席擺在東閣下，因為都是女眷，老員外不便相陪，只躲在後面。卻預先吩咐心腹丫鬟，多敬白娘子幾杯酒：「若是她要出來淨手，妳就引她到後面僻靜房內去。」設計已定，便耐心在後面等。

酒至半席，白娘子果真要淨手，丫鬟便引她到後面那間僻靜的房裡。老員外雖然心中淫亂，把持不住，卻不敢就撞進去，只在門縫裡窺看。誰知不看還好，這一看，卻幾乎老命不保。

那員外一看之下，大吃一驚，眼中不見了如花似玉體態，只見房中蟠著一條似吊桶粗的大白蛇，兩眼猶如燈盞，放出金光來。當下驚得半死，回身便走，一絆一交，往後倒了。正是：

　　不知一命如何？先覺四肢不舉。

眾丫鬟跑過來扶起，只見老員外面青口白，兩眼發呆，忙用安魂定魄丹服了，方纔醒

來。老安人和眾人也都來了，問道：「你慌慌張張的，到底為了什麼？」

老員外一似啞巴吃黃蓮，有苦不能說，只得打了一個謊：「我今天起早了，幾天來又辛苦了些，頭風病發，暈倒了。」丫鬟將他扶到房裡休息，眾親眷重又入席，飲了幾杯，才各自告辭回家。

白娘子回到家裡一想，恐怕明天李克用對小乙說出真相，便心生一計，一邊卸妝，一邊嘆氣。小乙說：「今天出去吃酒，怎麼回來就嘆氣？」

白娘子說：「丈夫，這事兒不說也不行，要說又怕惹你生氣。原來你那主人家說做生日是假，心懷不軌是真。筵席上叫丫頭不住地勸我吃酒，等到我要起身淨手，丫頭帶我到後面去，他卻躲在裡面，想要姦騙我，拉拉扯扯的來調戲。當時本來想要聲張起來，又怕眾人都在那兒，不好看相，便一頭將他推倒，他怕羞，不好意思，對人假裝說暈倒了。這口怨氣叫人如何嚥得下！」

小乙說：「他既然沒有壞了你的身子，大家又不知覺，我們是靠他吃飯的，沒奈何，也只好忍了，以後不要再去就是了。」

白娘子說：「你不替我做主，還要做人嗎？」

小乙說：「我被發配到這裡，本來是要在牢城營作工的，多虧他看了姊夫一面，保我出來，收留在他家做事，這恩情著實不小，妳叫我怎麼辦才好呢？」

白娘子說：「男子漢大丈夫，妻子被他這樣欺負，虧你還有臉到他家去！」

小乙說：「不去他家，妳叫我上哪兒去？我們一家生活又怎麼辦？」

白娘子說：「老是作人家伙計，也是沒出息的事，我們不會自己也開一家？」

小乙說：「說的倒是簡單，我們哪裡去籌本錢？」

白娘子說：「這個你放心，銀子我有，明天你先去租了房子再說。」

第二天，小乙拿了銀子，約了隔壁的蔣和作伴，到鎮江渡口碼頭上去租了一間房子。這蔣和也沒什麼正經職業，平常就幫人打雜，算得上是個幫閒。小乙叫他幫忙，很快地置辦了藥櫥、藥櫃，到十月前後，種種藥材都陸續採辦齊全，便擇吉開張，做起自家的生意了。李克用因為心中有鬼，小乙不去，便也不來招惹，從此兩相無事。

小乙開店以後，生意倒是不錯，一天比一天興旺。不覺冬盡春來，眼見夏節又至，有一天，一個和尚拿了化緣簿子進來說：「小僧是金山寺和尚，七月初七是英烈龍王生日，希望官人到寺燒香，布施些香錢。」

小乙說：「不必記名字了，我有一塊上等的好降香，就捨給你去燒吧！」

和尚謝了，說：「到時還希望官人來寺裡燒香。」念聲佛號走了。

白娘子看見，說：「你倒真大方，把這麼一塊好香送給那賊禿去換酒肉吃！」

小乙說：「我一片誠心施捨給他，他要不正經的用了，是他的罪過。」

一轉眼，不覺已是七月初七，小乙剛開店門，只見街上人來人往，好不熱鬧。那幫閒的蔣和走過來說：「小乙哥，你前天不是布施了香嗎？今天何不到寺裡走走？」

小乙說：「你等一下，我收拾好了和你一道去。」忙忙的收拾了，進去對白娘子說：「我和蔣和去金山寺燒香，家裡妳照顧一下。」

白娘子說：「人家說，無事不登三寶殿，你沒來由放著生意不做，去幹什麼？」

小乙說：「我來鎮江這麼久了，金山寺是怎麼樣的，連看都沒看過，趁著這個機會，去看一看。」

白娘子說：「你既然要去，我也阻擋不了，只是要答應我三件事。」

小乙說：「哪三件？」

白娘子說：「第一，不要到住持的房裡去。第二，不要與和尚說話。第三，早去早回。如果你稍晚一點回來，我就來找你。」

小乙說：「三件都沒問題，我去一下就回。」

立刻換了新鮮衣服鞋襪，帶了香盒，和蔣和到江邊搭船，往金山寺來。

到龍王堂燒了香，寺裡各處走了一遍，隨著眾人信步走到住持所住的方丈門前，忽然猛省道：「娘子叫我不要到裡面去。」立住了腳，只在外面張望。

蔣和說：「進去瞧瞧，不礙事的，她在家裡，怎麼會知道你進去了沒有？回家不說就是了。」說著，拉著小乙進去看了一會，便又出來，卻也沒什麼事。

卻說方丈裡面當中座上坐著一個和尚，方面大耳，一派莊嚴，看那樣子，倒像是個有道行的高僧。一見小乙走過，便叫侍者：「快叫那年輕人進來！」侍者看了一會，人千人萬，亂滾滾的，又不認得他，便來回覆道：「不知走到哪裡去了？」那和尚急忙持了禪杖，自己出來找，卻也找不到。

原來小乙早就走出寺外，在那兒等船。這時候風浪頗大，大家都不敢上船，要等風停了才走。忽然江心裡一隻船，飛也似的來得好快。小乙對蔣和說：「風浪這麼大，這裡的船家沒人敢開船，那隻船卻怎麼來得那麼快？」正說之間，那隻船已將近岸，看時，是一個穿白的婦人，和一個穿青的女子。來到岸邊，仔細一認，原來就是白娘子和青青。小乙這一驚非同小可。白娘子來到岸邊，對小乙說：「你怎麼還不回去？快上船來！」

小乙正要上船，忽聽得背後有人大喝一聲：「孽畜！想要幹什麼！」小乙回頭一看，是一個大和尚，旁邊的人說：「法海禪師來了。」

禪師說：「孽畜，敢再來殘害生靈，老僧手下便不留情！還不快走！」

白娘子見了禪師，不敢逞強，搖開船，和青青把船一翻，兩個都翻到水底下去了。

小乙回身看著禪師便拜：「求師尊救弟子一命！」

禪師說：「你怎麼遇上這婦人？」

小乙將事情前後說了一遍。禪師說：「這婦人正是妖怪，現在你就回杭州去。如果再來纏你，你便到西湖南岸淨慈寺來找我。」有詩四句：

本是妖精變婦人，西湖岸上賣嬌聲。
汝因不識遭她計，有難湖南見老僧。

小乙拜謝了禪師，和蔣和下了渡船回家。回到家時，白娘子和青青都不見了，小乙更相信她們就是妖精。到了晚上，獨自一個人不敢睡，便叫蔣和相伴過夜。可是心裡煩悶，哪裡睡得著，整夜都輾轉反側。

第二天早起，叫蔣和看家，他一個人走到李克用家來，把昨天的事說了一遍。李克用說：「我生日那天，她去淨手，我無意中撞了進去，就撞見這妖怪，當時把我嚇昏了，我又不敢告訴你。既然如此，你那裡也住不得了，還是搬過來我這裡住，大家有個照應。禪師叫你現在就回杭州，可是刑期未了，還是不能走的。」

小乙依了李克用的話，把那邊的店收拾了，便搬到他家來住，白天仍到鋪裡相幫。

兩個月後，正值高宗冊立孝宗為太子，大赦天下，除了人命大事，其餘小事，盡行赦放回家。小乙遇赦，歡喜不勝，拜謝了李克用、李媽媽一家，以及東鄰西舍，央蔣和買了

些土產，便興沖沖地作別回鄉。

一路飢餐渴飲，夜住曉行，不幾天便已到家。見了姊姊、姊夫，拜了幾拜。卻見姊姊、姊夫臉上並無喜色，好生奇怪，正不知發生了什麼事，只見姊夫繃著臉說：「你這個人也太欺負人了，我們一向怎麼待你，諒你心裡明白！怎麼你在鎮江娶了老婆，連寫封信來通知一下都沒有，難道我們是外人嗎？真是無情無義！」

小乙聽了這沒來由的話，如墜五里霧中。忽然想到白娘子，心中一陣忐忑，硬著嘴皮說：「我沒有娶老婆呀！」

李募事說：「虧你說得出口！你的妻子和丫頭現在就在家裡，難道會假！你的妻子說你七月初七那天到金山寺燒香，卻一去不回，害她找了好久，找不到人。後來聽說你遇赦回鄉，她才趕了來，已經等你兩天了。」說著，便叫人請出小乙的妻子和丫頭。

小乙頓時目瞪口呆，兩腳發軟——果然是白娘子和青青。心中無限惶恐，又無限委屈，欲待要說，舌頭卻似乎結住了，一句話也說不出來。李募事看此情形，更認為他是心虛，說不得話，著著實實地埋怨了他一場。

當晚，李募事叫小乙和白娘子同住一房。小乙心中只是害怕，站在房門口，不敢進去。僵持了一會，看著白娘子笑吟吟的，不由得向前一步，跪在地下，說：「不知娘子是何方神聖？乞饒小人一命！」

白娘子面帶笑容，無限溫柔地上前扶了他起來，說：「小乙哥，你莫不瘋了嗎？我們多年的恩愛夫妻，難道我有什麼地方做錯了？你講這些是什麼話？」

小乙說：「以前的種種，也不必說了。那禪師說妳是妖怪，妳見了禪師，便跳下江去，我只道妳死了，想不到妳又好端端的。我到什麼地方，妳便到什麼地方，如果我有什麼地方沖犯了妳，也是無心，求妳慈悲，饒我一命！」

白娘子聽了，登時變臉，說：「小乙，這樣說來，你是信了那妖僧的話了？你也不想想，我和你做了夫妻，有什麼虧待你之處？一切的一切，還不都是為了你好！誰知你一再相信別人的閒言閒語，一再地懷疑我！我如果真的另有他圖，又何必如此苦苦跟著你？」

說得小乙半晌無言可答，怔在當地。白娘子的話句句是實，自己孑然一身，她即使是妖是怪，跟定了自己，又有什麼好處？可是，大江中風浪滔滔的那一幕，法海禪師一再交代的那些話……難道是我小乙前生罪孽，今生冤孽……

青青看著兩人僵持不下，走上前來說：「官人，娘子對你是一片癡情，一番真心，你們夫妻也一向恩深情重，聽我說，不必再有什麼疑慮，和睦如初，一切便都沒事了。」

小乙還是發怔，對青青的話好像全無知覺。

白娘子忍不住氣，圓睜怪眼說：「是妖也好，不是妖也好，反正大家扯開了。我老實對你說，如果你願意聽我的話，喜喜歡歡，大家沒事。如果你要動歪念頭，我叫你滿城波

濤，人人手攀洪浪，皆死於非命，讓你後悔不及。我不知道我對你好，是犯了什麼罪過，要人家屢次的來破壞！」

這些話，小乙聽得句句扎實，大吃一驚，不禁叫了起來：「我真是苦啊！」

這時小乙的姊姊正在天井裡乘涼，聽得小乙叫苦，以為他們兩小口吵架，連忙走到房前，將小乙拉了出來。白娘子也不來辯解，關了房門自睡。

小乙把前因後果，一一向姊姊說了一遍，只說自己心中的疑惑，並不說她是妖是怪。剛好李募事在外面乘涼回來，姊姊說：「他兩口兒吵架了，不知她睡了沒？你去看一看。」

李募事走到房前看時，門窗關得緊緊的，只好將舌頭舔破窗紙，朝縫裡看。不看萬事皆休，這一看，連李募事這種膽大的人，都嚇得半死。原來房裡不見了白娘子，只見一條吊桶大的蟒蛇，睡在床上，伸頭在天窗上納涼，鱗甲內放出白光來，照得房內一閃一閃的。

李募事大吃一驚，回身便走，當著小乙姊姊的面，暫不說破，只說：「睡了，丫頭也睡了。」當晚小乙就躲在姊姊房中，不敢過去，姊夫也不問他。

第二天一早，李募事將小乙叫到一個僻靜的所在，問他：「你妻子從什麼地方娶來的？實實在在對我說，不要瞞我。昨天晚上我過去看，親眼看見她是一條大白蛇，我怕你姊姊害怕，所以不提。你要實實在在地告訴我！」

小乙將前後因緣，詳詳細細說了一遍。李募事說：「這樣說來，她是蛇精無疑了。這

裡白馬廟前，有一個捉蛇的戴先生，捕蛇最有辦法，我們去找他來。」

兩人便直接來找戴先生。小乙說：「我們家裡有一條大白蛇，麻煩先生來捉一下。」

戴先生問：「宅上何處？」

小乙說：「過軍橋黑珠兒巷內，李募事家，一問便知。」取出一兩銀子，說：「請先生先收了這銀子，等捉了蛇，另外相謝。」

戴先生收了，說：「兩位請先回去，我等會兒就來。」他們兩人不知戴先生何時來，李募事便先到城裡去辦一件小事，叫小乙回家將姊姊哄出來，免得她見了害怕。

卻說戴先生在李募事和小乙走後，隨即裝了一瓶雄黃藥水，往黑珠兒巷來，問李募事家，鄰居說：「前面那樓子內便是。」先生來到門前，揭起簾子，咳嗽一聲，並無一個人出來。敲了半晌門，只見一個小娘子出來問道：「找誰？」

先生說：「這是李募事家嗎？」

小娘子說：「就是。」

先生說：「聽說宅上有一條大蛇，我是來捉蛇的。」

小娘子說：「你別弄錯了，我家哪有大蛇？」

先生說：「我不會弄錯，剛才兩位官人來請我捉蛇，先給了一兩銀子，說捉了蛇再另外重謝，哪會弄錯！」

小娘子說：「沒有就是沒有！多半他們騙你！」

先生說：「怎麼會開這種玩笑？」

那小娘子就是白娘子，她見這位捉蛇的先生似乎是賴著不走，便氣起來：「你真的會捉蛇？只怕你見了就跑！」

白娘子說：「那就進來吧！」

先生說：「我祖宗七八代捉蛇為生，我怎會見了蛇就跑？豈不笑話！」

隨著白娘子走到天井內，白娘子轉個彎，走到裡面去。那先生提著瓶子，站在空地上等。

不多時，忽地颳起一陣冷風，風過處，一條吊桶來大的蟒蛇，連射了過來。那先生吃了一驚，往後便倒，瓶子也打破了。那條蛇張開血紅大口，露出雪白牙齒，往先生便咬。先生連滾帶爬，只恨爹娘少生兩隻腳，一口氣跑過橋來，正撞著李募事和小乙。小乙忙問道：「怎麼了？」

先生上氣不接下氣將剛才的事說了一遍，取出那一兩銀子送還李募事，還說：「差點連性命都沒了，這錢我無法賺，你去照顧別人吧！」說著，急急地走了。

小乙說：「姊夫，現在該怎麼辦？」

李募事說：「惟一的辦法，就是你住到別處去，不讓她知道。她不見了你，自然就離

開了。西湖南岸赤山埠前張成家欠我一千貫錢，你就先到他那兒去，租間房子住下，慢慢再想法子。」

小乙無計可施，只得答應。和李募事回到家裡，靜悄悄的沒些動靜。李募事寫了信，和借據封在一起，叫小乙拿了去見張成。

這時白娘子卻出來了，將小乙叫到房中，氣憤憤地說：「你好大膽！你把我當成什麼了？你叫捉蛇的來幹什麼？我昨天告訴你的話，你得好好的想一想，別到時後悔！」

小乙聽了，心寒膽戰，不敢作聲。袖裡藏了書信借據，踱出房來。走到門外，三步作二步的便往赤山埠來找張成。見了張成，正要去袖中拿借據，卻不見了！這一驚非同小可，心中叫苦，慌忙轉身來找。一路上來回，走遍了赤山埠路，卻哪裡找得到！正氣悶不已，來到一個地方，想坐下休息，抬頭一看，是一座寺廟，上寫「淨慈寺」三字。小乙登時心中亮，想起了法海禪師吩咐的話：「如果那妖怪再來纏你，你就來淨慈寺找我。」

小乙急忙跑進寺中，問寺裡的和尚：「請問，法海禪師到寶剎來了沒？」

那和尚說：「沒有。」

小乙聽說禪師沒來，心裡越悶，折身出來，有氣無力的，一步一步走到長橋，自言自語說：「時衰鬼弄人，像這樣活下去有什麼意思！」望著一湖清水，便要往下跳。正是：

閻王判你三更到，定不留人到五更。

小乙正要往湖裡跳，忽聽得背後有人叫道：「男子漢何故輕生？有什麼看不開的事？」回頭一看，正是法海禪師——背馱衣缽，手提禪杖，原來真個才到——也是小乙命不該絕，若再遲一步，早作湖底遊魂了。

小乙見了禪師，如獲救星，納頭便拜，道：「師尊救命！」禪師說：「孽畜今在何處？」

小乙將最近的事向禪師說了。禪師聽了，從袖中拿出一個缽盂，遞給小乙說：「你現在回去，這個東西不要讓那孽畜看見，等她不注意，悄悄地往她頭上一罩，緊緊按住，不要害怕，我隨後就來。」小乙將缽盂藏在袖中，拜謝了禪師，先自回家。

回到家中，白娘子正坐在房裡，口中喃喃的不知說些什麼。小乙走到她背後，趁她不注意，拿出缽盂，往她頭上一罩，用盡平生力氣按了下去。隨著缽盂慢慢地按下，不見了女子身形。小乙不敢鬆手，緊緊地按著。只聽得缽盂內道：「和你多年夫妻，你怎麼如此無情！求你放鬆一些！」

小乙正不知如何是好，忽聽得外面有人說：「一個和尚說要來收妖。」小乙連忙叫李

募事去請那和尚進來。小乙見了法海禪師，說：「救救弟子！」不知禪師口裡念的什麼，念畢，輕輕地揭起缽盂，只見白娘子縮做七八寸長，如傀儡一般大小，雙眸緊閉，蜷做一團伏在地下。

禪師喝道：「是何方孽畜妖怪？怎敢出來纏人？詳細說來！」

白娘子答道：「祖師，我是一條大蟒蛇，因為風雨大作，便來到西湖安身，同青青一處。不想見了許宣，就動了凡心，化作人形。一時冒犯天條，也是出自一片癡情，卻從不曾殺生害命，望祖師慈悲！」

禪師又問青青來歷。白娘子說：「青青是西湖內第三橋下潭內千年成精的青魚，是我拉她作伴，諸事與她無干，並望祖師憐憫。」

禪師說：「念你千年修煉，免你一死，可現本相！」

白娘子不肯，抬頭呆呆地望著小乙。禪師勃然大怒，口中念念有詞，大喝道：「護法尊神何在！快與我把青魚怪擒來，並令白蛇現形，聽吾發落！」

禪師話剛說完，庭前忽起一陣狂風，風過處，豁剌剌一聲響，半空中墜下一條青魚，有一丈多長，在地上撥剌剌地跳了幾跳，縮作尺多長的一條小青魚。看那白娘子時，也現了原形——變了一條三尺長白蛇——依然昂著頭瞧著小乙。

禪師將白蛇、青魚收了，放入缽盂內，扯下長袖一幅，封了缽盂口，拿到雷峰寺前，將缽盂放在地下，令人搬磚運石，砌成一塔。後來小乙也看破紅塵，隨了禪師出家，到處化緣，將原來的小塔改砌成七層寶塔，這便是雷峰塔。禪師見寶塔砌成，留偈四句：

西湖水乾，江湖不起。
雷峰塔倒，白蛇出世。

從此千年萬載，白蛇和青魚永不能出世，只除非雷峰塔倒！

【結語】

本篇選自《警世通言》第二十八卷。白娘子的故事是流通很廣的一個民間故事，幾乎家喻戶曉。關於白蛇化身為人，蠱惑男人的故事雖然可以上溯到唐代的傳奇小說，但是，真正將白蛇寫成一個很有人性的女妖，卻是從這一篇〈白娘子永鎮雷峰塔〉才開始。在《六十家小說》所收的話本〈西湖三塔記〉裡，白蛇也仍然只是個專門吃人的可怕妖怪。從〈白娘子永鎮雷峰塔〉這篇以後，所有的白蛇故事，才都將白蛇寫成一個善體人意的可

愛女性。由這一點來說，本書所收的這篇白蛇的故事，便有著它特殊的意義和價值，因為它正是白蛇故事衍化的一個轉捩點。

本篇也是一篇擬話本，後來《西湖佳話．雷峰怪跡》一篇，和清人的傳奇《雷峰塔》以及種種白蛇的小說，和彈詞《義妖傳》，便都是由這一篇衍化而來。如果以宋人話本的分類來說，它應當是「靈怪類」的小說。

賣油郎獨占花魁

年少爭誇風月，場中波浪偏多。
有錢無貌意難和，有貌無錢不可。
就是有錢有貌，還須著意揣摩。
知情識趣俏哥哥，此道誰人賽我！

這首詞名叫〈西江月〉，講的是風月場中的行走妙訣。常言道：「妓愛俏，鴇愛鈔」，如果你有十分容貌，萬貫錢財，自然上和下睦，做得煙花寨內的大王，鴛鴦會上的主盟。話雖這樣說，卻還有兩個不可少的字兒，就是「幫襯」。幫，就是像鞋之有幫；襯，就是

如衣服之有襯。

但凡小娘子們，如有一分長處，有人為她襯貼，便顯得有若十分。如有一些短處，得人替她曲意遮護，便似無瑕。如果更能夠低聲下氣，噓寒問暖，逢其所喜，避其所諱，那小娘子哪有不愛你的道理！這便叫做「幫襯」。風月場中，只有會幫襯的朋友最討便宜。

話說北宋末年，汴梁城外安樂村有一戶人家，主人姓莘名善，妻子阮氏，家中開個雜貨鋪兒。雖非富厚之家，家道也頗得過。夫婦年過四十，只生了一個女兒，叫做瑤琴。瑤琴從小生得清秀無比，並且資性聰明。

莘善因為只生了這麼一個女兒，十分地寵愛，七歲的時候，便送她到村中學讀書。瑤琴也十分向學，不久便能日誦千言。十歲的時候，已能吟詩作賦。到了十二歲，更是琴棋書畫，無所不通。若提起女紅針指，飛針走線，更不是常人所能及。總的說來，這些都是天生伶俐，不是教教學學就能做到的。

莘善因為沒有兒子，原想早日為瑤琴招個女婿，以便終身有靠，卻因為女兒靈巧多能，莘善也不願太委屈了瑤琴，所以求親的雖然不少，莘善總看不上眼。一時之間，竟找不到合適的對象。誰知事情一蹉跎，便誤了女兒終身。

這時北宋朝綱不振，奸臣用事，搞得民不聊生。北方的金人趁機南侵，把花錦般的一個世界，弄得七零八落，不久便圍困了汴梁。各地勤王之師雖多，但是因為奸相主張議和，不許廝殺，因此金人日益猖狂，不久便攻破了京城，將宋徽宗、欽宗擄劫北去。那時城內城外的百姓，一個個亡魂喪膽，扶老攜幼，棄家逃命。

莘善這時也顧不得家業了，帶著妻子阮氏，和十三歲的瑤琴，夥同一般逃難的，背著包裹，結隊南行。

忙忙如喪家之犬，急急如漏網之魚。
擔渴擔飢擔勞苦，步行家鄉何處？
叫天叫地叫祖宗，惟願不逢韃虜。

正是：

寧為太平犬，莫作亂離人。

成群結隊的難民走到半路上，不見了韃子的影子，大夥兒正暗自慶幸，誰知道卻忽然遇上了一夥殘敗的官兵。這些官兵看見逃難的百姓都帶有包裹，便故作驚慌地大喊：「韃子來了！韃子來了！」並沿路放起火來。這時天色將晚，嚇得眾百姓落荒亂竄，誰也顧不

得誰了。這些官兵趁機搶掠，如果有誰不肯將包裹給他的，便將那人殺害。正是：

甲馬叢中立命，刀鎗隊裡為家。
殺戮如同戲耍，搶奪便是生涯。

無辜的百姓們遇上這種亂兵，簡直就是遇上了強盜。許多原以為逃得了性命的，卻冤冤枉枉的半路上死在亂兵之手。這才真叫做亂中生亂，苦上加苦。

瑤琴隨著爹娘在人群中走著，被亂軍一衝，大家沒命地狂奔，忽然跌了一跤，爬起來，已不見了爹娘。她是個機伶的孩子，這時雖然害怕到了極點，卻不敢叫喚，就躲在路旁的古墓之中，過了一夜。

等到天亮出來一看，但見滿目風沙，屍橫遍野。昨天一同逃難的人，都不知到哪裡去了。瑤琴孤孤單單一個人，心中害怕，又想著父母，不禁痛哭失聲。遙望前路茫茫，不知往哪兒走才好，只好認定南方一路走去。捱一步，哭一步。大約走了二里多路，心上又苦，肚中又飢，看見前面一所土房，心想是有人住的，要上前去乞討些吃的東西。誰知走近一看，卻是一所破敗的空屋，一個人影也沒。只得坐在土牆之下，哀哀地哭。

自古道：「無巧不成書！」這時恰好有一個人從牆下經過。那人正是莘善的近鄰，姓

卜名喬。一向是個游手好閒，不守本分，慣吃白食，用白錢的主兒，人家都叫他卜大郎。也是逃難之中，被亂軍衝散了同伴，落了單的。他一聽到啼哭之聲，慌忙來看。瑤琴是從小就認得他的，這時候患難之際，舉目無親，見到了近鄰，便如見了親人一般。連忙收淚起身相見，問道：「卜大叔，有沒有看到我爹媽？」

卜喬心中暗想：「昨天給官軍搶去了包裹，正愁沒錢可用，老天有眼，今天就送了這個寶物給我。正是奇貨可居。」便扯個謊說：「妳爹和妳媽找不到妳，十分傷心，現在他們已到前頭去了。他們遇到我的時候，告訴我說，如果見到了妳，就帶著妳去找他們。我們現在就走吧！」

瑤琴雖然聰明，可是正當無奈的時候，便也不懷疑什麼，跟著卜喬就走。正是：

情知不是伴，事急且相隨。

卜喬將隨身攜帶的乾糧，拿了一些給瑤琴吃，並對她說：「妳爹媽是連夜走的，如果在路上碰不上他們，便要等過了江，到建康府才能相會。我們一路上同行，為了方便，我就把妳當作女兒，妳就叫我做爹。不然，人家會以為我隨便收留迷失的孩子，可不大好。」

瑤琴不疑有他，便照著他的話做。從此陸路同步，水路同舟，一路上便爹女相稱。到了建康府，本來以為可以停留，卻又聽說金兵即將渡江，風聲緊急，眼看建康也將不得安寧。這時候又聽人說宋高宗已在杭州即位，將杭州改名為臨安，於是又是水路趕行，直到臨安府來，找了一家客店住下。

卜喬帶著瑤琴，從汴京直到臨安，三千餘里路程，身邊所帶的散碎銀兩，都用光了。他之所以肯不殫其煩地攜帶瑤琴同行，原來就不是安的什麼好心。而今銀錢花光，便馬上動起瑤琴的念頭。他探聽得西湖上煙花王九媽家，要討個女孩，便親自去帶九媽來到客店，看貨還錢。九媽見瑤琴生得標致，講定身價五十兩。卜喬兌足了銀子，便將瑤琴送到九媽家來。

這件買賣的勾當，瑤琴根本就被蒙在鼓裡。原來卜喬這個機伶鬼，在九媽面前說的是：「瑤琴是我的親生女兒，現在不幸賣入了你們行戶人家，請你務必慢慢的開導教訓，不要太虧待了她，她自然順從。萬事不要性急。」說得哀哀切切。在瑤琴面前，又說是：「九媽是我的至親，妳暫時住到她家，等我找到了妳爹媽，再來帶妳。」因此瑤琴便高高興興地跟他到九媽家去。正是：

可憐絕世聰明女，墮落煙花羅網中。

王九媽和瑤琴各被卜喬的話哄住了。九媽只道卜喬賣的是親生女，瑤琴只道九媽是卜喬的親戚。所以瑤琴一到九媽家，九媽就替她購置新衣服，並將她安置在曲樓深處，瑤琴還以為九媽是個難得的好人，會照顧人。九媽也不提那事兒，每天給她吃的是好茶好飯，讓她聽的是好言好語，瑤琴只是感激，也不以為怪。

住了幾天，不見卜喬的影子，瑤琴心中掛念爹媽，便噙著兩行珠淚，問九媽道：「卜大叔怎麼不來看我？」

九媽說：「哪個卜大叔？」

瑤琴說：「就是帶我到妳家住的那個卜大郎。」

九媽說：「他說他是妳的親爹。」

瑤琴說：「他姓卜，我姓莘，怎麼會是我親爹？」於是，便把汴梁逃難，和爹媽失散，中途遇見卜喬，帶她到臨安，和卜喬哄她的話，細述了一遍。

九媽這才知道自己也受了卜喬的矇騙，對瑤琴說：「原來如此。現在你已經是個孤身女兒，沒腳蟹，我索性將事情的真相告訴妳吧。那個姓卜的把妳賣到我家，我給了他五十兩銀子。我們是行戶人家，家裡雖然有三四個養女，卻沒有一個出色的。我因為愛妳生得標致，所以特別對妳好，把妳就當作親生女兒一樣看待。如果妳聽我的話，等妳長大的時

候，包妳穿好吃好，一生受用無窮。」

瑤琴聽九媽這麼一說，才知道自己被卜喬拐騙了，放聲大哭。九媽勸解了老半天才止。從此以後，九媽便將瑤琴改名為王美，一家都叫她美娘。教她吹彈歌舞，樣樣出色。

看看長成一十五歲，美娘越發出落得嬌豔非常。臨安城中那些富豪公子，個個想慕她的美貌才華，人人備著厚禮求見。一些愛清標的，聽說她寫作俱高，來求詩求字，附會風雅的，日不離門。不久，便弄出了天大的名聲，大家不叫她美娘，都叫她「花魁娘子」。西湖上的子弟，為她編了一支〈掛枝兒〉曲，讚美她的好處：

小娘子，誰似得王美兒的標致？
又會寫，又會畫，又會作詩，吹彈歌舞都餘事。
常把西湖比西子，就是西子比她也還不如。
哪個有福的，湯著她身兒，也情願一個死。

就因為王美有了盛名，所以十五歲的時候就有人來講梳弄。一來王美執意不肯，二來九媽把她當作金子一樣看待，看她心中不允，也不相強。又過了一年，王美十六歲了，來講這事的人更多，九媽拗不過利誘，也開始勸王美接客了。王美卻是個有志氣的孩子，無

論如何不肯，說道：「要我接客，除非見了親生爹媽。他們肯做主時，方才使得。」

九媽心裡又惱她，又不捨得為難她，這事就這樣捱了好些時候。過了不久，有一個大富翁金二員外來對九媽說，情願出三百兩銀子梳弄美娘。九媽聽了，想到那明晃晃的一大堆銀子，恨不得馬上就搬了過來，再也顧不得美娘肯不肯了，便暗地裡和金二員外商議：「若要做成這件事，就得用點心計……」金二員外當下心領神會，微笑地去了。

八月十五日那天，九媽假說帶美娘到湖上看潮，將美娘請到了船上。早有三四個幫閒的慣家，夥著美娘猜拳行令，做好做歉，將美娘灌得爛醉如泥，不省人事。

九媽叫人將美娘扶回家中。這時金二員外已在家中等候多時，一手交錢，一手交貨，九媽拿著三百兩沉甸甸的銀子，笑咪咪地走出臥房，任憑金二員外胡搞。等到美娘夢中覺得痛，醒了過來，早被金二員外耍得夠了。想要掙扎，無奈手腳痠軟，動彈不得。正是：

雨中花蕊方開罷，鏡裡娥眉不似前。

五更時分，美娘酒退，已知是鴇兒用計，破了身子，自憐紅顏薄命，遭此不幸，起來穿了衣服，走到床邊的斑竹榻上，朝著壁裡臥下，暗自垂淚。金二員外不知好歹，走來親近，被她劈頭劈臉抓了幾道血痕。金二員外討了一場沒趣，捱到天明，匆匆對九媽說了一

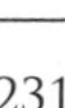

聲，便出門去了。

金二員外梳弄美娘，第二天一大早就出門回家，在行戶中人來說，是從來沒有的事。向來梳弄小娘子的子弟一起床，鴇兒便進房賀喜，接著便是左右相熟的行戶人家來道喜，大家還要鬨著吃幾天的喜酒。那子弟多則住一兩個月，最少也住半月二十天。

九媽見金二員外不等賀喜，一大早就繃著臉兒出門，好生詫異，連忙披衣上樓。只見美娘臥在榻上，滿臉淚痕。九媽為了要哄她從此入門上行，便低聲下氣的，連招自己的許多不是。但是，無論九媽說好說歹，美娘只是不開口，九媽只好自己下樓去了。美娘整整哭了一天，茶飯不沾。從此託病，再不下樓，連一般的客人也不肯會面了。

九媽看她如此模樣，心裡氣得不得了。想要威逼凌虐，又怕她烈性不從，反冷了她心腸。想要由她任性，卻又沒這道理。鴇兒養小娘，本來為的是要她賺錢，如果她不接客，一番心思豈不白費？想來想去，躊躇了好幾天，無計可施。忽然間讓她想起了一個人，就是她的結義妹子，同行的劉四媽：「她能言快語，一向和美娘也很談得來，何不接她來，下個說詞，如能說得美娘回心轉意，再好好地請她一頓，送她個大紅包。」

當下便叫人去請劉四媽過來，告訴她這件事情。劉四媽義不容辭地答應了，說：「老身是個女蘇秦、雌張儀，說得羅漢思情、嫦娥想嫁，這件事包在老身身上。」

九媽說：「如果說得成，我這個做姐姐的就給妳磕頭。妳且再吃一杯茶，免得說話的

時候口乾。」

劉四媽說：「老身天生這副海口，就是說到明天也不會口乾。」

劉四媽吃了幾杯茶，轉到後樓，只見樓門緊閉。四媽輕輕地叩了一下，叫聲：「姪女。」

美娘聽見四媽的聲音，便來開門。兩人相見了，四媽靠桌朝下而坐，美娘坐在旁邊相陪。四媽看見桌上鋪著一幅細絹，剛畫了一個美人的頭兒，還沒著色。

四媽便抓住了話頭，稱讚著說：「畫得好！真是巧手！九阿姐不知怎生福氣，能夠遇上你這麼一個伶俐女兒。人物又好，技藝又高，就是堆上幾千兩黃金，找遍整個臨安城，恐怕再也找不出一個這樣的人出來。」

美娘說：「休得見笑。今天是什麼風把姨娘吹到這裡來了？」

四媽說：「老身時常想來看妳，就是家務纏身，不得空閒。剛聽說妳恭喜梳弄了，便特地偷空過來，給九阿姐叫喜。」

美娘一聽到「梳弄」兩字，滿臉通紅，低著頭不來答應。四媽知道她害羞，便把椅兒掇上一步，將美娘的手兒牽著，叫聲：「我兒，做小娘的，不是個軟殼雞蛋，怎的這般嫩得緊？像妳這樣怕羞，怎能賺到大注銀子？」

美娘說：「我要銀子做什麼？」

四媽說：「我兒，你自己不要銀子，難道做娘的就不要銀子了？她養得妳長大成人，不是要費些本錢嗎？自古道『靠山吃山，靠水吃水』，九阿姐家養了妳們幾個小娘子，為的何來？另外那幾個粉頭，又哪一個趕得上妳的腳跟來？一園瓜，只看得妳是個瓜種。九阿姐對妳也不比其他。妳是個聰明伶俐的人，這個妳是該知道的。聽說妳自從梳弄以後，一個客人也不肯接，那是什麼意思？如果大家都像妳的話，一家大小，像蠶一樣，誰把桑葉餵她？做娘的抬舉妳，妳也要替她爭口氣，不要反討眾丫頭們批批點點。」

美娘說：「批點就由他批點，怕什麼！」

四媽說：「話可不能這麼說！批點倒還不是小事；妳知道行戶人家的行徑？」

美娘說：「行徑又怎麼樣？」

四媽說：「我們行戶人家，吃著女兒，穿著女兒，用著女兒。如果僥倖討得一個像樣的，便有如大戶人家置了一份良田美產。女兒年紀幼小時，就巴不得風吹得大。等到梳弄過後，便是田產成熟，天天指望收成了。前門迎新，後門送舊；張郎送米，李郎送柴，熱熱鬧鬧，才算是個出色的姊妹行家。」

美娘說：「這種羞死人的事，無論如何，我就是不做。」

四媽掩著口，咯咯的笑了出來，說道：「不做？這可是由得妳的？一家之中，做主的是媽媽。做小娘的如果不聽她的話，動不動就是一頓皮鞭，打得妳死去活來，到時候，不怕妳不上路。九阿姐一向不為難妳，是因為惜妳聰明標致，從小嬌生慣養的，她要惜妳的廉恥，存妳的體面，所以才不逼妳。她剛才在我面前說了許多話，說妳不識好歹，放著鵝毛不知輕，頂著磨子不知重。對我發了好多牢騷，要我來勸勸妳。妳如果再執意不從，惹得她性起，一時翻過臉來，罵一頓、打一頓，妳又能夠怎麼樣？飛上天去不成？凡事只怕起了頭，妳若惹到她真的動粗打妳了，那是朝一頓、暮一頓，再不留情的。到時妳熬不過痛苦，還是得接客，卻不是把千金的聲價弄得低微了？而且還惹人笑話。我看還是聽我說，如今妳是吊桶落在她井裡，掙不起的了，倒不如歡歡喜喜地倒在娘的懷裡，順她的意，落得自己快活。」

美娘說：「我是好人家兒女，不幸誤落風塵，姨娘如果能夠有個主張，幫我從良，豈不是一場功德，勝造七級浮屠？怎麼倒反要推我下海？要我做那倚門賣笑，送舊迎新的事，我寧願一死，絕不情願。」

四媽說：「我兒，從良是件有志氣的事，我怎麼會說不好呢？不過，從良也有好幾等不同。」

美娘說：「有哪幾等不同？」

四媽說：「有個真從良，有個假從良，有個苦從良，有個樂從良，有個趁好從良，有個無奈何的從良，有個了從良，有個不了的從良。我慢慢地說給妳聽。

什麼叫真從良呢？大凡人間姻緣，才子必須佳人，佳人必須才子，才是佳配。但是好事往往多磨，這種事卻只可遇不可求。如果天公作美，有幸兩人相逢了，你貪我愛，再也割捨不下，一個願討，一個願嫁，好像捉對的蛾兒，死也不放。這便叫做真從良。

什麼叫假從良呢？有的子弟愛著小娘，小娘卻不愛那子弟。本來就無心嫁他，卻把個嫁字兒哄得他心熱，好讓他撒漫使錢。等到目的已達，便又推故不就。又有一種癡心子弟，明曉得小娘心腸不對著他，卻偏要娶她回家。拚著一注大錢，動了媽兒的火，不怕小娘不肯。勉強娶進了門，小娘心中不順，便故意不守家規，小則撒潑放肆，大則公然偷漢。鬧得人家收容不得了，多則一年，少則半載，仍舊放她出來為娼接客。這種從良，實在只是小娘們賺錢的另一個題目而已。這便叫做假從良。

什麼叫苦從良呢？同樣的是子弟愛小娘，小娘卻不愛那子弟，可是為著惡勢力所逼，媽兒懼禍，早就千肯百肯。做小娘的身不由己，也只得含淚而行。從此侯門一入深似海，家法又嚴，哪有妳抬頭的日子？只好半妾半婢，身分不明地忍死度日。這便叫做苦從良。

什麼叫做樂從良呢？做小娘的正當要選個人從良的時候，恰巧交上了一個性情溫和的子弟，那子弟家道富有，家中的元配大娘又和氣，沒生個一男半女，指望娶個小妾過門，替他生育，傳宗接代。小娘子嫁了過去，不只目前安逸，以後也有個出頭的日子。這便叫做樂從良。

什麼叫做趁好的從良呢？做小娘的，風花雪月，受用已夠，就趁著聲名正盛，求她的人多的時候，從中挑選了一個十分滿意的嫁了。急流勇退，及早回頭，不致受人怠慢，這便叫做趁好的從良。

什麼叫做沒奈何的從良呢？做小娘的原無從良之意，或是因為官司逼迫，或是由於強橫欺壓，又或者負債太多，將來賠不起，種種無可奈何的緣故，只好憋口氣，不論好歹，逮著便嫁，這是買靜求安，逼不得已的藏身之法。這便叫做沒奈何的從良。

什麼叫做了從良呢？小娘年華老去，風波歷盡，剛好遇上了一個老成的客人，兩下志同道合，便收繩捲索，終能白頭到老。這便叫做了從良。

又什麼叫做不了的從良呢？同樣的是你貪我愛，小娘火熱地跟定了恩客，卻只是一時作興，並沒有長遠的打算。匆匆過了門，或者為人家尊長所不容，或者為大娘所忌妒，結果是大鬧幾場，發回媽家，追取原價。又有的是過了門之後，才發現原來所嫁的是個空心大老倌，家業凋零，養她不活。結果苦守不過，只好依舊出來接客。這便叫不了的從良。」

美娘說：「那麼我現在要從良，該當怎麼辦？」

四媽說：「我兒，你如果要聽我的話，我便教你一個萬全之策。」

美娘說：「如蒙姨媽教導，得以脫身，死生不忘。」

四媽說：「從良這件事，講究的是入門為淨。妳如今身子已經被人捉弄過了，就算今夜嫁人，也不能說是黃花閨女了。千錯萬錯，就是不應當落到這種地方來。這也只好說是妳命中所招了。九阿姐費了一片心機，妳如果不幫她幾年，趁過千把銀子，她怎麼肯放妳出門？還有一件：妳就是要從良，也要揀個好的。像這些臭嘴臭臉的，難道隨便就跟了他不成？妳如果一個客也不接，又怎麼曉得哪個可從，哪個不可從？到時候，妳娘看妳老是不接客，沒奈何，隨便找個肯出錢的主兒，把妳賣了過去，這也叫做從良。那主兒或許是個年老乾癟的，或許是個貌醜不堪的，或許是個大字不識一個的村牛，那妳不是骯髒了一輩子？要這樣的話，倒不如就把妳撂到水裡，還有撲通的一聲響，別人還會叫一聲『可惜』，所以依老身的愚見，妳還是得順著九阿姐的意接客。像妳這樣的才貌，等閒的料想他也不敢相扳。能夠來的，無非是王孫公子、豪門貴客。我想這也不辱沒了妳。妳如果肯做，一來風花雪月，正好趁著年少受用，二來可作成媽兒起個家事，三來妳自己也可積攢些私房，免得日後求人。等過了十載五載，遇個知心著意的，說得來、話得著，那時老身替妳作媒，好模好樣地嫁過去，做娘的也放得下妳。這不是兩全其美的事嗎？」

美娘聽她說得句句中肯，再也說不出話來。四媽知道美娘心中已經活動了，便說：「老身說的句句是好話，妳如果照著我的話去做，到時候還要來感激我哩！」說罷，便起身出去。

王九媽早就伏在樓門之外，她們的對答聽得句句確實。美娘送四媽出房，劈面撞著了九媽，滿面羞慚，連忙縮身進去。王九媽便陪著四媽到前樓坐下。

四媽說：「姪女原來執意不肯，被我左說右說，好不容易一塊硬鐵才熔作了熱汁。妳現在就去替她找個體面的主兒，包管她再不拒絕。那時作妹子的再來賀喜。」

九媽連連稱謝，連忙備飯相待，盡醉而別。

後來西湖上的弟子們，又作了支〈掛枝兒〉曲，單說那劉四媽口嘴厲害：

劉四媽，妳的嘴兒好不厲害！
便是女蘇秦、雌張儀，不信有這大才。
說著長、道著短，全沒些破敗。
就是醉夢中，被妳說得醒。
就是聰明的，被妳說得呆。
好個烈性的姑娘，也被妳說得她心地改。

再說美娘聽了四媽的一席話兒，覺得句句是道理，以後有客求見，便欣然相接，不再拒絕。門限一開，從此賓客如市，捱三頂五，再不得空閒。身價也隨著名聲越來越高，每

一晚白銀十兩，還是你爭我奪。九媽每天銀錢滾滾，好不興頭，美娘一心一意只是想要揀個心滿意足的主兒，一時之間卻哪裡就能遇上。正是：

易得無價寶，難得有情郎。

話分兩頭。再說臨安城清波門裡有個開油店的朱十老，三年前過繼了一個小廝，姓秦名重，也是汴京逃難來的。母親早喪，父親秦良，十三歲的時候，將他賣了，自己到上天竺去做香火。朱十老因為年老無子，妻子又早過世，便把秦重像親生兒子一樣的看待，將他改名為朱重，就叫他在店中學做賣油生意。剛開始的時候，父子兩人坐店買賣，日子過得倒是愜意。誰知不久十老便得了腰痛的病，十眠九坐，勞碌不得，只好另招個夥計，叫做邢權的，來店裡相幫。

光陰似箭，不覺之間，四年就這樣過去了，朱重已是十七歲的少年郎，長得一表人才，人人喜愛。那朱十老家原來有個使女，叫做蘭花，已經二十幾歲了，尚未嫁出。她看著朱重是個可愛的人兒，便想法子要勾搭他。誰知道朱重是個至誠老實的人，偏偏蘭花又生得醜，實在無法叫人看得上眼，因此落花雖有意，流水卻無情，只好吹了。

那蘭花見勾搭朱重不上的，只好另尋主顧，就去勾搭那夥計邢權。邢權是個年將四十

的人，卻沒有老婆，所以一拍就上。兩個人暗地偷情，已不止一次，反怪朱重在他們面前礙手礙腳，便想法要把朱重弄開。兩個裡應外合，使心設計，有一天，蘭花便在十老面前假撇清：「小官人屢次調戲我，好不老實！」

十老以前和蘭花也有過一手，聽她這麼一說，未免便有幾分拈酸吃醋。邢權又將店裡賣下的銀子偷偷藏過，卻對十老說：「朱小官人好不長進，老是在外賭博，櫃子裡的銀子丟了好幾次！都是他偷的。」

開始的時候十老還不信，接連幾次，年老糊塗的人，便沒了主意，就將朱重叫來責罵了一頓。朱重是個聰明的孩子，已知這是邢權和蘭花搞的鬼，想要當場分辯，又怕多惹是非；萬一十老聽不進去，事情反而更糟，於是心生一計，對十老說：「近來店裡的生意清淡了許多，不必要兩個人手，我想就讓邢主管坐店，孩兒挑著擔子出去賣油，賣多賣少，每天清點，等於做了兩重生意。」

十老本來就要答應了，誰知朱重那一番話卻剛好成了邢權的把柄。邢權當下對十老說：「他不是要挑擔出去做生意！我看他是偷夠了銀子，身邊有了積蓄了，又怪你不給他做親，心中怨恨，不願在店裡相幫，想要趁機討個出場，自己去娶老婆，成家立業哩！」

十老早先聽了邢權和蘭花的讒言，已是有氣，當下不辨黑白，恨恨地長嘆一聲：「我把他當作親兒子看待，他竟如此不安好心！皇天不佑，罷！罷！不是親生骨肉，到底黏連

不上。就由他去吧！」

於是拿了三兩銀子，打發朱重出門。冷暖兩季的衣服和被窩，也都叫他拿去——這還是十老看在多年父子情分的一番好處。朱重料想再也不能留下了，便向十老拜了四拜，大哭而別。

朱重出了十老家門，舉目無親，孤零零一個好不淒涼。到眾安橋下租了一間小小房子，放下被窩等物，買了一把鎖將門鎖了，便往長街短巷，訪求生父。原來朱重父親秦良到上天竺做香火的事，並沒讓兒子知道。朱重連找了幾天，都沒消息，沒奈何，只好將找父親的事暫且擱下。

朱重是個老實不過的人，在十老家四年，赤心忠良，並沒一毫私蓄，身上總共只有臨行時十老打發他的三兩銀子，根本就不夠本錢做什麼生意。想來想去，自己又除了油行以外，什麼也不熟。當初出來之前，既曾經說過要做挑油買賣，想來也還是去挑個賣油擔子，才是本等的道路。當下就去置辦了一副油擔子，剩下的銀兩，便當作買油的本錢。城裡的油坊多半和他相識，知道他是個老實的好人，而且一聽說他是被邢權挑撥出來的，看他小小年紀，就要挑擔上街，自謀生理，心中都為他感到不平，有心要扶持他。所以只揀上好的淨油給他，秤斤兩的時候，也多讓些給他。

朱重得了這些便宜，自己轉賣的時候，也放寬些，從不斤斤計較，所以他的油總比

別人的好賣些，每天總有個小小的利頭。而且他又省吃儉用，積下一點錢，除了買些日用傢伙和衣物之類，從不浪費，日子倒還過得穩當。只是心中一件事未了，牽掛著父親的下落，想著：「一向人家都只道我叫朱重，誰知道我姓秦？如果父親要找我的話，又從何問起？」因此便想到應當復歸本姓。一個賣油的要復姓，倒是簡單的事。不必像官宦人家，還要奏過朝廷，有種種複雜的手續。他只把盛油的桶子，一面大大的寫個秦字，一面寫汴梁兩字，就算完成了。從此，臨安市上的人都叫他為秦賣油。

是二月初的時候，秦重聽說昭慶寺的僧人要做九天九夜的大功德，他想，這時候寺裡的用油一定要很多，便挑了油擔到寺中來賣。那些和尚們早就聽說過有個秦賣油，他的油比別人的好，價錢又公道，因此便只買他的油。一連九天，秦重便只在昭慶寺走動。正是：

刻薄不賺錢，忠厚不折本。

這最後一天，是個天氣晴朗的日子，遊人往來如織。秦重到寺裡賣了油，挑著空擔子走出寺來，繞河而行，遙望十景塘，一片桃紅柳綠。湖內畫船簫鼓，往來遊玩，好一派繁華景象。秦重走了一回，覺得身子困倦，便轉到昭慶寺右邊，找了一個空地，將擔兒放下，坐在一塊石頭上歇腳。剛好就在左近，有一戶人家，面湖而居，金漆的籬門，裡面的朱欄

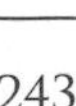

內栽著一叢細竹，門面很是清整雅致。一會兒只見裡面走出來三四個戴方巾的官家子弟，另外一個女娘，在後面相送。到了門前，兩下把手一拱，那女娘就轉身進去了。

秦重把那女的看了個仔細，但見她容顏嬌麗，體態輕盈，實實是有生以來所未見過的標致女子。當下整整呆了半晌，整個身子都酥麻了。他原本是個老實的少年郎，從來就不知道風花雪月、燈紅柳綠的這樁事兒。正在那兒疑惑，不知道這是什麼一個人家，忽然從門內又走出個中年的婦人，和一個小小的丫鬟，在那兒倚門閒看。那婦人一眼瞧見了油擔子，便叫道：「啊呀，剛想要去買油，正好有油擔子在這裡，就向他買好了。」那丫鬟便進去取了油瓶出來，走到油擔子邊，叫聲：「賣油的！」

秦重這才警覺過來，說：「油賣完了，媽媽要用油時，我明天送來。」

那丫鬟也認得幾個字，看見油桶上寫個秦字，就對那婦人說：「那賣油的姓秦。」那婦人也常聽人說有個秦賣油，做生意很是忠厚，便對秦重說：「如果你肯挑到這裡來賣，我家每天要用的油，就都向你買。」

秦重說：「從明天起，我就挑過來。」

那婦人和丫鬟進去了，秦重心裡想道：「這媽媽不知是剛才那女娘的什麼人？我每天到她家賣油，別說賺她的錢，能夠看那女娘一回，倒是真的一樁妙事。」

正要挑著擔子起身，只見兩個轎夫抬著一頂青絹幔的轎子，後邊跟著兩個小廝，飛也

似地跟來。到了那婦人家門口，歇下轎子，那小廝走進裡面去了。秦重心中納悶：「好奇怪！看他接什麼人？」

一會兒，只見兩個丫鬟，一個捧著猩紅的氈包，一個拿著湘妃竹攢花的拜匣，交給轎夫，放在轎座下面。那兩個小廝手中，一個抱著琴囊，一個捧著幾卷手卷，腕上掛著一枚碧玉簫，跟著剛才送客的女娘出來。女娘上了轎，轎夫抬著，往原路去了。丫鬟、小廝跟在轎後步行。

秦重又一次將那女娘看了個仔細，當真是美豔無比，難以形容。一時心神恍恍惚惚的，怔了好一回，才挑起油擔子，迷迷惑惑地走了。剛走了幾步，抬頭看見臨河一個酒館，遲疑了一下，便放下擔子走了進去。

秦重平常是不喝酒的，可不知怎麼來著，今天一見了這女娘，心裡就老是怪怪的，定不下來。說興奮好像也是興奮，說氣悶又好像有點氣悶。進到酒館，揀個小座頭坐了。

酒保問道：「客人還是請客？還是獨酌？」

秦重說：「我獨飲三杯，有上好的酒拿來，時新的果子來一兩碟，不用葷菜。」

秦重看著酒保替他斟酒，這也是他從來沒有過的經驗，兩眼傻傻地望著酒保！酒保問：「客人還要什麼？」

秦重說：「喔……不要什麼了。請問，那邊金漆籬門內是什麼人家？」

酒保說：「以前是齊衙內的花園，現在是王九媽一家住著。」

秦重說：「王九媽是什麼人？剛才看見有個漂亮的小娘子上轎，是她的什麼人？」

酒保笑著說：「王九媽是個有名的老鴇，那個小娘子便是她手下最出色、最有名的粉頭，叫做王美娘，大家都叫她『花魁娘子』。客人既然有興，我就給你說個詳細。她原來是汴京人，因逃難流落在此。不僅人長得標致，琴棋書畫，吹彈歌舞，更是件件皆精。來往的都是大頭兒，宿一夜，要十兩放光哩！可知不是大有來頭的，要近她的身也還不是一件容易的事。當初她們住在湧金門外，因為樓房狹窄，齊舍人和她頗有交情，半年前，便把這個花園借給她們住。」

秦重聽酒保如數家珍地說了一大堆，心上七旋八轉的，分不出是什麼滋味兒。悶悶地吃了幾杯，還了酒錢，挑著擔子，一路走，一路思潮起伏，心中老是那個小娘子的影兒。「世間怎麼會有這麼美的女孩子？既然這麼美，為什麼偏偏又在娼家？不是太可惜了嗎？」「我想的是什麼啊！如果不是流落娼家，她這麼一個絕色的美人兒，又怎麼會讓我一個賣油的有瞧見的機會？」「她是汴京人，我也是汴京人，她做娼，我賣油……唉，又想哪裡去了！」想著想著，腳下蹴起一顆石子，將那石子踢得老遠。

心中仍是那小娘子美豔的影子，這下子，覺得越發的清晰。「人生一世，草生一秋，難道我賣油的就不是人？這麼美的女子，怎麼會有這麼美的女子！如果……如果能夠摟抱

著睡一夜，大概死也甘心了！」「呸！我整天挑這油擔子，再賺也是幾文錢，怎會想到這上頭？這不是癩蝦蟆想吃天鵝肉，想入非非了嗎？白銀十兩，那酒保說，宿一夜要十兩放光……」「她相交的想必都是王孫公子，我賣油的就算有了銀子，大概她也不肯接。」「聽說做老鴇的就是死要錢，如果有了銀子，就是個乞丐，她也會要的。老鴇要她接客，她會不接嗎？我是個做生意的！清清白白，有了銀子，怕她不接？只是哪裡來這許多銀子？」

一路上胡思亂想，心緒不得安寧。走著走著，又將一塊石子踢得老高，撲的一聲，掉到路旁的河裡。他終於下定決心，無論如何，要想法去親近那小娘子一次。「從明天開始，每天將本錢和費用扣除，剩下的就積攢上去。一天如果能積一分，一年就有三兩六錢，只要三年，這事便成了。如果一天能積二分，只要年半。再多些，一年也差不多了。」「自古道，有志者事竟成，我賣油的總也是個人，為什麼就不能……」

你說，一個挑擔子做小買賣的，連個家業都沒有，本錢總共只有三兩，卻想要拿十兩銀子去一夜風流，這到底為的什麼，恐怕就連他自己也說不清楚吧！

不知不覺，已是走到家裡。開門進去，看著蕭條四壁，孤零零的舊硬板床，慘然無歡，連晚飯也不吃，就往床上一躺，躺在床上，翻來翻去，卻哪裡睡得著，眼前就只是美娘的影子。

只因花容月貌，引起心猿意馬。

捱到天明，爬起來，胡亂吃了早飯，就裝了油擔，鎖了門，匆匆往王九媽家跑。一到她家，卻不敢進去。伸著頭，往裡面張望。這時王九媽才剛起床，還蓬著頭，正叫人去買菜，秦重認得她的聲音，叫聲：「王媽媽。」九媽往外一看，見是秦賣油，笑道：「好忠厚人，果然不失信。」便叫他把擔子挑進來，秤了一瓶，約有五斤多重，公道還錢，秦重並不爭論，九媽很是歡喜，說：「這瓶油只夠我家兩天用，以後每隔一日，你就送來，我不到別處買了。」

秦重答應，便挑著擔子出來，只是不曾看見花魁娘子，心裡悵悵的，若有所失。「反正已經扳下了這個主顧，少不得一次不見二次見，二次不見三次見，終會有見著的時候。」「不過，要是每次特為她們一家挑這許多路來，也是冤枉。昭慶寺是順路，難道他們平常不做功德就不用油？如果能夠扳得寺裡各房頭也做個主顧，以後只要走錢塘門這一路，一擔油也就可以出脫了。」

想著，便挑到寺裡來。原來寺裡各房和尚用過他的油，都覺得他的油好，價錢又公道，正想著以後都買他的油用。看見他來了，多少不等，個個買他的油。秦重同樣的和各房約定，也是隔一日便送油來。這一天是雙日，從此以後，遇單日便到別地方做買賣，遇雙日，就走錢塘門這一路。

每當雙日的時候，秦重一出錢塘門，就先到王九媽家，以賣油為名，重要的還是要看花魁娘子。有時候見得著，有時候見不著。見不到時，費了一場相思；見到了時，也只是添了一層相思。正是：

天長地久有時盡，此恨此情無盡期。

時光迅速，轉眼一年過去了。秦重每天三分二分的，日積月累，小塊換大塊，零星湊集，終於有了一包不多不少的銀子。這一天是個單日，又遇上大雨，不出去做買賣，看了這一大包銀子，心中也自歡喜，「趁今天空閒，拿去上一上天平，看是多少？」便打個油傘，拿著那包銀子，走到對面銀鋪裡，要借天平兌銀。那銀匠看他一個小油擔子也要借天平秤銀子，覺得有點好笑：「賣油的能有多少銀子，要架天平？」

秦重把銀包解開，一大堆散碎銀兩。銀匠見了許多銀子，別是一番面目，想道：「人不可貌相，海水不可斗量。」慌忙架起天平，搬出大大小小許多法碼。秦重將整包銀子兌上去，一釐不多，一釐不少，剛好是一十六兩，上秤便是一斤。秦重心下想道：「扣掉三兩本錢，剩下的拿到那兒用，也還有多的。」又想道：「這樣散碎銀子，怎麼好出手？拿出來也被人看低了。就在這兒把它傾成錠兒，還覺冠冕。」

當下兌足了十兩，傾成一個足色大錠；再把一兩八錢，傾成一個水絲小錠。剩下的四兩二錢，拈了一小塊，還了工錢。然後拿了幾錢銀子，到市裡買了新鞋新襪，又新摺了一頂萬字頭巾。回到家中，把衣服漿洗得乾乾淨淨，買幾根安息香，薰了又薰，揀個晴朗的日子，一大早便打扮起來。俗話說：「佛要金裝，人要衣裝。」這一打扮，果然有一番新氣象。正是：

雖非富貴豪華客，也是風流好後生。

秦重打扮得齊齊整整，袖了銀兩，興沖沖地便往王九媽家來。可是一到了她家門口，卻又傻住了，心中忐忑不安，惶惶惑惑，不知如何是好？「平常挑了擔子到她家賣油，今天忽然來做嫖客，這該怎麼說？」正在那兒進也不是、退也不是，只聽得「呀」的一聲門響，王九媽走了出來，一看秦重那身打扮，便說：「秦小官，今天怎麼不做生意？打扮得這樣齊整，往哪兒貴幹？」

秦重給她這麼一問，臉上一陣紅、一陣白，一下子不知如何作答，只好老著臉皮，上前深深的作了一揖，王九媽覺著幾分奇怪，不免也還了一禮。

秦重這才說：「小可並無別事，特地來拜望媽媽。」

王九媽是個老世故、老積年，見秦重如此裝扮，又說特來拜望，見貌辨色，早就了然於胸：「一定是看上我家哪個丫頭，要風流了。雖然不是個大財主菩薩，『搭在籃裡便是菜，捉在籃裡便是蟹』，賺他錢把銀子買葱菜也是好的。」便堆下滿臉的笑來說：「秦小官拜望老身，必有好處。」

秦重說：「小可有句不識進退的話，只是不好開口。」

九媽說：「但說何妨！且請到裡面客廳裡細講。」

秦重為著賣油，雖然到過九媽家已不下百次，但是，這客廳裡的交椅，卻還不曾與他的屁股做個相識，直到今天才真正的會了面。兩人分賓主坐下，九媽即叫裡面泡茶。一會兒，丫鬟捧出茶來，一看是秦賣油，不知為什麼，打扮得齊齊整整，和平常不大相同，媽媽又像接待恩客一般的相待，低了頭，格格的只管笑。九媽看見了，喝道：「什麼好笑！對客完全沒些規矩！」

丫鬟止住笑，收了茶盤進去，九媽才開口問道：「秦小官，有什麼話要對老身說？」

秦重訥訥的說：「沒別的事，要在媽媽宅上請一位姐姐吃杯酒兒。」

九媽說：「難道單吃寡酒？一定是要風流了。我看你是個老實人，什麼時候動了這風流興頭？」

秦重說：「小可的積誠，已不只一日。」

九媽說：「我家這幾個丫頭，你都認得的，不知你中意哪一位？」

秦重漲紅了臉，單刀直入的說了出來：「別個都不要，單單要與花魁娘子相處一宵。」

九媽一聽，以為秦重和她說要取笑，當下變了臉道：「你說話也太過分了點，不是開玩笑吧！」秦重說：「小可是個老實人，怎麼會是開玩笑？」

九媽說：「就是糞桶也有兩個耳朵，你難道不曉得我家美兒的身價，倒了你賣油的灶，還不夠歇半夜的錢哩！我看不如還是將就點，其他的揀一個吧！」

秦重把頭一縮，舌頭一伸：「這麼厲害！不敢動問，你家花魁娘子一夜歇錢要幾千兩？」

九媽以為他真的是在開玩笑，便不再生氣，笑著說：「哪裡就要那麼多，只要十兩足色紋銀，其他東道雜費，不在其內。」

秦重笑著說：「原來如此，也不是什麼大不了的事。」便從袖中摸出那禿禿的一大錠放光細絲銀子，遞給九媽，說：「這一錠十兩重，足色足數，請媽媽收著。」又摸出一小錠來說：「這一小錠重有二兩，相煩為我備個小東。望媽媽千萬作成小可這件好事。生死不忘，以後另外再有孝順。」

九媽見了這錠大銀，便如蒼蠅見了蜜糖，早已黏著不放。可是又怕他是一時高興，以後若沒了本錢，懊悔走來，終不是一件好玩的事。為保萬無一失，便說：「這十兩銀子不是個小數目，你做小買賣的人積攢不易，我看你還是要三思而後行。」

秦重說：「小可早就立定主意，不煩妳老人家費心。」

九媽把這兩錠銀子收在袖中，說：「好便好了，可是還有許多煩難的事兒哩！」

秦重說：「媽媽是一家之主，會有什麼煩難的事兒？」

九媽說：「我家美兒，往來的都是王孫公子，富室豪家，可以說是『談笑有鴻儒，往來無白丁』，她當然認得你是賣油的秦小官，怎麼肯接你？」

秦重說：「一切但憑媽媽委曲婉轉，若能成全小可一樁好事，大恩不敢有忘。」

九媽見他十分堅心，眉頭一皺，計上心來，扯開笑口說：「老身替你好好地安排安排，成與不成，就看你自己的緣法了。做得成不要喜，做不成不要怪。美兒昨天到李學士家陪酒，到現在還沒回來。今天是黃衙內約她遊湖，明天是張山人一班清客邀她做詩社，後天是韓尚書的公子幾天前就送下的東道在這裡。你大後天來看看。還有句話對你說，這幾天你暫時不要到我家來賣油，預先留下個體面。另外說一句不中聽的話，你穿著一身布衣布裳，不像上等的客人，再來時，換件紬（ㄔㄡˊ chóu）緞衣服，讓這些丫頭認不出你是秦小官，老身也好替你裝謊。」

秦重說：「小可一一聽媽媽吩咐。」說罷，作別出門。

回家之後，便打定這三天都不去賣油，拿了剩下的碎銀子，到當鋪裡買了一件現成的半新不舊的紬衣，穿在身上，每天到街坊閒走，演習斯文模樣。正是：

未識花院行藏，先習孔門規矩。

到了第四天，起個清早，便到王九媽家去。誰知去得太早，門還沒開，只好轉到十景塘去走了一圈，再走回來時，門已開了，卻看到門前停著轎馬，門內有許多僕從在那兒閒坐。秦重雖然老實，卻是個乖巧的人，且不進門，悄悄地招那馬夫問道：「這轎馬是誰家的？」

馬夫說：「韓府來接公子的。」

秦重已知是韓公子昨晚上在這兒留宿，還沒走。便走轉身，找一家飯店坐了一會，才又回到王家探信。這時，門前的轎馬已經走了，王九媽迎著便說：「真對不起，今天又沒有時間了。剛剛韓公子拉她去東莊賞早梅。他是個常客，老身不好得罪。聽他們說，明天還要到靈隱寺訪個棋師賭棋哩。齊衙內又來約過兩三次了，他是我家房東，也是辭不得的。他一來，就是三五天地住著，連老身也定不了日子。秦小官，你若真的要，只好耐心再等幾天。不然的話，所賜銀兩，原封奉還，分毫不動。」

秦重說：「就怕媽媽不作成，如果能夠成就，就是一萬年，小可也等得。」

九媽說：「既是這樣，老身便好安排。」

秦重剛要起身作別，九媽又說：「秦小官人，老身還有句話。你下次來探消息，不要太早了，大概黃昏前後剛好。有客沒客，老身給你個實在的消息。能晚些來總是比較好。這是老身的妙用，千萬不要錯怪了。」

秦重連聲說：「不敢，不敢。」

秦重已經好幾天沒做買賣。第二天整理了油擔，挑到別處做生意，不走錢塘門一路。每天生意做完，傍晚的時候，就打扮齊整，到九媽家來探消息。總是不巧，又空走了一個多月。

那一天是十二月十五日，剛下完大雪，西風一吹，積雪成冰，好不寒冷。還好地下乾燥，秦重做了大半天生意，如前裝扮，又到九媽家來探消息。九媽笑容可掬，迎著說：「今天是你造化，已有九分九釐了。」

秦重說：「這一釐是欠著什麼？」

九媽說：「這一釐嗎……正主兒不在家。」

秦重說：「不在家？那不又空跑一趟了？她會回來嗎？」

九媽說：「是要回來的。今天是俞太尉請去賞雪，筵席就備在湖船內。俞太尉是七十

歲的老人家，那檔子事已是沒分。本來說黃昏就要送她回來，我看也快了。你且到新人房裡吃杯酒，慢慢地等她。」

秦重說：「煩媽媽引路。」九媽引著秦重，彎彎曲曲，走過許多房頭，到了一個地方。不是樓房，卻是平屋三間，很是寬敞。左一間是丫鬟的空房，右一間是花魁娘子的臥室，門鎖得緊緊的。兩旁又有耳房，中間客座上面，掛一幅名人山水。香几上博山古銅爐，燒著龍涎香餅。兩旁書桌，擺設些古玩，壁上貼許多詩稿。秦重自愧不是文人，不敢細看，心下想著：「外房如此整齊，內室的鋪陳，必然華麗。今晚儘我受用，十兩一夜也不算多。」

九媽讓秦重坐在客位，自己主位相陪。不一會兒，丫鬟掌燈過來，擺下一張八仙桌兒，六碗時新果子，幾盤美味佳餚。美酒未曾到口，已覺香氣撲人。九媽舉杯相勸：「今天眾小女都有客，只好老身自己相陪，請開懷暢飲幾杯。」

秦重酒量本就不好，更兼正事未辦，不敢多喝，只吃了半杯，便推故不飲。

九媽說：「秦小官，想必餓了，且用些飯再吃酒。」

丫鬟捧著雪花花白米飯，放在秦重面前。九媽酒量好，不用飯，以酒相陪。秦重吃了一碗就放下筷子，九媽說：「夜長哩！請再用些。」

秦重又添了半碗。丫鬟提個行燈來，說：「浴湯熱了，請客官洗浴。」

秦重原是洗過澡來的，不敢推託，只得又到香堂，肥皂香湯，又洗了一遍，重復穿衣入座。這時天色已暗，昭慶寺的鐘都撞過了，美娘卻尚沒回來。正是：

玉人何處貪歡耍？等得情郎望眼穿。

常言道：「等人心急。」秦重不見美娘回家，好生氣悶，卻被九媽夾七夾八，說些風話勸酒。要走也不是，要坐又難挨。整整又等了一個更次，只聽外面熱鬧鬧的，原來是美娘回來了。丫頭先來報知，九媽連忙起身出迎，秦重也離座而立，只見美娘吃得大醉，侍女扶了進來。到了門前，醉眼朦朧，看見房中燈燭輝煌，杯盤狼藉，立住腳，問道：「誰在這裡吃酒？」

九媽說：「我兒，就是我以前告訴妳的那秦小官人。他心中慕妳已久，不時的送禮過來。因妳不得工夫，耽擱他一個多月了。今天妳幸而有空，做娘的留他在此伴妳。」

美娘說：「臨安城中並沒聽說過有什麼秦小官人，我不接他。」轉身便走。

九媽即忙攔住：「他是個摯誠的好人，娘絕不會誤妳的。」

美娘只好轉身，才跨進房門，抬頭一看，那人有些面熟，一時醉了，急切叫不出來，便說：「娘，這個人我認得的，不是有名稱的子弟，接了他，被人笑話！」

九媽說：「我兒，這是湧金門內開緞鋪的小官人。當初我們住在湧金門時，大概妳也曾見過，所以面熟。做娘的見他來意至誠，已經答應了他，不好失信。妳看做娘的面上，胡亂留他一晚。做娘的若有不是，明天給妳賠禮。」一面說，一面將美娘推了進去。美娘拗九媽不過，又且醉了，腳步不穩，便進了房裡。正是：

> 千般難出虔婆口，萬般難脫虔婆手。
> 饒君縱有千萬般，不如跟著虔婆走。

九媽的話，秦重當然句句聽在肚裡，只好佯作不聞。美娘萬福過了，坐在側首，仔細看著秦重，好生疑惑。心中甚是氣悶，只好一句不吭。叫丫鬟拿熱酒來，斟了一大杯，九媽以為她要敬客，卻自己一飲而盡。九媽說：「我兒，妳醉了，少吃些。」

美兒哪裡依她，說：「我不醉！」一連吃了十幾杯。這是酒後之酒，醉中之醉，自覺頭昏腦脹，立腳不住，叫丫鬟開了臥房，點上燈，也不卸頭，也不解帶，跴（ㄘㄞˇ cǎi）脫了繡鞋，便和衣上床，倒身而臥。九媽見她如此做作，很覺得過意不去，對秦重說：「小女平日嬌養慣了，專會使性。今天她心中不知為了什麼，有些不自在。這卻完全不干你事，休得見怪。」

秦重說：「說哪裡話，這不妨事的。」

九媽又勸了秦重幾杯酒，然後送入臥房，附耳低聲說：「那人醉了，放溫存些。」又對美娘叫道：「我兒，起來脫了衣服，好好地睡。」

美娘已在夢中，哪裡聽得。丫鬟收拾了杯盤桌椅，叫聲：「秦小官人，歇息吧！」

秦重說：「有熱茶要一壺。」

丫鬟泡了一壺濃茶，送進房裡，帶轉房門，自去耳房中安歇了。

秦重轉身看美娘時，面對裡床，睡得正熱，把錦被壓在身下。秦重想著，酒醉的人，必然怕冷，又不敢驚醒她。忽見欄杆上放著另一床被子，輕輕地取下，蓋在美娘身上，把燈挑得亮亮的，取了熱茶，脫鞋上床，捱在美娘身邊。左手將茶壺抱在懷中，右手搭在美娘身上，眼也不敢閉一閉。正是：

未曾握雨攜雲，也曾偎香倚玉。

美娘睡到半夜醒來，覺得不勝酒力，胸中翻騰不已。爬起來，坐在被窩中，垂著頭，只管打乾噎。秦重慌忙也坐起來，知道她要吐，便放下茶壺，用手按撫她的脊背。一會兒，美娘喉間忍不住了，說時遲、那時快，放開喉嚨便吐。秦重怕汙了被窩，忙把自己長袍的

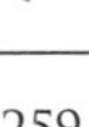

袖子張開，罩在她嘴上。美娘不知所以，盡情一嘔，嘔過了，還閉著眼，討茶漱口。秦重下床，將袍子輕輕脫下，放在地上。摸茶壺還是暖的，便倒了一杯香噴噴的濃茶，遞給美娘。美娘連吃了二杯，仍舊倒下，向裡睡去了。秦重將放在地下的一袖骯髒，重重裹著，放到床側，依然上床擁抱如初。

美娘這一睡，直到天明方醒。覆身轉來，見旁邊睡著一人，問道：「你是誰？」

秦重答道；「小可姓秦。」

美娘想起昨晚的事，卻恍恍惚惚，記不大清楚，便說：「我昨晚醉得厲害？」

秦重說：「也沒怎麼醉。」

又問：「可曾吐嗎？」

秦重說：「沒有。」

美娘說：「這樣還好。」

又想一想，覺得不大對：「我記得曾吐過的。又記得曾吃過茶來，難道作夢不成？」

秦重這才說道：「是曾吐過一些。小可見娘子多吃了幾杯，也防著要吐，便把茶壺暖在懷裡；娘子果然吐後討茶，小可斟上，蒙小娘子不棄，飲了兩杯。」

美娘大驚：「髒巴巴的，吐在哪裡？」

秦重說：「小可怕小娘子汙了被褥，把袖子盛了。」

美娘說：「如今在哪裡？」

秦重指著說：「連衣服裹著，藏過在那裡。」

美娘說：「真對不起，弄髒了你的衣服。」

秦重說：「這是小可的衣服有幸，得沾小娘子的餘瀝。」

美娘聽他這麼一說，心下想道：「有這般溫柔識趣的人！」心裡已是有幾分感激。

這時天色大明，美娘起身下床小解，看著秦重，猛然想起是秦賣油，便問道：「你實在對我說，你是什麼人？為什麼昨天晚上在這兒？」

秦重說：「承花魁娘子下問，小可怎敢妄言。小可實是常來宅上賣油的秦重。」於是便將第一次看見她送客以來的種種想慕之情，以及如何積攢銀兩以求親近的事，細細地說了一遍。「夜來得親近小娘子一夜，三生有幸，心滿意足。」

美娘認出他是秦賣油的時候，心中多少原有些不像意，聽他一番癡情言語，卻已深深感動；又見他處處溫柔體貼，更生憐惜，便說：「我昨晚酒醉，不曾好好地招待你，你乾折了這許多銀子，不懊悔嗎？」

秦重說：「小娘子是天上神仙，小可服侍惟恐不周，只要不責怪小可唐突，已是心滿意足，怎敢有其他念頭？」

美娘說：「你做小買賣的人，好不容易存了這點銀兩，為什麼不留著家用？這種地方

不是你來的。」

秦重說：「小可是單身過活，並無妻小。」

美娘頓了一頓，說道：「你今天走了，以後還來嗎？」

秦重說：「只這昨宵相親一夜，已足慰平生仰慕，豈敢又作癡想！」

美娘兩眼不住地打量著他，想道：「難得有這麼好的人，又忠厚、又老實，又且知情識趣，隱惡揚善，千百人中也遇不到一個。可惜是個賣油的，如果是衣冠人家子弟，情願委身相隨。」

正在沉吟之際，丫鬟捧著洗臉水進來，又是兩碗薑湯。秦重洗了臉，因昨夜並沒脫下頭巾，不用梳頭。呷了幾口薑湯，便要告別，美娘說：「再坐一下，我還有話說。」

秦重說：「小可仰慕花魁娘子，就是在旁多站一刻也是好的。但做人怎可不自明身分？昨夜來此，已是大膽唐突，若被人家知道了，恐怕有損芳名。還是早些走的好。」

美娘點了一點頭，打發丫鬟出房；忙忙開了化妝箱盒，取出二十兩銀子，送給秦重，說：「昨晚難為了你，這點銀兩權奉為資本，不要對別人提起。」

秦重哪裡肯受，美娘說：「我的銀子來路容易，這一點小意思感謝你夜來的照顧之情，不必太過客氣。如果你本錢短少，以後還有幫你的時候。那件汙穢的衣服，我叫丫鬟洗乾淨了再還你吧！」

秦重說：「粗布粗衣，不煩小娘子費心，小可自會湔（ㄐㄧㄢ jiān）洗。只是所賜不敢領受。」

美娘說：「說哪裡話！」將銀子塞到秦重袖內，推他轉身。秦重料想再難推卻，只好受了，深深作了一揖。捲了脫下的那件骯髒袍子，走出房門。

經過九媽房前，丫鬟看見，叫聲：「媽媽，秦小官去了。」

九媽從房裡叫道：「秦小官，怎麼一大早就走？」

秦重說：「有些小事要做，改天再來拜謝媽媽。」說著，就走了。

美娘見秦重一片誠心，送他走後，竟然有一種恍然若失的感覺。這一天因為害酒，辭了所有客人，在家休息。奇怪的是千萬個公子豪客都不想，倒把秦重這個小賣油整整想了一天。有〈掛枝兒〉曲為證：

俏冤家，須不是串花家的子弟，
你是個做經紀本分人兒，
哪匡你會溫存，能軟款，知心知意。
料你不是個使性的，料你不是個薄情的，
幾番待放下思量也，又不覺思量起。

話分兩頭，再說邢權用計逼走了秦重以後，在朱十老家，再無顧忌，和蘭花打得火熱。十老知道了，著實發作了幾場。兩人便趁著更深人靜的時候，席捲了店中財物，逃之夭夭，走得不知去向。十老臥病在床，到了第二天才知道。只好拜託鄰里寫了失單，尋訪了幾天，全無下落。深悔當初不應當誤聽邢權讒言，逐走了朱重。日久見人心，這時才想起了朱重的種種好處。聽說他現在住在眾安橋下，仍舊挑擔賣油，便想叫他回來，老死也好有個依靠。又怕他記恨在心，叫鄰舍們好生勸他回家：「但記好，莫記惡。」

秦重一聽這消息，當天就收拾了傢伙，搬回十老家裡。父子重見，不禁痛哭了一場。十老將身邊剩下的銀兩，盡數交給了秦重。秦重自己身上又有二十兩本錢，重整店面，一如當初，秦重仍舊坐櫃賣油。因為在朱家，所以復稱朱重，不用秦字。

誰知不上一個月，十老的病情轉重，醫治無效，竟然一命嗚呼。朱重搥胸大哭，殯殮成服，一如自己親父一般。朱家祖墳就在清波門外，朱重舉喪安葬，事事成禮，鄰里莫不稱其厚道。喪事料理完畢，仍舊開店。朱家油鋪原本是老店，生意一向就不錯，雖然被邢權刻薄小氣，弄斷了不少主顧，大家一看到邢權走了，老實的朱小官回來坐店，便又回來照顧，所以生意反而比以前更好。

朱重獨自一個人，生意實在忙不過來，便急著要找個老成的幫手。有一天，一個中人帶了一個五十多歲的人來，朱重一問，是個汴京人，曾開過雜貨鋪，對賣油一事，頗為在行，便留下了他。

這個人不是別人，便是莘善，莘瑤琴的父親。當初南來避難，被官兵衝散了女兒，夫妻兩口，悽悽惶惶，東逃西竄，胡亂地過了幾年。最近局勢稍定，聽說臨安好不興旺，南渡人民大都在那兒安插，誠恐女兒也流落到那兒，才特來尋訪。誰知找了一個多月，全沒消息。身邊的銀兩早已用完，無可奈何，偶然聽見中人說起朱家油鋪要個幫手，便求那中人引薦。朱重聽了莘善一路辛酸，不覺傷感：「既然沒處投奔，你老夫妻兩口便都住到我這兒來，大家就當個鄉親相處，慢慢的再尋訪令嫒消息。」

當下叫莘善去帶了他妻子，收拾了一間空房，讓他們夫妻居住。莘善夫妻兩口也盡心盡力，內外相幫，朱重甚是歡喜。

光陰似箭，不覺一年又過去了。一年來，多有人見朱重年長未娶，家道又好，做人又老實，情願白白把女兒送給他當妻子的。只是朱重因為見過了花魁娘子那等天下的絕色美人，等閒的不看在眼裡，一心只要找個出色的女子，才肯成親，所以一直就耽擱了下來。正是：

曾經滄海難為水，除卻巫山不是雲。

再說美娘在九媽家，表面上雖然朝歡暮樂，內心卻並不快活。儘管你有多大的盛名，落了婊子一行，終究只是有錢人家取樂的對象。美娘雖然有從良之意，卻偏無緣，總遇不上一個真能憐香惜玉的。因此每每有不如意的時候，或是看到子弟們任情使性，吃醋跳槽，或是自己病中醉後，半夜三更，無人疼熱，就不由得想起秦小官的好處來。只恨無緣再會。

卻說臨安城中有個吳八公子，父親現任福州太守。這吳八公子剛從父親任上回來，廣有金銀，平常最喜歡的無過賭錢吃酒、風花雪月。回來之後，聽到了花魁娘子大名，便屢屢差人來約。美娘聽說他氣質不好，不願相接，託故推辭，已不止一次。那吳公子也曾帶著幾個吃閒飯的，親到九媽家幾次，卻都不曾會面。

清明節那天，美娘因為連日遊春困倦，要趁著人家掃墓上墳的時候，好好歇息，一概客人都不見。關了房門，剛要躺下床來，誰知吳八公子領著十幾個狠僕，找上門來了。因為九媽每次回他不在，氣憤不過，在中堂行凶，打爛了許多傢伙，直鬧到美娘房前，只見房門從外鎖著——原來妓家有個回客法兒；小娘躲在房內，把房門反鎖，卻支吾客人，只說不在，那老實的就被他哄過了。吳八是個慣家，這些套子，怎麼瞞得過他？馬上吩咐家人扭斷了鎖，把房門一腳踢開。美娘躲避不及，被公子看見，不由分說，叫兩個家人左

右拉住，從房內直拖了出來，口中兀自亂嚷亂罵。九媽看見勢頭不好，只好躲過。家中大小，躲得沒半個人影。吳家的狠僕牽著美娘，出了王家大門，也不管她弓鞋窄小，拉著她滿街飛跑。吳八公子跟在後面，揚揚得意。一直到西湖口，將美娘推下了湖船，方才放手。

美娘從小受父母鍾愛，後來到了王家也是錦繡中養成，珍寶般供奉，何曾受過這般凌賤？下了船，對著船頭掩面大哭。吳八公子全不放下面皮，氣忿忿的，一把交椅朝外而坐，一面吩咐開船，一面數一數二的發作個不住：「小賤人！小娼根！不受人抬舉！再哭時，就討打了。」

美娘哪裡管他吆喝，還是哭個不停。船到了湖心亭，吳八公子先上去，吩咐家人：「叫那小賤人來陪酒！」

美娘抱住了欄杆，哪裡肯去，只是嚎哭。吳八公子自覺沒趣，自己吃了幾杯淡酒，便叫人收拾下船，自己來扯美娘。美娘急得雙腳亂跳，越哭越大聲。吳八公子大怒，叫狠僕將美娘簪珥扯下。美娘蓬著頭，跑到船頭上，就要投水，被家童們扶住。公子喊著：「妳撒賴，我便怕妳不成？告訴妳，就是真的死了，也只費得我幾兩銀子，沒什麼大不了的事！只是平白送了妳一條性命，也是罪過；妳不要再哭再鬧，我就放妳回去，不難為妳。」

美娘聽說要放她回去，真的就不哭了。吳八公子便叫移船到清波門外，找個僻靜無人

的地方，將美娘繡鞋脫下，連裹腳也扯了下來，然後叫狠僕扶她上岸，罵道：「小賤人，你有本事自走回家，我無法相送。」說罷，將船撐向湖中去了。正是：

焚琴煮鶴從來有，憐香惜玉幾個知？

美娘赤了腳，一對小小金蓮，如兩條玉筍相似，如何走得半步？無端受此折辱，只為身不由己，不禁悲從中來，感慨萬端：「自己才貌兩全，只為命運坎坷，墮落風塵，便受人輕賤。平日結識的許多王孫貴客，急切中又有誰人顧得？無端受了這般凌辱，就是回去，如何做人？倒不如死了乾淨……只是死得不明不白，未免不甘。一向枉自享有盛名，到了這種地步，又有何用？倒不如那村莊婦人，雖然粗衣淡飯，一夫一婦，好不自在，也勝我萬分！這都是劉四媽這個花嘴，哄我落坑墮塹，才落得今天的下場。雖然說自古紅顏多薄命，又有哪個像我這般悽慘的！」

越想越傷心，想到苦處，不禁又放聲大哭。也是因緣湊巧，恰好那天朱重到清波門外朱十老的墳上祭掃，祭掃過了，打發祭物下船，自己步行回家。剛剛從此經過，聽到哭聲。上前一看，雖然蓬頭垢面，那玉貌花容，早在心底鑄了模，怎會不認得？吃了一驚：「花魁娘子，妳怎麼會在這裡？」

美娘聽得聲音廝熟，抬頭一看，不正是自己心心念念的，那知情識趣的秦小官嗎？頓時之間，如見親人，便傾心吐膽，原原委委地訴說了一番。朱重聽了，心中無限憐惜、無限疼痛，淚水竟也撲簌簌地掉了下來。剛好袖中帶得有白綾汗巾一條，約有五尺多長，連忙取出，劈半扯開，拿給美娘裹腳。又親手替她擦乾了淚水，替她挽起了青絲，再三用好話勸解。等美娘止住了哭聲，忙忙去叫了一乘煖轎，請美娘坐了，自己隨後步行，直送到王九媽家。

九媽正四處打探美娘消息，慌做一團，見秦重將她送了回來，分明像給她送還了一顆夜明珠一般，欣喜若狂。並且一向聽得人說，秦重已經承受了朱家的店業，手頭活動體面，已經不比從前，自然更加地刮目相待。又知道女兒今番吃了大苦，全虧了秦重，當下深深拜謝，設酒相待。秦重略飲數杯，見時候已經不早，便要起身作別。美娘哪裡肯讓他走，說：「一向想得你好苦，就是等不得你來，怎麼一見面就要走？今天晚上無論如何就在這裡過夜！」

九媽也來相留，秦重喜出望外，反正店中有莘善夫婦照管，不必費心，便高高興興地留了下來。當天晚上，美娘吹彈歌舞，曲盡平生之技，奉承秦重。秦重好似作了一場遊仙好夢，喜得魄蕩魂銷，手舞足蹈。夜深酒闌，二人相挽就寢，美娘說：「我有句心腹的話要對你說，希望你不要推託。」

秦重說：「小娘子若用得著小可時，就是赴湯蹈火，也在所不辭，怎敢推託？」

美娘說：「我要嫁你！」

秦重原以為她有什麼煩難的大事，誰知竟是「我要嫁你」，不禁笑道：「小娘子就是要嫁一萬個，也還輪不到小可頭上。休得取笑，枉自折了小可的食料。」

想不到美娘卻一板一眼地說：「我說的話是真心實意，怎麼說是取笑？我從十六歲被媽媽灌醉，梳弄了以後，一心便要從良，只是相處的人雖多，卻都是浮華子弟、酒色之徒，但知追歡買笑，那懂憐香惜玉！看來看去，實在只有你是個志誠的君子。自從上次和你見面，一心想的就只有你。聽說你還沒結婚，如果不嫌棄我這煙花賤質，情願終身侍奉，白頭相隨。你如果以為我說的是戲言，再三推託，我只好三尺白羅，死在你的面前，表白我這片誠心。再怎麼說，也總比昨天不明不白地死在那惡人手中來得光明爽快。」說罷，嗚嗚地哭了起來。

秦重實在是意想不到，原來他心目中至高無上的花魁娘子，竟然對自己如此的情深意重。一則以喜，一則以驚，說道：「小娘子，不要再傷感了，小可承小娘子錯愛，等於將天就地，正是求之不得，怎敢推託？只是……是小娘子千金身價，小可家貧力薄，又有什麼辦法？」

美娘說：「如果你真的不嫌棄，贖身之費，不煩操心。不瞞你說，我為了從良一事，

早就預先積攢了些東西，寄頓在外頭。這個一毫不費你心力。」

秦重說：「雖然小娘子可以自己贖身，但是一向住的是高堂大廈，用的是錦衣玉食，在小可家又如何過活？」

美娘說：「布衣蔬食，死而無怨。我並不是那種虛華的人。」

秦重說：「難得小娘子有此心意，只怕媽媽不答應。」

美娘說：「這個我自有道理。」兩個人如此如此，這般這般，滴滴嗒嗒地直說到天明。

原來美娘存心從良已久，早就將積攢下來的一些寶貝，分裝成箱，寄頓在韓尚書的公子、齊太尉的舍人、黃翰林的衙內等幾個相好的人家了。這時，美娘只推說要用，即陸陸續續，一箱一箱取回，暗地裡約好了秦重，將這些箱籠都收藏在他家。然後自己捉個空，乘了轎子，抬到劉四媽家。解鈴原須繫鈴人，來和劉四媽商討從良之事。

劉四媽說：「這事老身前日原說過的，只是妳現在還年輕，不知道妳要從的是哪一個？」

美娘說：「姨娘，你且先不要管我要從的是什麼人。少不得是照著姨娘的話，是個真從良、樂從良、了從良；不是那個不真不假、不了不絕的勾當。只要姨娘肯開口時，不愁媽媽不允。做姪女的別無什麼孝順，這裡有十兩金子，先奉與姨娘，胡亂打些釵子，萬望姨娘在媽媽前做個方便。事成之後，媒禮在外。」

四媽看見閃閃發亮的金子，笑得兩眼兒沒了縫，說道：「自己的姪女，從良又是美事，怎麼好拿妳的東西？既然妳帶來了，我只好暫時收下，就當做替妳收藏好了。這事都包在老身身上。不過，妳可有想到沒有？妳娘一向把妳當作搖錢樹，恐怕不會輕易地放妳出去，千把銀子大概少不了。妳那主兒是肯出手的嗎？我想，也先得老身和他見見，和他講通了才好。」

美娘說：「姨娘，妳就別管這些閒事了，就當作是妳姪女自己贖身好了。」

四媽說：「妳媽媽可曉得妳到我家來？」

美娘說：「不曉得。」

四媽說：「那妳就在我家吃個便飯，等我消息。我先到妳家和妳媽媽講，講得通的話，馬上回來告訴你。」

兩個說過了，劉四媽便雇了轎子，直往王九媽家來。九媽迎了進去，四媽先問起吳八公子的事，九媽前後向她說了一遍。

四媽說：「看來我們行戶人家還是養個半低不高的丫頭好賺錢，又且安穩，不論什麼客人她都接，算起來倒是日日不空的。姪女就是聲名太大了，好似一塊香魚落地，螞蟻兒都要鑽她。雖然熱鬧，卻也不得自在。說好聽點，一夜就有許多銀子，實在也只是個虛

名。那些王孫公子來一趟，動不動總有幾個幫閒，通宵達旦，好不費事。跟隨的人又那麼多，個個都要奉承得他到。稍有不到之處，口裡就出粗，哩嗹囉嗹地罵人，還要暗損妳的傢伙，我們又不好告訴他家主，只在枉生悶氣。還有那些山人墨客、詩社棋社，少不得一個月之內，妳總得應付幾次，好不囉嗦。這些富貴子弟們，一個個妳爭我奪。依了張家，又違了李家。一邊喜，一邊就少不得怪妳了。像吳八公子這一個風波，真是嚇煞人的！萬一有了差錯，豈不連本都送了？官宦人家，難道妳能和他打官司不成？也只好忍氣吞聲了。今天還虧著妳家時運高，太平沒事，一個霹靂就空中過去了。如果有個三長兩短，恐怕就無可收拾了。妹子聽說吳八公子不懷好意，還要來與妳糾纏。姪女又是生成的倔脾氣，不肯奉承人。到時沒完沒了，我倒為妳擔著心哩！」

九媽說：「我也是為了這事，好不擔憂。人家這位八公子，也是個有名有稱的人，又不是什麼下賤之輩，這丫頭就是抵死不肯接他，才會惹出這個事端。當初她小的時候，還聽人教訓，如今有了個虛名，動不動就自作自主了。客人一來，她要接便接，她若不接，就是九牛也別想拉得她轉。」

四媽說：「做小娘的稍有了身分，都是這樣的。」

九媽說：「我現在倒有個想法，如果能夠找個肯出錢的，乾脆就把她賣了，省得整天的擔著鬼胎。不知妳的看法如何？」

四媽說：「這是對的。賣了她一個，就可以討得五六個——如果湊巧機緣來了，說不定還可以討得十來個，又免得為她擔驚受怕，有什麼不好？還猶豫什麼呢？」

九媽說：「這個我也曾經算過。可是，那些有勢有力的，不肯出錢，只會討人便宜。那些肯出幾兩銀子的，女兒又嫌好道歉，說什麼也不肯。妳若是有什麼好主兒，倒是替我做個媒人要緊。如果這丫頭不肯的時候，還要妳幫著說她幾句。這丫頭，做娘的話她偏不聽，就只聽妳的。」

四媽呵呵大笑說：「做妹子的這次來，正是要為姪女作媒。妳要多少銀子，才肯放她出門？」

九媽說：「妹子，妳是明理的人。我們行戶人家，只有賤買，那有賤賣？何況美兒幾年的盛名，臨安城中誰不知她是花魁娘子？難道三百四百就放她走？至少也要千金。」

四媽說：「既有了數目，妹子這就去講，如果對方肯時，妹子即來回覆。若合不著時，就不來了。」

臨行時，又故意問道：「姪女到哪兒去了？」

九媽說：「不要說了，自從那天吃了吳八公子的虧，怕他再來死纏，整天的轎子抬著，各家去分訴。前天到齊太尉家，昨天在黃翰林家，今天又不知到哪家去了？」

四媽說：「有了九阿姐妳老人家做主，也不容姪女不肯。萬一不肯時，做妹子的自會

勸她。只是找來了主顧，九阿妹妳卻不要反悔，讓我下不了臺。」

九媽說：「就這麼說定了，再無變卦的。」

九媽送出門口，四媽搭著轎子走了。正是：

數黑論黃是虔婆，說長話短是虔婆。
若還都像虔婆口，尺水能興萬丈波。

四媽回到家中，對美娘說道：「我和妳媽媽說了，妳媽媽已經答應，只要銀子見面，這事便馬上可辦。」

美娘說：「銀子已都準備好，明天姨娘千萬到我家來玉成其事。不要冷了場，改天又費事。」

四媽說：「既然約定了，老身自然過去。」

美娘別了四媽回家，一字不提。

第二天中午，劉四媽果然來了，九媽問道：「所談的事情怎樣？」

四媽說：「十有八九，就是還沒和姪女說過。」

四媽來到美娘房中，打過了招呼，講了一些話，然後輕聲地說：「妳的主兒到了沒？

那話兒在哪裡？」

美娘指著床頭說：「在這幾隻皮箱裡。」說著，把五六隻皮箱都開了，五十兩銀子一封，搬出十三四封來。又把一些金珠寶玉折價計算，足夠了千金價款。把個劉四媽看得眼中出火，口內流涎，想道：「小小年紀，就有這等計較，不知怎麼就有辦法積下這許多東西？我家那幾個粉頭，同樣的也是接客，連人家的腳跟兒都趕不上。不要說不會賺錢，就是荷包裡有幾文錢，還不是拿去買了瓜子嗑，買了糖兒吃。兩條腳帶破了，還要我做媽的替她買布哩！偏偏人家九阿姐好造化，討了這麼一個會出油水的小娘，替她賺了大把大把的錢鈔不說，臨出門還有這一主大財。」

美娘見四媽沉吟不語，怕她嫌前番謝禮少了，臨時又生刁難，慌忙取出四匹上等的潞紬，兩股金釵，一對鳳頭玉簪，放在桌上，說：「這幾件東西奉與姨娘，作為玉成之敬。」四媽平白又得了許多禮物，歡天喜地的，便走出房來對九媽說：「姪女說她情願自己贖身，一般的身價，並不短少分毫。依妹子看，這倒比外面找來的主兒更好，省得閒漢們從中說合，不但費酒費菜，還要加一加二地謝他。」

九媽聽得說原來是美兒皮箱裡有許多珠寶銀兩，要自己贖身，臉色便有些難看。你說這是為了什麼？原來世間最狠的就只有老鴇。做小娘的無論弄到了什麼東西，總得送到她手裡，她才會快活。如果箱籠內有了什麼私房，給鴇兒知道了，等小娘出了門，鴇兒便撬

開鎖，翻箱倒櫃，取了個空。美娘因為有著盛名，相交的都是大頭兒，替老鴇賺了大筆大筆的錢鈔，性子又有些古怪，九媽不好隨便去惹她，她的臥房也不輕易進去，因此這些箱籠才藏得過。哪裡知道她竟有這許多財寶。

四媽見九媽臉色不對，早就猜著了她的心意，連忙說：「九阿姐，妳不要三心兩意了。這些東西即使是姪女自己積下的，也不是妳應得的錢。如果她要花的話，早也花了。如果她要拿去津貼了她中意的小白臉，妳又哪裡知道？這還都是她乖巧的地方。並且，小娘自己手中如果沒有錢鈔，臨到從良的時候，難道赤身趕她出門？少不得妳還要拿出錢來，替她頭上腳下，收拾個光鮮好看，也才好讓她別人家做人。如今姪女既然自己拿得出這些東西，想來一絲一線，再不費妳的心。這一注銀子，是完完全全釐在妳腰胯裡的。再說她贖了身出去，難道就不是妳女兒了？如果她掙得體面了，歲朝月節，怕她不來孝敬妳？就是嫁了人，她又沒有親爹親娘，妳也還是一個外婆，受用處正多哩！」

只這一番話，說得九媽心中爽然，再無話說。四媽就去搬出銀子，一封封兌過，交付給九媽。又把這些金珠寶玉，一件件估給九媽：「這還都是做妹子的故意折下她些價錢，如果拿去讓別人估時，恐怕還不止這些錢哩！」

九媽雖然也是鴇兒，倒是個老實頭，四媽怎麼說，她就怎麼算。四媽見九媽收了東西，即忙叫王八寫了具結書，交給美娘，從此還了美娘一個自由身。

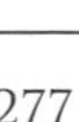

美娘說：「趁姨娘在此，女兒就此拜別了爹媽，到姨娘家住一兩天，然後擇吉從良，不知姨娘可答應否？」

四媽得了美娘許多謝禮，生怕九媽反悔，巴不得美娘早點出了她家門，了卻一樁心事，便說：「這是應當的。」

當下美娘收拾了自己的皮箱、鋪蓋之類，但是九媽家中的東西，一毫不動。收拾好了，隨著四媽出房，拜別了假爹假媽，九媽照例假哭了幾聲。美娘叫人挑了行李，欣然上轎，和四媽一同到劉家去。四媽挪出一間幽靜的房間，安頓了美娘，劉家的眾小娘都來給美娘賀喜。

當晚，朱重差莘善到四媽家討消息，知道美娘已經贖身出來，便選了吉日良時，笙簫鼓樂的到劉家來娶親。劉四媽就做大媒送親。

朱重和花魁娘子，花燭洞房，歡喜無限。正是：

雖然舊事風流，不減新婚佳趣。

第二天，莘善老夫婦請新人相見。相認之下，吃了一驚。各各敘起分散後的情由，至親三口，抱頭大哭了一場。朱重這才知道原來莘善夫婦就是自己的丈人丈母，慌忙請兩老

上坐，夫妻兩人重新拜見。一家骨肉團圓，好不快樂。左右鄰居知道了，無不驚為奇遇。

三朝過後，美娘叫丈夫準備了幾份厚禮，分送到各舊相知家裡，感謝他們寄頓箱籠的一番情義，並告知他們自己從良的消息。這也是美娘做人有始有終的地方。

過了滿月，美娘叫丈夫將原先從黃翰林的衙內等處搬寄過來的箱籠一一打開，箱箱都是黃白之物，吳綾蜀錦，何止百計，總共大約三千餘金。美娘將鑰匙交給丈夫，叫他慢慢地買房置產，整頓家當，把油鋪生意交給丈人莘公管理。不到一年，便掙起一個花錦般的家業，甚有氣象。

不久，朱重到上天竺燒香，又巧遇了失散八年之久，現做香火工人的父親。便將他接回家中，與媳婦相見。兩家團圓，一處歡樂，好不歡喜。從此朱重又復歸本姓，仍叫秦重。

後來，秦公因喜愛清淨，不慣家居，想要到上天竺出家，秦重便在上天竺另造淨室一所，讓父親居住，每十天就和妻子同往問候一次。那秦公活到八十幾歲，才端坐仙化。莘善夫婦也都年登七十，才終老天年。

秦重夫妻後來也白首偕老，生了兩個男孩，都讀書成名。這便是〈賣油郎獨占花魁〉的故事。至今風月場中，凡誇人善於幫襯，都叫他「秦小官」，又叫他「賣油郎」，就是由此而來。有詩為證：

春來處處百花新，蜂蝶紛紛競採春。
堪笑豪家多子弟，風流不及賣油人。

【結語】

本篇選自《醒世恆言》第三卷。這是一篇充滿喜劇氣氛的戀愛小說。故事中男女主角流落異鄉，一者為挑擔賣油的小販，一者為賣笑的娼女，本來就應當是一種悲慘的事情，但是作者為了配合後來大團圓的完滿結局，在行文之中，卻充分地運用了詼諧的語法，使全篇充滿了輕快的氣息，因而也就自然沖淡了那種感傷的調子。本篇可以說是我國小說中不可多得的喜劇作品。它和一般的悲喜劇，一定先是哀哀苦苦，然後才大團圓的俗套，大不相同。所以本書特以選錄。

本篇也是明人所作的擬話本，如果以宋人話本的分類來說，它應當是「傳奇」一類的作品。宋代話本所謂的傳奇和唐人傳奇小說的傳奇有些不同，它是專門指男女愛情故事的一類。

賣油郎的故事後來也成了民間文學一個很流行的主題，清朝李玄玉的傳奇《占花魁》，演述的就是這個故事。

附錄　原典精選

白娘子永鎮雷峰塔（《警世通言》）

山外青山樓外樓，西湖歌舞幾時休？
暖風薰得遊人醉，直把杭州作汴州。

話說西湖景致，山水鮮明。晉朝咸和年間，山水大發，洶湧流入西門。忽然水內有牛一頭，見渾身金色。後水退，其牛隨行至北山，不知去向。鬨動杭州市上之人，皆以為顯化，所以建立一寺，名曰金牛寺。西門即今之湧金門，立一座廟，號金華將軍。當時有一番僧，法名渾壽羅，到此武林郡雲遊，翫其山景，道：「靈鷲山前小峰一座忽然不見，原來飛到此處。」當時人皆不信。

僧言：「我記得靈鷲山前峰嶺喚做靈鷲嶺，這山洞裡有個白猿，看我呼出為驗。」果然呼出白猿來。山前有一亭，今喚做冷泉亭。又有一座孤山，生在西湖中，先曾有林和靖先生在此隱居，使人搬挑泥石，砌成一條走路，東接斷橋，西接棲霞嶺，因此喚作孤山路。又唐時有刺史白樂天築一條路，南至翠屏山，北至西霞嶺，喚做白公堤。不時被山水沖倒，不只一番，用官錢修理。後宋時蘇東坡來做太守，因見有這兩條路被水沖壞，就買木石、起人夫，築得堅固。六橋上朱紅欄杆，堤上栽種桃柳；到春景融和，端的十分好景，堪描入畫，後人因此只喚做蘇公堤。又孤山路畔起造兩條石橋，分開水勢，東邊喚做斷橋，西邊喚做西靈橋。真乃：

隱隱山藏三百寺，依稀雲鎖二高峰。

說話的只說西湖美景，仙人古跡。俺今日且說一個俊俏後生，只因遊玩西湖，遇著兩個婦人，直惹得幾處州城，鬧動了花街柳巷，有分教才人把筆編成一本風流話本。單說那子弟姓甚名誰？遇著甚般樣的婦人？惹出甚般樣事？有詩為證：

清明時節雨紛紛，路上行人欲斷魂。

借問酒家何處有？牧童遙指杏花村。

話說宋高宗南渡，紹興年間，杭州臨安府過軍橋黑珠兒巷內有一個宦家，姓李名仁，現做南廊閣子庫募事官，又與邵太尉管錢糧。家中妻子有一個兄弟許宣，排行小乙，他爹曾開生藥店，自幼父母雙亡，卻在表叔李將仕家生藥鋪做主管，年方二十二歲。那生藥店開在官巷口。

忽一日，許宣在鋪內做買賣，只見一個和尚來到門首，打個問訊，道：「貧僧是保叔塔寺內僧，前日已送饅頭並卷子在宅上，今清明節近，追修祖宗，望小乙官到寺燒香，勿誤。」許宣道：「小子準來。」和尚相別去了。許宣至晚歸姊夫家去。原來許宣無有老小，只在姊姊家住。當晚與姊姊說：「今日保叔塔和尚來請燒箇子，明日要薦祖宗，走一遭了來。」次日早起，買了紙馬、蠟燭、經幡、錢垛一應等項，吃了飯，換了新鞋、襪、衣服，把箇子、錢馬使條袱子包了，逕到官巷口李將仕家來。李將仕見了，問：「許宣，何處去？」許宣道：「我今日要去保叔塔燒箇子，追薦祖宗，乞叔叔容暇一日。」李將仕道：「你去便回。」

許宣離了鋪中，入壽安坊花市街，過井亭橋，往清河街後錢塘門，行石函橋，過放生碑，逕到保叔塔寺。尋見送饅頭的和尚，懺悔過疏頭，燒了箇子，到佛殿上看眾僧念經。

吃齋罷，別了和尚，離寺迤邐閒走。過西寧橋、孤山路、四聖觀來看林和靖墳，到六一泉閒走。不期雲生西北、霧鎖東南，落下微微細雨，漸大起來。正是清明時節，少不得天公應時催花雨下，那陣雨下得綿綿不絕。許宣見腳下濕，脫下了新鞋襪，走出四聖觀來尋船，不見一隻。正沒擺布處，只見一個老兒搖著一隻船過來。許宣暗喜，認時，正是張阿公。叫道：「張阿公，搭我則個！」老兒聽得叫，認時，原來是許小乙，將船搖近岸來，道：「小乙官著了雨，不知要何處上岸？」許宣道：「湧金門上岸。」這老兒扶許宣下船，離了岸，搖近豐樂樓來。

搖不上十數丈水面，只見岸上有人叫道：「公公，搭船則個！」許宣看時，是一個婦人，頭戴孝頭髻，烏雲畔插著些素釵梳，穿一領白絹衫兒，下穿一條細麻布裙。這婦人肩下一個丫鬟，身上穿著青衣服，頭上一雙角髻，戴兩條大紅頭鬚，插著兩件首飾，手中捧著一個包兒，要搭船。

那老張對小乙官道：「因風吹火，用力不多，一發搭了他去。」許宣說：「你便叫他下來。」老兒見說，將船傍了岸邊。那婦人同丫鬟下船，見了許宣，起一點朱脣，露兩行碎玉，向前道一個萬福；許宣慌忙起身答禮。那娘子和丫鬟艙中坐定了，娘子把秋波頻轉，瞧著許宣。

許宣平生是個老實之人，見了此等如花似玉的美婦人，旁邊又是個俊俏美女樣的丫

鬟，也不免動念。那婦人道：「不敢動問官人，高姓尊諱？」許宣答道：「在下姓許，名宣，排行第一。」婦人道：「宅上何處？」許宣道：「寒舍住在過軍橋黑珠兒巷，生藥鋪內做買賣。」

那娘子問了一回，許宣尋思道：「我也問他一問。」起身道：「不敢拜問娘子高姓？潭府何處？」那婦人答道：「奴家是白三班白殿直之妹，嫁了張官人，不幸亡過了，現葬在這雷嶺。為因清明節近，今日帶了丫鬟，往墳上祭掃了方回；不想值雨，若不是搭得官人便船，實是狼狽。」又閒講了一回。

迤邐船搖近岸，只見那婦人道：「奴家一時心忙，不曾帶得盤纏在身邊，萬望官人處借些船錢還了，並不有負。」許宣道：「娘自便不妨，些須船錢，不必計較。」還罷船錢，那雨越不住，許宣晚了上岸。那婦人道：「奴家只在箭橋雙茶坊巷口，若不棄時，可到寒舍拜茶，納還船錢。」許宣道：「小事何消掛懷。天色晚了，改日拜望。」說罷，婦人共丫鬟自去。

許宣入湧金門，從人家屋簷下到三橋街，見一個生藥鋪，正是李將仕兄弟的店。許宣走到鋪前，正見小將仕在門前。小將仕道：「小乙哥，晚了那裡去？」許宣道：「便是去保叔塔燒菴子，著了雨，望借一把傘則個。」將仕見說，叫道：「老陳，把傘來與小乙官去。」

不多時，老陳將一把雨傘撐開，道：「小乙官，這傘是清湖八字橋老實舒家做的八十四骨紫竹柄的好傘，不曾有一些兒破，將去休壞了。仔細！仔細！」許宣道：「不必吩咐。」接了傘，謝了將仕，出羊壩頭來。到後市街巷口，只聽得有人叫道：「小乙官人。」許宣回頭看時，只見沈公井巷口小茶坊屋簷下立著一個婦人，認得正是搭船的白娘子。許宣道：「娘子如何在此？」白娘子道：「便是雨不得住，鞋兒都踏濕了。教青青回家取傘和腳下。又見晚下來，望官人搭幾步則個。」

許宣和白娘子合傘到壩頭，道：「娘子到那裡去？」白娘子道：「過橋投箭橋去。」許宣道：「小娘子，小人自往過軍橋去，路又近了，不若娘子把傘自去，明日小人自來取。」白娘子道：「卻是不當，感謝官人厚意。」許宣沿人家屋簷下冒雨回來，只見姊夫家家人王安拿著釘靴、雨傘來接不著，卻好歸來。到家內吃了飯。當夜思量那婦人，翻來覆去睡不著。夢中共日間見的一般情意相濃，不想金雞叫一聲，卻是南柯一夢，正是：

心猿意馬馳千里，浪蝶狂蜂鬧五更。

到得天明起來，梳洗罷，吃了飯，到鋪中，心忙意亂，做些買賣也沒心想。到午時後，思量道：「不說一謊，如何得這傘來還人。」當時許宣見老將仕坐在櫃上，向將仕說道：

「姊夫叫許宣歸早些，要送人情，請暇半日。」將仕道：「去了，明日早些來。」

許宣唱個喏，逕來箭橋雙茶坊巷口尋問白娘子家裡。問了半日，沒一個認得。正躊躇間，只見白娘子家丫鬟青青從東邊走來，許宣道：「姊姊，你家何處住？討傘則個。」青青道：「官人隨我來。」許宣跟定青青走不多路，道：「只這裡便是。」許宣看時，見一所樓房，門前兩扇大門，中間四扇看街槅子眼，當中掛頂細密朱紅簾子，四下排著十二把黑漆交椅，掛四幅名人山水古畫，對門乃是秀王府牆。那丫鬟轉入簾子內，道：「官人請入裡面坐。」許宣隨步入到裡面，那青青低低悄悄叫道：「娘子，許小乙官人在此。」白娘子裡面應道：「請官人進裡面拜茶。」

許宣心下遲疑，青青三回五次催許宣進去。許宣轉到裡面，只見四扇暗槅子窗，揭起青布幕，一個坐起，桌上放一盆虎鬚菖蒲，兩邊也掛四幅美人，中間掛一幅神像，桌上放一個古銅香爐花瓶。那小娘子向前深深的道一個萬福，道：「夜來多蒙小乙官人應付周全，識荊之初，甚是感激不淺。」許宣道：「些微何足掛齒。」白娘子道：「少坐拜茶。」茶罷又道：「片時薄酒三杯，表意而已。」許宣方欲推辭，青青已自把菜蔬、果品流水排將出來。許宣道：「感謝娘子置酒，不當厚擾。」飲至數杯，許宣起身道：「今日天色將晚，路遠，小子告回。」娘子道：「官人的傘，舍親昨夜轉借去了，再飲幾杯，著人取來。」許宣道：「日晚，小子告回。」娘子道：「再飲一杯。」許宣道：「飲饌好了，多感！多感！」白娘子道：「既是官人要回，這傘相煩明日來取則個。」許宣只得相辭了回家。

至次日，又來店中做些買賣，又推個事故，卻來白娘子家取傘。娘子見來，又備三杯相款。許宣道：「娘子還了小子的傘罷，不必多擾。」那娘子道：「既安排了，略飲一杯。」許宣只得坐下。

那白娘子篩一杯酒遞與許宣，敢啟桃口，露榴子牙，嬌滴滴聲音，帶著滿面春風，告道：「小官人在上，真人面前說不得假話。奴家亡了丈夫，想必和官人有宿世姻緣，一見便蒙錯愛。正是你有心、我有意。煩小乙官人尋一個媒證，與你共成百年姻眷，不枉天生一對，卻不是好？」

許宣聽那婦人說罷，自己尋思：「真個好一段姻緣，若娶得這個渾家，也不枉了。我自十分肯了，只是一件不諧，思量我日間在李將仕家做主管，夜間在姊夫家安歇，雖有些少東西，只好辦身上衣服，如何得錢來娶老小。」自沉吟不答。只見白娘子道：「官人何故不回言語？」

許宣道：「多感過愛！實不相瞞，只為身邊窘迫，不敢從命。」娘子道：「這個容易，我囊中自有餘財，不必掛念。」便叫青青道：「你去取一錠白銀下來。」只見青青手扶欄杆，腳踏胡梯，取下一個包兒來，遞與白娘子，娘子道：「小乙官人，這東西將去使用，

少欠時再來取。」親手遞與許宣。

許宣接得包兒，打開看時，卻是五十兩雪花銀子，藏於袖中，起身告回。青青把傘來還了許宣，許宣接得相別，一逕回家，把銀子藏了，當夜無話。

明日起來，離家到官巷，只把傘還了李將仕。許宣將些碎銀子，買了一只肥好燒鵝、鮮魚、精肉、嫩雞、果品之類，提回家來，又買了一樽酒；吩咐養娘、丫鬟安排整下。那日卻好姊夫李募事在家，飲饌俱已完備，來請姊夫和姊姊吃酒。

李募事卻見許宣請他，倒吃了一驚，道：「今日做甚麼子壞鈔！日常不曾見酒盞兒面，今朝作怪。」三人依次坐定飲酒。酒致數杯，李募事道：「尊舅，沒事教你壞鈔做甚麼？」

許宣道：「多謝姊夫，切莫笑話，輕微何足掛齒。感謝姊夫、姊姊管顧多時，一客不煩二主人：許宣如今年紀長成，恐慮後無人養育，不是了處：今有一頭親事在此說起，望姊夫、姊姊與許宣主張，結果了一生終身也好。」姊夫、姊姊聽得說罷，肚內暗自尋思，道：「許宣日常一毛不拔，今日壞得些錢鈔，便要我替他討老小。」夫妻二人，你我相看，只不回話。吃酒了，許宣自做買賣。過了三兩日，許宣尋思道：「姊姊如何不說起？」

忽一日，見姊姊，問道：「曾向姊夫商量也不曾？」姊姊道：「不曾。」許宣道：「如何不曾商量？」姊姊道：「這個事不比別樣的事，倉卒不得；又見姊夫這幾日面色心焦，我怕他煩惱，不去問他。」許宣道：「姊姊，你如何不上緊？這個有甚難處？你只怕我教姊夫出錢，故此不理。」

許宣便起身到臥房中，開箱取出白娘子的銀來，把與姊姊，道：「不必推故，只要姊夫作主。」姊姊道：「吾弟多時在叔叔家中做主管，積攢得這些私房，可知道要娶老婆。你且去，我安在此。」

卻說李募事歸來，姊姊道：「丈夫，可知小舅要娶老婆，原來自攢得些私房，如今教我倒換些零碎使用，我們只得與他完就這親事則個。」李募事聽得說，道：「原來如此，得他積得些私房也好。拿來我看。」做妻的連忙將出銀子，遞與丈夫。李募事接在手中，翻來覆去看了上面鑿的字號，大叫一聲苦：「不好了，全家是死！」那妻吃了一驚，問道：「丈夫，有甚麼利害之事？」

李募事道：「數日前邵太尉庫內封記鎖押俱不動，又無地穴得入，平空不見了五十錠大銀。見今著落臨安府提捉賊人，十分緊急。沒有頭路得獲，累害了多少人。出榜緝捕，寫著字號、錠數，有人捉獲賊人，銀子者，賞銀五十兩；知而不首及窩藏賊人者，除正犯外，全家發邊遠充軍。這銀子與榜上字號不差，正是邵太尉庫內銀子。即今捉捕十分緊急，正是火到身邊，顧不得親眷，自可去撥。明日事露，實難分說。不管他偷的、借的，

寧可苦他，不要累我。只得將銀子出首，免了一家之害。」老婆見說了，合口不得，目睜口呆。

當時拿了這錠銀子，逕到臨安府出首。那大尹聞知這話，一夜不睡。次日，火速差緝捕使臣何立。何立帶了夥伴並一班眼明手快的公人，逕到官巷口李家生藥店提捉正賊許宣。到得櫃邊，發聲喊，把許宣一條繩子綁縛了，一聲鑼，一聲鼓，解上臨安府來。正值韓大尹陞堂，押過許宣，當廳跪下，喝聲：「打！」

許宣道：「告相公，不必用刑，不知許宣有何罪？」大尹焦躁道：「真贓正賊，有何理說！還說無罪。邵太尉府中不動封鎖，不見了一號大銀五十錠，現有李募事出首，一定這四十九錠也在你處。想不動封皮，不見了銀子，你也是個妖人。不要打！」喝教：「拿些穢血來！」許宣方知是這事，大叫道：「不是妖人，待我分說。」大尹道：「且住，你且說這銀子從何而來。」

許宣將借傘、討傘的上項事，一一細說一遍。大尹道：「白娘子是甚麼樣人？現住何處？」許宣道：「憑他說，是白三班白殿直的親妹子，如今現住箭橋邊雙茶坊巷口，秀王牆對黑樓子高坡兒內住。」那大尹隨即便叫緝捕使臣何立押領許宣，去雙茶坊巷口捉拿本婦前來。

何立等領了鈞旨，一陣做公的逕到雙茶坊巷口秀王府牆對黑樓子前看時，門前四扇

看階，中間兩扇大門，門外避藉陛，坡前卻是垃圾，一條竹子橫夾著。何立等見了這個模樣，倒都呆了。當時就叫捉了鄰人，上首是做花的丘大，下首是做皮匠的孫公。那孫公擺忙的吃他一驚，小腸氣發，跌倒在地。

眾鄰舍都走來，道：「這裡不曾有甚麼白娘子，這屋子五六年前，有一個毛巡檢合家時病死了，青天白日常有鬼出來買東西，無人敢在裡頭住。幾日前，有個瘋子立在門前唱喏。」

何立教眾人解下橫門竹竿，裡面冷清清地，起一陣風，捲出一道腥氣來。眾人都吃了一驚，倒退幾步。許宣看了，則聲不得，一似呆的。做公的數中有一個能膽大，排行第二，姓王，專好酒吃，都叫他做「好酒王二」。王二道：「都跟我來。」發聲喊，一齊開將入去。看時，板壁、坐起、桌凳都有。來到胡梯邊，教王二前行，眾人跟著，一齊上樓，樓上灰塵三寸厚。眾人到房門前，推開房門一望，床上掛著一張帳子，箱籠都有，只見一個如花似玉身著白衣的美貌娘子坐在床上。

眾人看了不敢向前，眾人道：「不知娘子是神是鬼，我等奉臨安府大尹鈞旨，喚你去與許宣執證公事。」那娘子端然不動。好酒王二道：「眾人都不敢向前，怎的是了！你可將一罈酒來，與我吃了，做我不著，捉他去見大尹。」眾人連忙叫兩三個下去，提一罈酒來與王二吃。王二開了罈口，將一罈酒吃盡了，道：「做我不著！」將那空罈望著帳子內打將去，不打萬事皆休，才然打去，只聽得一聲響，卻是晴天裡打一個霹靂，眾人都驚倒了。起來看時，床上不見了那娘子，只見明晃晃一堆銀子。眾人向前看了，道：「好了。」計數四十九錠。眾人道：「我們將銀子去見大尹也罷。」扛了銀子，都到臨安府。

何立將前事稟覆了大尹，大尹道：「定是妖怪了。也罷，鄰人無罪寧家。」差人送五十錠銀子與邵太尉處，開個緣由，一一稟覆過了。許宣照「不應得為而為之事」，理重者決杖，免刺，配牢城營做工，滿日敕放。牢城營乃蘇州府管下，李募事因出首許宣，心上不安，將邵太尉給賞的五十兩銀子，盡數付與小舅作為盤費。李將仕與書二封，一封與押司范院長，一封與吉利橋下開客店的王主人。

許宣痛哭一場，拜別姊夫、姊姊，帶上行枷，兩個防送人押著，離了杭州，到東新橋，下了舵船。不一日，來到蘇州，先把書去見了范院長並王主人。王主人與他在官府上下使了錢，打發兩個公人去蘇州府下了公文，交割了犯人，討了回文，防送人自回。范院長、王主人保領許宣不入牢中，就在王主人門前樓上歇了。許宣心中愁悶，信筆題詩一首：

獨上高樓望故鄉，愁看斜日照紗窗。
平生自是真誠士，誰料相逢妖媚娘。
白白不知歸甚處，青青那識在何方？

拋離骨肉來蘇地，思想家中寸斷腸。

有話即長，無話即短。不覺光陰似箭，日月如梭，又在王主人家住了半年之上。忽遇九月下旬，那王主人正在門前閒立，看街上人來人往，只見遠遠一乘轎子，旁邊一個丫鬟跟著，道：「借問一聲，此間可是王主人家嗎？」王主人連忙起身，道：「此間便是。你尋誰人？」丫鬟道：「我尋臨安府來的許小乙官人。」主人道：「你等一等，我便叫他出來。」這乘轎子便歇在門前。王主人便入去，叫道：「小乙哥，有人尋你。」

許宣聽得，急走出來，同主人到門前看時，正是青青跟著，轎子裡坐著白娘子。許宣見了，連聲叫道：「死冤家！自被你盜了官庫銀子，連累我吃了多少虧，有屈無伸，如今到此地位。又趕來做甚麼？可羞死人！」那白娘子道：「小乙官人，不要怪我，今番特來與你分辯這事件。我且到主人家裡面與你說。」白娘子叫青青取了包裹下轎。許宣道：「你是鬼怪，不許入來！」擋住了門不放他。

那白娘子與主人深深道了個萬福，道：「奴家不相瞞，主人在上，我怎的是鬼怪，衣裳有縫，對日有影。不幸先夫去世，教我如此被人欺負！做下的事是先夫日前所為，非干我事。如今怕你怨暢，我特地來分說明白了，我去也甘心。」主人道：「且教娘子入來，坐了說。」那娘子道：「我和你到裡面，對主人家的媽媽說。」門前看的人自都散了。

許宣入到裡面，對主人家並媽媽道：「我為他偷了官銀子事，如此如此，因此教我吃場官司。如今又趕到此，有何理說？」白娘子道：「先夫留下銀子，我好意把你，我也不知怎的來的。」許宣道：「如何做公的捉你之時，門前都是垃圾？就帳子裡一響，不見了你？」白娘子道：「我聽得人說，你為這銀子捉了去，我怕你說出我來，捉我到官妝幌子，羞人不好看，我無奈何，只得走去華藏寺前姨娘家躲了，使人擔垃圾堆在門前，把銀子安在床上，央鄰舍與我說謊。」

許宣道：「你卻走了去，教我吃官事。」白娘子道：「我將銀子安在床上，只指望要好，那裡曉得有許多事情。我見你配在這裡，我就帶了些盤纏，搭船到這裡尋你。如今分說都明白了，我去也。敢是我和你前生沒有夫妻之分！」那王主人道：「娘子許多路來到這裡，難道就去，且在此間住幾日，卻理會。」青青道：「既是主人家再三勸解，娘子且住兩日。當初也曾許嫁小乙官人。」白娘子隨口便道：「羞殺人！終不成奴家沒人要，只為分別是非而來。」王主人道：「既然當初許嫁小乙哥，卻又回去！且留娘子在此。」打發了轎子。不在話下。

過了數日，白娘子先自奉承好了主人的媽媽，那媽媽勸主人與許宣說合，選定十一月十一日成親，共百年偕老。光陰一瞬，早到吉日良時，白娘子取出銀兩，央王主人辦備喜筵，二人拜堂結親。酒席散後，共入紗櫥，喜得許宣如遇神仙，只恨相見之晚。正好歡

娛，不覺金雞三唱，東方漸白。正是：

歡娛嫌夜短，寂寞恨更長。

自此日為始，夫妻二人如魚似水，終日在王主人家快樂，昏迷纏定。日往月來，又早半年光景。時臨春氣融和，花開如錦，車馬往來，街坊熱鬧。許宣問主人家道：「今日如何人人出去閒遊，如此喧嚷？」主人道：「今日是二月半，男子婦人都去看臥佛；你也好去承天寺裡閒走一遭。」許宣見說，道：「我和妻子說一聲，也去看一看。」許宣上樓來，和白娘子說：「今日二月半，男子、婦人都去看臥佛，我也看一看就來，有人尋說話，回說不在家，不可出來見人。」白娘子道：「有甚好看，只在家中卻不好，看他做什麼！」許宣道：「我去閒耍一遭就回，不妨。」

許宣離了店內，有幾個相識同走，到寺裡看臥佛，繞廊下各處殿上觀看了一遭。方出寺來，見一個先生穿著道袍，頭戴逍遙巾，腰繫黃絲條，腳著熟麻鞋；坐在寺前賣藥，散施符水，許宣立定了看，那先生道：「貧道是終南山道士，到處雲遊，散施符水，救人病患災厄，有事的向前來。」

那先生在人叢中看見許宣頭上一道黑氣，必有妖怪纏他，叫道：「你近來，有一妖怪纏你，其害非輕！我與你二道靈符，救你性命。一道符三更燒，一道符放在自頭髮內。」許宣接了符，納頭便拜。肚內道：「我也八九分疑惑那婦人是妖怪，真個是實。」謝了先生，逕回店中。

至晚，白娘子與青青睡著了，許宣起來道：「料有三更了。」將一道符放在自頭髮內，正欲將一道符燒化，只見白娘子歎一口氣，道：「小乙哥和我許多時夫妻，尚兀自不把我親熱！卻信別人言語，半夜三更燒符來壓鎮我！你且把符來燒看。」就奪過符來，一時燒化，全無動靜。白娘子道：「卻如何說我是妖怪，」許宣道：「不干我事，臥佛寺前一雲遊先生知你是妖怪。」白娘子道：「明日同你去看他一看，如何模樣的先生。」

次日，白娘子清早起來，梳妝罷，戴了釵環，穿上素淨衣服，吩咐青青看管樓上，夫妻二人來到臥佛寺前，只見一簇人團團圍著那先生，在那裡散符水。只見白娘子睜一雙妖眼，到先生面前來喝一聲：「你好無禮！出家人枉在我丈夫面前說我是一個妖怪！書符來捉我。」那先生回言：「我行的是五雷天心正法，凡有妖怪，吃了我的符，他即變出真形來。」那白娘子道：「眾人在此，你且書符來我吃看。」

那先生書一道符，遞與白娘子；白娘子接過符來，便吞下去。眾人都看，沒些動靜，眾人道：「這等一個婦人，如何說是妖怪！」眾人把那先生齊罵，那先生罵得眼睜口呆，半晌無言，惶恐滿面。

白娘子道：「眾位官人在此，他捉我不得，我自小學得個戲術，且把先生試來與眾人看。」只見白娘子口內喃喃的不知念些甚麼，把那先生卻似有人擒的一般，縮做一堆，懸空而起。眾人看了，齊吃一驚。許宣呆了。娘子道：「若不是眾位面上，把這先生吊他一年。」白娘子噴口氣，只見那先生依然放下。只恨爹娘少生兩翼，飛也似走了。眾人都散了，夫妻依舊回來，不在話下。

日逐盤纏都是白娘子將出來用度。正是夫唱婦隨，朝歡暮樂。不覺光陰似箭，又是四月初八日釋迦佛生辰，只見街市上抬著柏亭浴佛，家家布施。許宣對王主人道：「此間與杭州一般。」只見鄰舍邊一個小的叫做鐵頭道：「小乙官人，今日承天寺裡做佛會，你去看一看。」

許宣轉身到裡面，對白娘子說了。白娘子道：「甚麼好看！休去。」許宣道：「去走一遭，散悶則個。」娘子道：「你要去，身上衣服舊了，不好看，我打扮你去。」叫青青取新鮮時樣衣服來。許宣著得不長不短，一似像體裁的，戴一頂黑漆頭巾，腦後一雙白玉環。穿一頂青羅道袍，腳著一雙皂鞋，手中拿一把細巧百摺、描金美人、珊瑚墜、上樣春羅扇，打扮得上下齊整，那娘子吩咐一聲，如鶯聲巧囀，道：「丈夫早早回來，切勿教奴記掛。」

許宣叫了鐵頭相伴，逕到承天寺來看佛會。人人喝采：「好個官人！」只聽得有人

說道：「昨夜周將仕典當庫內不見了四五千貫金珠細軟物件，現今開單告官挨查，沒捉人處。」許宣聽得，不解其意，自同鐵頭在寺。其日燒香官人、子弟、男女等，往往來來，十分熱鬧，許宣道：「娘子教我早回，去罷。」

轉身，人叢中不見了鐵頭，獨自個走出寺門來，只見五六個人似公人打扮，腰裡掛著牌兒，數中一個看了許宣，對眾人道：「此人身上穿的，手中拿的，好似那話兒。」數中一個認得許宣的道：「小乙官，扇子借我一看。」許宣不知是計，將扇遞與公人。那公人道：「你們看，這扇子扇墜與單上開的一般。」眾人喝聲：「拿了！」就把許宣一索子綁了，好似：

數隻皂鵰追紫燕，一群惡虎啖羊羔。

許宣道：「眾人休要錯了，我是無罪之人。」眾公人道：「是不是，且去府前周將仕家分解。他店中失去五千貫金珠、細軟，白玉、縧環、細巧百摺扇、珊瑚墜子，你還說無罪！真贓正賊，有何分說！實是大膽漢子，把我們公人作等閒看成。現今頭上、身上、腳上都是他家物件，公然出外，全無忌憚。」許宣方才呆了，半晌不則聲。許宣道：「原來如此！不妨，不妨。自有人偷得。」眾人道：「你自去蘇州府廳上分說。」

次日，大尹陞廳，押過許宣見了。大尹審問：「盜了周將仕庫內金、珠、寶物在於何處？從實供來，免受刑法拷打。」許宣道：「稟上相公做主，小人穿的衣服物件皆是妻子白娘子的，不知從何而來。望相公明鏡詳辨則個。」大尹喝道：「你妻子今在何處？」許宣道：「現在吉利橋下王主人樓上。」大尹即差緝捕使臣袁子明，押了許宣，火速捉來。

差人袁子明來到王主人店中，主人吃了一驚，連忙問道：「做甚麼？」許宣道：「白娘子在樓上麼？」主人道：「你同鐵頭早去承天寺裡，去不多時，白娘子對我說道：『丈夫去寺中閒耍，教我同青青照管樓上，此時不見回來，我與青青去寺前尋他去。也望乞主人替我照管。』出門去了，到晚不見回來。我只道與你去望親戚，到今日不見回來。」

眾公人要王主人尋白娘子，前前後後，遍尋不見。袁子明將王主人捉了，見大尹回話。大尹道：「白娘子在何處？」王主人細細稟覆了，道：「白娘子是妖怪。」大尹一一問了，道：「且把許宣監了。」王主人使用了些錢，保出在外，伺候歸結。

且說周將仕正在對門茶坊內閒坐，只見家人報道：「金、珠等物都有了，在庫閣頭空箱子內。」周將仕聽了，慌忙回家看時，果然有了，只不見了頭巾、絛環、扇子並扇墜。周將仕道：「明是屈了許宣，平白地害了一個人不好。」暗地裡倒與該房說了，把許宣只問個小罪名。

卻說邵太尉使李募事到蘇州幹事，來王主人家歇，主人家把許宣來到這裡，又吃官司

事，一一從頭說了一遍。李募事尋思道：「看自家面上親情，如何看做落。」只得與他央人情，上下使錢。一日，大尹把許宣一一供招明白，都做在白娘子身上，只做「不合不出首妖怪」等事，杖一百，配三百六十里，押發鎮江府牢城營做工。李募事道：「鎮江去便不妨，我有一個結拜的叔叔，姓李，名克用，在針子橋下開生藥店。我寫一封書，你可去投託他。」許宣只得問姊夫借了些盤纏，拜謝了王主人並姊夫，就買酒飯與兩個公人吃，收拾行李起程。王主人並姊夫送了一程，各自回去了。

且說許宣在路，飢餐渴飲，夜住曉行，不則一日，來到鎮江。先尋李克用家來，到針子橋生藥鋪內。只見主管正在門前賣生藥，老將仕從裡面走出來，兩個公人同許宣慌忙唱個喏，道：「小人是杭州李募事家中人，有書在此。」主管接了，遞與老將仕。老將仕拆開看了，道：「你便是許宣？」許宣道：「小人便是。」李克用教三人吃了飯，吩咐當直的同到府中，下了公文，使用了錢，保領回家；防送人討了回文，自歸蘇州去了。

許宣與當直一同到家中，拜謝了克用，參見了老安人。克用見李募事書，說道許宣原是生藥店中主管，因此留他在店中做買賣，夜間教他去五條巷賣豆腐的王公樓上歇。克用見許宣藥店中十分精細，心中歡喜。

原來藥鋪中有兩個主管：一個張主管，一個趙主管。趙主管一生老實本分，張主管一生尅剝奸詐，倚著自老了，欺侮後輩。見又添了許宣，心中不悅，恐怕退了他，反生奸計，要嫉妬他。

忽一日，李克用來店中閒看，問：「新來的做買賣如何？」張主管聽了，心中道：「中我機謀了。」應道：「好便好了，只有一件。」克用道：「有甚麼一件？」老張道：「他大主買賣肯做，小主兒就打發去了，因此人說他不好。我幾次勸他，不肯依我。」老員外說：「這個容易，我自吩咐他便了，不怕他不依。」

趙主管在旁聽得此言，私對張主管說道：「我們都要和氣，許宣新來，我和你照管他才是。有不是，寧可當面講，如何背後去說他。他得知了，只道我們嫉妬。」老張道：「你們後生家曉得甚麼！」天已晚了，各回下處。

趙主管來許宣下處，道：「張主管在員外面前嫉妬你，你如今要愈加用心，大主、小主兒買賣一般樣做。」許宣道：「多承指教！我和你去閒酌一杯。」二人同到店中，左右坐下，酒保將要飯果碟擺下，二人吃了幾杯，趙主管說：「老員外最性直，受不得觸，你便依隨他生性，耐心做買賣。」許宣道：「多謝老兄厚愛，謝之不盡！」又飲了兩杯，天色晚了，趙主管道：「晚了，路黑難行，明日再會。」許宣還了酒錢，各自散了。

許宣覺道有杯酒醉了，恐怕衝撞了人，從屋簷下回去。正走之間，只見一家樓上推開窗，將熨斗灰播下來，都傾在許宣頭上。立住腳，便罵道：「誰家潑男女不生眼睛，好沒道理！」只見一婦人慌忙走下來，道：「官人休要罵，是奴家不是，一時失誤了。休

怪！」許宣半醉、抬頭一看，兩眼相覷，正是白娘子。許宣怒從心上起，惡向膽邊生，無名火焰騰騰高起三千丈，掩納不住，便罵道：「你這賊賤妖精！連累得我好苦，吃了兩場官事。」恨小非君子，無惡不丈夫。正是：

踏破鐵鞋無覓處，得來全不費工夫。

許宣道：「你如今又到這裡，卻不是妖怪。」趕將入去，把白娘子一把拿住，道：「你要官休、私休？」白娘子陪著笑面，道：「丈夫，一夜夫妻百世恩，和你說來事長。你聽我說：當初這衣服都是我先夫留下的，我與你恩愛深重，教你穿在身上。恩將仇報，反成吳越。」許宣道：「那日我回來尋你，如何不見了？主人家說你同青青來寺前看我，因何又在此間？」

白娘子道：「我到寺前，聽得說你被捉了去，教青青打聽不著，只道你脫身走了，怕來捉我，教青青連忙討了一隻船，到建康府娘舅家去，昨日才到這裡。我也道連累你兩場官事，還有何面目見你！你怪我也無用了，情意相招，做了夫妻，如今好端端，難道走開了！我與你情似泰山、恩同東海、誓同生死。可看日常夫妻之面，取我到下處，和你百年偕老，卻不是好！」

許宣被白娘子一騙，回嗔作喜，沉吟了半晌，被色迷了心膽。流連之意，不回下處，就在白娘子樓上歇了。次日，來上河五條巷王公樓家，對王公說：「我的妻子同丫鬟從蘇州來到這裡。」一一說了，道：「我如今搬回來一處過活。」王公道：「此乃好事，如何用說。」當日把白娘子同青青搬來王公樓上。

次日，點茶請鄰舍。第三日，鄰舍又與許宣接風，酒筵散了，鄰舍各自回去，不在話下。第四日，許宣早起梳洗已罷，對白娘子說：「我去拜謝東西鄰舍，去做買賣去也。你同青青只在樓上照管，切勿出門。」吩咐已了，自到店中做買賣，早去晚回。

不覺光陰迅速，日月如梭，又過一月。忽一日，許宣與白娘子商量，去見主人李員外並媽媽家眷，白娘子道：「你在他家做主管，去參見了他，也好日常走動。」到次日，雇了轎子，逕進裡面，請白娘子上了轎，叫王公挑了盒兒，丫鬟青青跟隨，一路來到李員外家，下了轎子，進到裡面，請員外出來，李克用連忙來見，白娘子深深道個萬福，拜了兩拜，媽媽也拜了兩拜，內眷都參見了。原來李克用年紀雖大，卻專一好色，見了白娘子有傾國之姿，正是：

三魂不附體，七魄在他身。

那員外目不轉睛看白娘子。當時安排酒飯管待，媽媽對員外道：「好個伶俐的娘子，十分容貌，溫柔和氣，本分老成。」員外道：「便是，杭州娘子生得俊俏。」飲酒罷了，白娘子相謝自回，李克用心中思想：「如何得這婦人共宿一宵？」眉頭一簇，計上心來，道：「六月十三是我壽誕之日，不要慌，教這婦人著我一個道兒。」

不覺烏飛兔走，才過端午，又是六月初間，那員外道：「媽媽，十三日是我壽誕，可做一個筵席，請親眷朋友閒耍一日，也是一生的快樂。」當日親眷、鄰友、主管人等都下了請帖，次日，家家戶戶都送燭、麵、手帕物件來。十三日都來赴筵吃了一日。次日，是女眷們來賀壽，也有十來個。且說白娘子也來，十分打扮：上著青織金衫兒，下穿大紅紗裙，戴一頭百巧珠翠金銀首飾。帶了青青，都到裡面，拜了生日，參見了老安人，東閣下排著筵席。原來李克用吃虱子留後腿的人，因見白娘子容貌，設此一計，大排筵席，各各傳杯弄盞。酒至半酣，卻起身脫衣淨手。李員外當下預先吩咐心腹養娘道：「若是白娘子登東，他要淨手，你可另引他到後面僻靜房內去。」李員外設計已定，先自躲在後面。正是：

不勞鑽穴踰牆事，且做偷香竊玉人。

只見白娘子真個要去淨手，養娘便引他到後面一間僻靜房內去，養娘自回。那員外心中淫亂，捉身不住，不敢便走進去，卻在門縫裡張。不張萬事皆休，則一張，那員外大吃一驚，回身便走，來到後邊，望後倒了：

不知一命如何，先覺四肢不舉。

那員外眼中不見如花似玉體態，只見房中蟠著一條吊桶來粗大白蛇，兩眼一似燈盞，放出金光來，驚得半死，回身便走，一絆一跤，眾養娘扶起看時，面青口白。主管慌忙用安魂定魄丹服了，方才醒來。老安人與眾人都來看了，道：「你為何大驚小怪做甚麼？」李員外不說其事，說道：「我今日起得早了，連日又辛苦了些，頭風病發，暈倒了。」扶去房裡睡了。眾親眷再入席，飲了幾杯，酒筵罷散，眾人作謝回家。

白娘子回到家中思想，恐怕明日李員外在鋪中對許宣說出本相來，便生一條計，一頭脫衣服，一頭嘆氣。許宣道：「今日出去吃酒，因何回來嘆氣？」白娘子道：「丈夫，說不得？李員外原來假做生日，其心不善，因見我起身登東，他躲在裡面，欲要姦騙我，扯裙扯褲來調戲我；欲待叫起來，眾人都在那裡，怕裝幌子。被我一推倒地，他怕羞沒意思，假說暈倒了。這惶恐那裡出氣！」

許宣道：「既不曾姦騙你，他是我主人家，出於無奈，只得忍了這遭，休去便了。」白娘子道：「你我與我做主，還要做人！」許宣道：「先前多承姊夫寫書教我投奔他家，虧他不阻，收留在家做主管，如今教我怎的好？」

白娘子道：「男子漢，我被他這般欺負，你還去他家做主管？」許宣道：「你教我何處去安身？做何生理？」白娘子道：「做人家主管也是下賤之事，不如自開一個生藥鋪。」許宣道：「虧你說，只是那討本錢？」白娘子道：「你放心，這個容易，我明日把些銀子，你先去賃了間房子，卻又說話。」

且說今是古，古是今，各處有這等出熱的，間壁有一個人，姓蔣，名和，一生出熱好事。當下許宣問白娘子討了些銀子，教蔣和去鎮江渡口馬頭上賃了一間房子，買下一副生藥櫥櫃，陸續收買生藥，十月前後，俱已完備，選日開張藥店，不去做主管。那李員外也自知惶恐，不去叫他。

許宣自開店來，不匡買賣一日興一日，普得厚利。正在門前賣賣生藥，只見一個和尚，將著一個募緣簿子，道：「小僧是金山寺和尚，如今七月初七日，是英烈龍王生日，伏望官人到寺燒香，布施些香錢。」許宣道：「不必寫名，我有一塊好降香，捨與你拿去燒罷。」即便開櫃取出，遞與和尚。和尚接了，道：「是日望官人來燒香。」打一個問訊去了，白娘子看見，道：「你這殺才，把一塊好香與那賊禿去換酒肉吃。」許宣道：「我一片誠心捨與他，花費了也是他的罪過。」

不覺又是七月初七日，許宣正開得店，只見街上鬧熱，人來人往。幫閒的蔣和道：「小乙官，前日布施了香，今日何不去寺內閒走一遭？」許宣道：「我收拾了，略待略待，和你同去。」蔣和道：「小人當得相伴。」許宣連忙收拾了，進去對白娘子道：「我去金山寺燒香，你可照管家裡則個。」白娘子道：「無事不登三寶殿，去做甚麼？」許宣道：「一者不曾認得金山寺，要去看一看；二者前日布施了，要去燒香。」

白娘子道：「你既要去，我也擋你不得，只要依我三件事。」許宣道：「那三件？」白娘子道：「一件，不要去方丈內去；二件，不要與和尚說話；三件，去了就回。來得遲，我便來尋你也。」許宣道：「這個何妨，都依得。」當時換了新鮮衣服鞋襪，袖了香盒，同蔣和逕到江邊，搭了船，投金山寺來。

先到龍王堂燒了香，遶寺閒走了一遍，同眾人信步來到方丈門前。許宣猛省道：「妻子吩咐我休要進方丈內去。」立住了腳不進去。蔣和道：「不妨事。他自在家中，回去只說不曾去便了。」說罷，走入去看了一回，便出來。且說方丈當中座上坐著一個有德行的和尚，眉清目秀，圓頂方袍，看了模樣的是真僧。一見許宣走過，便叫侍者：「快叫那後生進來。」侍者看了一回，人千人萬，亂滾滾的，又不認得他，回說：「不知他走那邊去了。」和尚見說，持了禪杖，自出方丈來，前後尋不見，復身出寺來看。只見眾人都在那

裡，等風浪靜了落船，那風浪越大了，道：「去不得。」正看之間，只見江心裡一隻船，飛也似來得快。

許宣對蔣和道：「這船，大風浪過不得渡，那隻船如何到來得快？」正說之間，船已將近，看時，一個穿白的婦人、一個穿青的女子來到岸邊。仔細一認，正是白娘子和青青兩個，許宣這一驚非小。

白娘子來到岸邊，叫道：「你如何不歸？快來上船。」許宣卻欲上船，只聽得有人在背後喝道：「業畜！在此做甚麼？」許宣回頭看時，人說道：「法海禪師來了。」禪師道：「業畜，敢再來無禮，殘害生靈！老僧為你特來。」

白娘子見了和尚，搖開船，和青青把船一翻，兩個都翻下水底去了。許宣回身看著和尚便拜：「告尊師，救弟子一條草命！」禪師道：「你如何遇著這婦人？」許宣把前項事情從頭說了一遍，禪師聽罷，道：「這婦人正是妖怪，汝可速回杭州去。如再來纏汝，可到湖南淨慈寺裡來尋我。」有詩四句：

本是妖精變婦人，西湖岸上賣嬌聲。
汝因不識遭他計，有難湖南見老僧。

許宣拜謝了法海禪師，同蔣和下了渡船，過了江，上岸歸家。白娘子同青青都不見了，方才信是妖精。到晚來，教蔣和相伴過夜。心中昏悶，一夜不睡。

次日早起，叫蔣和看著家裡，卻來到針子橋李克用家，把前項事情告訴了一遍。李克用道：「我生日之時，他登東，我撞將去，不期見了這妖怪，驚得我死去。我又不敢與你說這話。既然如此，你且搬來我這裡住著，別作道理。」許宣作謝了李員外，依舊搬到他家。

不覺住過兩月有餘。忽一日，立在門前，只見地方總甲吩咐排門人等，俱要香、花、燈、燭，迎接朝廷恩赦。原來是宋高宗冊立孝宗，降赦遍行天下，只除人命大事，其餘小事盡行赦放回家。許宣遇赦，歡喜不勝，吟詩一首，詩云：

感謝吾皇降赦文，網開三面許更新。
死時不做他邦鬼，生日還為舊土人。
不幸逢妖愁更困，何期遇宥罪除根！
歸家滿把香焚起，拜謝乾坤再造恩。

許宣吟詩已畢，央李員外衙門上下打點，使用了錢，見了大尹，給引還鄉。拜謝東鄰

西舍，李員外、媽媽、合家大小、二位主管俱拜別了，央幫閒的蔣和買了些土物，帶回杭州。

來到家中，見了姊夫、姊姊，拜了四拜，李募事見了許宣，焦躁道：「你好生欺負人！我兩遭寫書教你投託人，你在李員外家娶老小，不值得寄封書來教我知道，直恁的無仁無義！」許宣說：「我不曾娶妻小。」姊夫道：「現今兩日前，有一個婦人，帶著一個丫鬟，道是你的妻子；說你七月初七日去金山寺燒香，不見回來；那裡不尋到，直到如今，打聽得你回杭州，同丫鬟先到這裡，等你兩月了。」教人叫出那婦人和丫鬟，見了許宣。

許宣看見果是白娘子、青青。許宣見了，目睜口呆，吃了一驚。不在姊夫、姊姊面前說這話本，只得任他埋怨了一場。李募事教許宣共白娘子去一間房內去安身。許宣見晚了，怕這白娘子，心中慌了，不敢向前，朝著白娘子跪在地下，道：「不知你是何神何鬼？可饒我的性命！」白娘子道：「小乙哥，是何道理！我和你許多時夫妻，又不曾虧負你，如何說這等沒力氣的話！」

許宣道：「自從和你相識之後，帶累我吃了兩場官司。我到鎮江府，你又來尋我。前日金山寺燒香歸得遲了，你和青青又直趕來，見了禪師，便跳下江裡去了。我只道你死了，不想你又先到此。望乞可憐見，饒我則個！」

白娘子圓睜怪眼，道：「小乙官，我也只是為好，誰想倒成怨本！我與你平生夫婦，共枕同衾，許多恩愛。如今卻信別人閒言語，教我夫妻不睦。我如今實對你說，若聽我言語，喜喜歡歡，萬事皆休。若生外心，教你滿城皆為血水，人人手攀洪浪，腳踏渾波，皆死於非命。」一驚得許宣戰戰兢兢，半晌無言可答，不敢走近前去。青青勸道：「官人，娘子愛你杭州人生得好，又喜你恩情深重。聽我說，與娘子和睦了，休要疑慮。」許宣吃兩個纏不過，叫道：「卻是苦耶！」

只見姊姊在天井裡乘涼，聽得叫苦，連忙來到房前，只道他兩個兒廝鬧，拖了許宣出來。白娘子關上房門自睡。許宣把前因後事，一一對姊姊告訴了一遍。卻好姊夫乘涼歸房，姊姊道：「他兩口兒廝鬧了，如今不知睡了也未，你且去張一張了來。」李募事走到房前看時，裡頭黑了，半亮不亮，將舌頭舔破紙窗，不張萬事皆休，一張時，見一條吊桶來大的蟒蛇，睡在床上，伸頭在天窗內乘涼，鱗甲內放出白光來，照得房內如同白日。吃了一驚，回身便走，來到房中，不說其事，道：「睡了，不見則聲。」許宣躲在姊姊房中，不敢出頭，姊夫也不問他。

過了一夜，次日，李募事叫許宣出去到僻靜處，問道：「你妻子從何娶來？實實的對我說，不要瞞我。我昨夜親眼看見他是一條大白蛇。我怕你姊姊害怕，不說出來。」許宣把從頭事一一對姊夫說了一遍。

李募事道：「既是這等，白馬廟前一個呼蛇戴先生，如法捉得蛇。我同你去接他。」

二人取路來到白馬廟前，只見戴先生正立在門口，二人道：「先生拜揖。」先生道：「有何見諭？」許宣道：「家中有一條大蟒蛇，相煩一捉則個。」先生道：「宅上何處？」許宣道：「過軍橋黑珠兒巷內李募事家便是。」取出一兩銀子，道：「先生收了銀子，待捉得蛇，另又相謝。」先生收了，道：「二位先回，小子便來。」李募事與許宣自回。

那先生裝了一瓶雄黃藥水，一直來到黑珠兒巷內，問李募事家。人指道：「前面那樓子內便是。」先生來到門前，揭起簾子，咳嗽一聲，並無一個人出來。敲了半晌門，只見一個小娘子出來問道：「尋誰家？」先生道：「此是李募事家麼？」小娘子道：「便是。」先生道：「說宅上有一條大蛇，卻才二位官人來請小子捉蛇。」小娘子道：「我家那有大蛇，你差了。」先生道：「官人先與我一兩銀子，說捉了蛇後，有重謝。」白娘子道：「沒有，休信他們哄你。」先生道：「如何作耍？」

白娘子三回五次發落不去，焦躁起來，道：「你真個會捉蛇，只怕你捉他不得。」戴先生道：「我祖宗七八代呼蛇捉蛇，量道一條蛇有何難捉？」娘子道：「你說捉得，只怕你見了要走。」先生道：「不走，不走，如走，罰一錠白銀。」娘子道：「隨我來。」到天井內，那娘子轉個彎走進去了。那先生手中提著瓶兒，立在空地上，不多時，只見颳起一陣冷風，風過處，只見一條吊桶來大的蟒蛇，連射將來，正是：

人無害虎心，虎有傷人意。

且說那戴先生吃了一驚，望後便倒，雄黃罐兒也打破了。那條大蛇，張開血紅大口，露出雪白齒，來咬先生。先生慌忙爬起來，只恨爹娘少生兩腳，一口氣跑過橋來。正撞著李募事與許宣。許宣道：「如何？」那先生道：「好教二位得知。」把前項事從頭說了一遍，取出那一兩銀子，付還李募事，道：「若不生這雙腳，連性命都沒了。二位自去照顧別人。」急急的去了，許宣道：「姊夫，如今怎麼處？」李募事道：「眼見實是妖怪了，如今赤山埠前張成家欠我一千貫錢，你去那裡靜處討一間房兒住下，那怪物不見了你，自然去了。」

許宣無計可奈，只得應承。同姊夫到家時，靜悄悄的，沒些動靜。李募事寫了書帖和票子做一封，教許宣往赤山埠去。只見白娘子叫許宣到房中，道：「你好大膽！又叫甚麼捉蛇的來。你若和我好意，佛眼相看；若不好時，帶累一城百姓受苦，都死於非命。」許宣聽得，心寒膽戰，不敢則聲，將了票子，悶悶不已。

來到赤山埠前尋著了張成，隨即袖中取票時，不見了。只叫得苦，慌忙轉步，一路尋回來時，那裡見！正悶之間，來到淨慈寺前。忽地裡想起：「那金山寺長老法海禪師曾吩咐來：『倘若那妖怪再來杭州纏你，可來淨慈寺內來尋我。』如今不尋，更待何時！」急

入寺中，問監寺道：「動問和尚，法海禪師曾來上剎也未？」那和尚道：「不曾到來。」許宣聽得說不在，越悶，折身便回，來長橋堍下，自言自語道：「時衰鬼弄人，我要性命何用！」看著一湖清水，卻待要跳，正是：

閻王判你三更到，定不容人到四更。

許宣正欲跳水，只聽得背後有人叫道：「男子漢何故輕生！死了一萬口，只當五千雙，有事何不問我？」許宣回頭看時，正是法海禪師，背馱衣鉢，手提禪杖。原來真個才到，也是不該命盡，再遲一碗飯時，性命也休了。許宣見了禪師，納頭便拜，道：「救弟子一命則個。」禪師道：「這業畜在何處？」許宣把上項事一一訴了，道：「如今又直到這裡，求尊師救度一命。」禪師於袖中取出一個鉢盂，遞與許宣，道：「你若到家，不可教婦人得知，悄悄的將此物劈頭一罩。切勿手輕，緊緊的按住，不可心慌。你便回去。」

且說許宣，拜謝了祖師回家，只見白娘子正坐在那裡，口內喃喃的罵道：「不知甚人挑撥我丈夫和我做冤家，打聽出來，和他理會。」正是有心等了沒心的，許宣張得他眼慢，背後悄悄的望白娘子頭上一罩，用盡平生氣力納住，不見了女子之形，隨著鉢盂慢慢的按下，不敢手鬆，緊緊的按住。只聽得鉢盂內道：「和你數載夫妻，好沒一些兒人情！略放

一放。」

許宣正沒了結處，報道：「有一個和尚，說道『要收妖怪』。」許宣聽得，連忙教李募事請禪師進來。來到裡面，許宣道：「救弟子則個。」不知禪師口裡念的甚麼，念畢，輕輕的揭起鉢盂，只見白娘子縮做七八寸長，如傀儡人像，雙眸緊閉，做一堆兒伏在地下。

禪師喝道：「是何業畜妖怪？怎敢纏人？可說備細。」白娘子答道：「祖師，我是一條大蟒蛇，因為風雨大作，來到西湖上安心，同青青一處。不想遇著許宣，春心蕩漾，按捺不住，一時冒犯天條，卻不曾殺生害命，望禪師慈悲則個。」

禪師又問：「青青是何怪？」白娘子道：「青青是西湖內第三橋下潭內千年成氣的青魚，一時遇著，拉他為伴。他不曾得一日歡娛，並望禪師憐憫。」

禪師道：「念你千年修煉，免你一死，可現本相。」白娘子不肯。禪師勃然大怒，口中念念有詞，大喝道：「揭諦何在？快與我擒青魚怪來，和白蛇現形，聽吾發落。」

須臾，庭前起一陣狂風，風過處，只聞得豁剌一聲響，半空中墜下一個青魚，有一丈多長，向地撥剌的連跳幾跳，縮做尺餘長一個小青魚。看那白娘時，也復了原形，變了三尺長一條白蛇，兀自昂頭看著許宣。禪師將二物置於鉢盂之內，推下褊衫一幅，封了鉢盂口，拿到雷峰寺前，將鉢盂放在地下，令人搬磚運石，砌成一塔。後來許宣化緣，砌成了七層寶塔。千年萬歲，白蛇和青魚不能出世。

且說禪師押鎮了，留偈四句：

西湖水乾，江湖不起。
雷峰塔倒，白蛇出世。

法海禪師言偈畢，又題詩八句，以勸後人：

奉勸世人休愛色，愛色之人被色迷。
心正自然邪不擾，身端怎有惡來欺。
但看許宣因愛色，帶累官司惹是非。
不是老僧來救護，白蛇吞了不留些。

法海禪師吟罷，各人自散。惟有許宣情願出家，禮拜禪師為師，就雷峰塔披剃為僧，修行數年，一夕坐化去了。眾僧買龕燒化，造一座骨塔，千年不朽。臨去世時，亦有詩四句留以警世，詩曰：

祖師度我出紅塵，鐵樹開花始見春。
化化輪迴重化化，生生轉變再生生。
欲知有色還無色，須識無形卻有形。
色即是空空即色，空空色色要分明。

中國歷代經典寶庫⑯

宋明話本——聽古人說書

編　撰　者——胡萬川
編　　　輯——康逸藍
責任企劃——洪小偉、楊齡媛
校　　　對——吳美滿

總　編　輯——林馨琴
董　事　長——趙政岷
出　版　者——時報文化出版企業股份有限公司
108019台北市和平西路三段二四〇號三樓
發行專線—（〇二）二三〇六—六八四二
讀者服務專線—〇八〇〇—二三一—七〇五
（〇二）二三〇四—七一〇三
讀者服務傳真—（〇二）二三〇四—六八五八
郵撥—一九三四四七二四時報文化出版公司
信箱—一〇八九九臺北華江橋郵局第九九信箱
時報悅讀網——http://www.readingtimes.com.tw
法律顧問——理律法律事務所　陳長文律師、李念祖律師
印　　　刷——紘億印刷有限公司
五版一刷——二〇一二年五月十八日
五版二刷——二〇二三年七月二十七日
定　　　價——新台幣二百五十元

宋明話本：聽古人說書 / 胡萬川編撰. -- 五版. -- 臺北市：時報文化，2012.05
面；　公分. --（中國歷代經典寶庫；16）

ISBN 978-957-13-5538-2（平裝）

857.4　　　　　101003188

ISBN 978-957-13-5538-2
Printed in Taiwan